SAYERS, Dorothy

Eines natürlichen Todes
Der Fall Harrison
Feuerwerk
Die Katze im Sack
Lord Peters schwerster Fall
Der Mann, der Bescheid wußte
Der Tote in der Badewanne

Dorothy Sayers

Der Mann, der Bescheid wusste

Scherz

Bern – München – Wien

Einzig berechtigte Übertragung aus dem Englischen
von Gerlinde Quenzer
Titel des Originals: »Hagman's Holiday«
Schutzumschlag von Heinz Looser
Foto: Thomas Cugini

6. Auflage 1983, ISBN 3-502-50887-9

Gesamtherstellung: Ebner Ulm

Der Mann, der Bescheid wußte

Vielleicht zum zwanzigstenmal, seit der Zug in Carlisle abgefahren war, sah Pender von seinem Buch – «Mord im Pfarrhaus» – auf und begegnete dabei dem Blick des Mannes ihm gegenüber.

Er runzelte leicht die Stirn. Es störte ihn, so genau gemustert zu werden und immer mit solch einem unbestimmten, überlegenen Lächeln. Noch mehr aber störte ihn, daß er sich von dem Lächeln und den prüfenden Augen so aus der Ruhe bringen ließ. Mit dem festen Entschluß, sich auf den in seiner Bibliothek ermordeten Pfarrer zu konzentrieren, wandte Pender sich wieder dem Buch zu. Doch die Geschichte war von jener pedantisch gelehrten Art, die alle erregenden Vorfälle im ersten Kapitel zusammendrängt und danach in langen Deduktionsketten weitergeführt wird, bis sie am Ende zu einer wissenschaftlichen Lösung gelangt. Der dünne Faden des Interesses, der Penders Denken nur oberflächlich fesselte, riß. Zweimal mußte er zurückblättern, um einzelne Punkte nachzuprüfen, die er zuerst überlesen hatte. Dann wurde ihm bewußt, daß seine Augen drei Seiten gründlicher Beweisführung aufgenommen hatten, ohne das geringste davon an das Gehirn weiterzugeben. Seine Gedanken verweilten nicht bei dem ermordeten Pfarrer – immer lebhafter beschäftigte ihn das Gesicht seines Gegenübers. Ein hintergründiges Gesicht, dachte Pender.

Die Züge an sich hatten nichts sonderlich Bemerkenswertes, ihr Ausdruck erschreckte Pender. Es war ein Gesicht voller Heimlichkeiten, das Gesicht eines Menschen, der eine Menge Dinge zu anderer Leute Nachteil weiß. Der Mund, ein wenig krumm und in den Winkeln verkniffen, wirkte so, als kostete der Mann genüßlich ein verstohlenes Amüsement aus. Die Augen hinter einem randlosen Zwicker glitzerten eigentümlich, aber das konnte auch von dem Licht kommen, das sich in den Brillengläsern spiegelte. Pender fragte sich, welchen Beruf der Mann haben mochte. Er trug einen dunklen Sakkoanzug, einen Regenmantel und einen Filzhut; er mochte um die Vierzig sein.

Pender hustete überflüssigerweise und lehnte sich in seine Ecke zurück, wobei er seinen Kriminalroman wie eine Schutzwand vor das Gesicht schob. Das war mehr als nutzlos. Er gewann den Eindruck, der Mann durchschaue das Manöver und mache sich im stillen darüber lustig. Pender wäre am liebsten auf seinem Platz hin und her gerutscht, aber er hatte das dunkle Gefühl, dies würde irgendwie einen Sieg für den anderen bedeuten. In seiner Befangenheit hielt er sich so stocksteif, daß es ihm rein physisch unmöglich wurde, seinem Buch Aufmerksamkeit zu schenken.

Vor Rugby hielt der Zug nun nicht mehr, und es war unwahrscheinlich, daß ein Reisender vom Gang her in das Abteil kommen würde, um diese ungemütliche *Solitude à deux* zu beenden. Aber irgend etwas mußte geschehen. Das Schweigen hatte so lange gedauert, daß jede Bemerkung, und mochte sie auch nichtssagend sein, in die gespannte Atmosphäre wie das unnatürlich schrille Klingeln eines Weckers einbrechen mußte – so wenigstens empfand es Pender. Man konnte selbstverständlich in den Gang hinausgehen und nicht zurückkommen, aber das wäre die Anerkennung einer Niederlage gewesen. Pender ließ seinen «Mord im Pfarrhaus» sinken und fing wieder einen Blick des Mannes auf.

«Wird es Ihnen über?» fragte der Mann.

«Nachtfahrten sind immer ein bißchen langweilig», antwortete Pender halb erleichtert und halb widerstrebend. «Möchten Sie ein Buch?»

Er zog «Die verräterische Heftklammer» aus seiner Aktentasche und hielt sie dem Mann hoffnungsvoll entgegen. Der andere warf einen Blick auf den Titel und schüttelte den Kopf.

«Vielen Dank», sagte er, «aber ich lese nie Kriminalromane. Sie sind so unbefriedigend, finden Sie nicht?»

«Es fehlt ihnen ziemlich an Charakterzeichnung und menschlichem Gewicht», erwiderte Pender, «aber auf einer Eisenbahnfahrt. . . .»

«Das meine ich nicht», sagte der andere. «Die menschliche Natur interessiert mich nicht. Doch alle diese Mörder sind so unfähig – sie öden mich an.«

«Ach, ich weiß nicht», antwortete Pender. «Auf jeden Fall haben sie eine ganze Menge mehr Phantasie und Scharfsinn als die Mörder im wirklichen Leben.»

«Als die Mörder, die im wirklichen Leben gefaßt werden – das stimmt», gab der Mann zu.

«Sogar von denen haben ein paar ihre Sache recht gut gemacht, bevor man sie erwischte», wandte Pender ein. «Crippen zum Beispiel; er hätte nie in die Falle zu gehen brauchen, wenn er nicht die Nerven verloren hätte und nach Amerika durchgebrannt wäre. George Joseph Smith brachte mindestens zwei Bräute um die Ecke, ehe das Schicksal und die ‹News of the World› eingriffen.»
«Ja», sagte der andere, «aber sehen Sie sich die Plumpheit des Ganzen an, die Kompliziertheit, die Lügen, das Drum und Dran. Absolut unnötig.»
«Na hören Sie», meinte Pender, «Sie können nicht erwarten, daß Sie einen Mord begehen und damit so einfach wegkommen, wie wenn Sie Erbsen ausgehülst hätten.»
«Ach», sagte der andere, «das meinen Sie also?»
Pender wartete darauf, daß er diese Bemerkung näher erläuterte, aber es folgte nichts. Der Mann lehnte sich zurück und lächelte auf seine verstohlene Weise zum Wagendach hinauf; er schien zu denken, es lohne sich nicht, die Unterhaltung weiterzuführen. Pender, der sein Buch wieder aufnahm, ertappte sich plötzlich dabei, daß ihn die Hände seines Reisegefährten fesselten. Sie waren weiß und erstaunlich langfingrig. Er beobachtete, wie sie sachte auf das Knie ihres Besitzers klopften – dann wandte er entschlossen eine Seite um, legte das Buch wieder nieder und sagte:
«Nun, wenn es so leicht ist, wie würden *Sie* es anstellen, einen Mord zu begehen?»
«Ich?» wiederholte der Mann. Das Licht auf den Brillengläsern ließ seine Augen für Pender völlig ausdruckslos erscheinen, aber seine Stimme klang sanft und belustigt. «Das ist etwas anderes, *ich* müßte nicht zweimal darüber nachdenken.»
«Warum nicht?»
«Weil ich zufällig Bescheid weiß, wie man es macht.»
«Wirklich?» murrte Pender rebellisch.
«O ja. Da ist nichts weiter dabei.»
«Wie können Sie das wissen? Sie haben es doch nicht ausprobiert, nehme ich an.»
«Das ist keine Frage des Ausprobierens», sagte der Mann. «Bei meiner Methode bedarf es keiner Versuche. Das ist gerade das Schöne daran.»

«So etwas sagt sich leicht», gab Pender zurück. «Aber wie sieht nun diese wunderbare Methode aus?»
«Sie können nicht erwarten, daß ich Ihnen das erzähle, nicht wahr?» sagte der Mann und heftete seine Augen wieder auf Pender. «Es wäre vielleicht gefährlich. Sie sehen zwar ziemlich harmlos aus, aber wer konnte harmloser wirken als Crippen? Niemand ist reif dafür, daß man ihm die *absolute* Kontrolle über andrer Leute Leben anvertrauen könnte.»
«Unsinn!» rief Pender aus. «Ich würde nie daran denken, jemand zu ermorden.»
«O doch, Sie würden», sagte der Mann, «wenn Sie wirklich glaubten, es sei gefahrlos. Jeder würde es. Warum werden von Kirche und Gesetz all diese gewaltigen künstlichen Schranken um den Mord aufgerichtet? Eben weil er jedermanns Verbrechen ist, so natürlich wie atmen.»
«Aber das ist doch lächerlich!» rief Pender hitzig.
«Das glauben Sie wirklich? Sagen würden es die meisten Leute. Aber ich traue ihnen nicht. Nicht, wenn man Thanatolsulfat in jeder Apotheke kaufen kann.»
«Was für ein Sulfat?» fragte Pender scharf.
«Aha, Sie meinen, ich verrate Ihnen etwas. Nun, es ist eine Verbindung von Sulfat mit ein paar anderen Stoffen – alle gleich gebräuchlich und billig. Für neun Pence könnten Sie genug herstellen, um das ganze Kabinett zu vergiften – und sogar Sie würden das schwerlich ein Verbrechen nennen, nicht wahr? Aber selbstverständlich würde man nicht den ganzen Verein auf einmal um die Ecke bringen; es könnte auffällig aussehen, wenn sie alle gleichzeitig in ihrer Badewanne sterben würden.»
«Warum in der Badewanne?»
«Dort würde es sie erwischen. Das heiße Wasser bringt den Stoff zur Wirkung. Irgendwann im Zeitraum von ein paar Stunden bis zu ein paar Tagen, nachdem er eingenommen wurde. Eine ganz einfache chemische Reaktion, die durch Analyse unmöglich ermittelt werden kann. Sieht nach einem simplen Herzschlag aus.»
Pender betrachtete ihn mit Unbehagen. Das Lächeln gefiel ihm gar nicht; es war selbstgefällig, beinahe schadenfroh – triumphierend! Er konnte es nicht genau benennen.

«Wissen Sie», fuhr der Mann fort, während er nachdenklich eine Pfeife aus der Tasche zog und sie zu stopfen begann, «es ist eigentümlich, wie oft man von Leuten liest, die tot in der Badewanne gefunden werden. Es muß ein sehr alltäglicher Unglücksfall sein. Recht verlockend also. Schließlich hat Mord eine große Faszination an sich. Die Sache wächst einem über den Kopf – das heißt, ich denke mir, sie würde einem über den Kopf wachsen.»

«Sehr wahrscheinlich», sagte Pender.

«Nehmen Sie Palmer. Nehmen Sie Gesina Gottfried. Nehmen Sie Armstrong. Nein, ich würde niemand trauen, der die Formel kennt – nicht einmal einem tugendhaften jungen Mann wie Ihnen.»

Die langen weißen Finger stopften den Tabak fest in den Pfeifenkopf und zündeten ein Streichholz an.

«Aber wie ist das mit Ihnen?» fragte Pender gereizt. (Niemand schätzt es, als tugendhafter junger Mann bezeichnet zu werden.) «Wenn man keinem trauen kann . . .»

«Dann auch mir nicht, wie?» antwortete der andere. «Nun ja, das stimmt, doch jetzt ist es zu spät, nicht wahr? Ich weiß die Formel und kann dieses Wissen nicht einfach auslöschen. Das ist Pech, aber so steht es nun einmal. Auf jeden Fall haben Sie den Trost, daß *mir* wahrscheinlich nichts Unangenehmes zustoßen wird. – Du liebe Zeit! Schon Rugby. Ich muß hier aussteigen. Habe eine Kleinigkeit zu erledigen in Rugby.»

Er stand auf und reckte sich, dann knöpfte er seinen Regenmantel zu und zog den schäbigen Hut tiefer auf die geheimnisvollen Brillengläser herab. Der Zug fuhr langsamer und hielt. Mit kurzem Gutenachtgruß und einem schiefen Lächeln stieg der Mann aus. Pender sah ihm nach, wie er mit raschen, langen Schritten jenseits des Lichtkreises der Gaslaterne im Nieselregen verschwand.

«Verrückt oder so etwas Ähnliches», sagte Pender seltsam erleichtert. «Gott sei Dank habe ich jetzt den Wagen anscheinend für mich allein.»

Er wandte sich wieder dem «Mord im Pfarrhaus» zu, aber seine Gedanken irrten immer wieder ab.

«Wie hieß das Zeug, von dem der Bursche sprach?» Um alles in der Welt konnte er sich nicht darauf besinnen.

Am folgenden Tag entdeckte Pender die Zeitungsnotiz. Er hatte den «Standard» gekauft, um ihn beim Mittagessen zu lesen, und das Wort «Badewanne» sprang ihm in die Augen:

Reicher Fabrikant in der Badewanne gestorben.

Traurige Entdeckung der Ehefrau.

Eine schmerzliche Entdeckung machte heute morgen Mrs. John Brittlesea, die Gattin des bekannten Inhabers der «Brittlesea Maschinenbauwerke» in Rugby. Als ihr Mann, den sie knapp eine Stunde zuvor gesund und wohl gesehen hatte, nicht rechtzeitig zum Frühstück kam, suchte sie nach ihm im Badezimmer, wo der Ingenieur, nachdem man die Tür aufgebrochen hatte, tot in der Badewanne aufgefunden wurde. Nach dem ärztlichen Befund war der Tod etwa eine halbe Stunde vorher eingetreten. Als Todesursache wird ein Herzschlag angegeben. Der verstorbene Fabrikant . . .

«Das ist ein seltsamer Zufall», sagte Pender. «In Rugby. Ich könnte mir denken, daß das meinen unbekannten Freund interessieren würde – wenn er noch dort ist und seine Kleinigkeit erledigt. Ich wüßte übrigens ganz gern, was er zu erledigen hatte.»

Es ist eigentümlich: wird die Aufmerksamkeit eines Menschen einmal auf bestimmte Dinge gelenkt, so scheinen sie ihn zu verfolgen. Man bekommt zum Beispiel eine Blinddarmentzündung, und sofort sind alle Zeitungen voll von Meldungen über Staatsmänner, die Blinddarmentzündung haben, und über Leute, die daran sterben; man erfährt, daß sämtliche Bekannten schon Blinddarmentzündung hatten oder Leute gut kennen, die sie gehabt haben und entweder daran starben oder sich mit viel größerer Schnelligkeit davon erholten als man selbst; man kann keine Illustrierten aufschlagen, ohne die Behandlung der Blinddarmentzündung als einen Triumph moderner Chirurgie erwähnt zu finden, auf keine wissenschaftliche Abhandlung stoßen, ohne etwas über einen Vergleich zwischen dem Wurmfortsatz des Menschen und des Affen zu lesen. Wahrscheinlich sind diese Hinweise auf Blinddarmentzündung jederzeit genauso häufig, aber man beachtet sie nur, wenn man innerlich darauf eingestellt ist. Auf jeden Fall erklärte sich Pender so die ge-

rade jetzt auftretende ungewöhnliche Häufung der Fälle, wo Leute in der Badewanne starben.
Die Sache verfolgte ihn auf Schritt und Tritt. Immer mit dem gleichen Ablauf der Ereignisse: das heiße Bad, die Entdeckung der Leiche, die gerichtliche Untersuchung. Und immer die gleiche ärztliche Erklärung: Herzschlag infolge des Eintauchens in zu heißes Wasser. Pender erschien es langsam so, als könnte man überhaupt nicht ohne Gefahr in ein heißes Bad steigen. Er ging dazu über, sein eigenes Badewasser jeden Tag kühler einlaufen zu lassen, bis das Baden fast unangenehm wurde.
Jeden Morgen überflog er seine Zeitung nach Meldungen über Badeunfälle, bevor er sich hinsetzte, um die neuesten Nachrichten zu lesen. Und er war gleichzeitig erleichtert und auf unklare Weise enttäuscht, wenn eine Woche dahinging ohne Badezimmertragödie.
Einer der plötzlichen Todesfälle, die auf diese Weise eintraten, war der einer jungen, schönen Frau, deren Mann, ein Chemiker, ein paar Monate zuvor vergeblich versucht hatte, sich von ihr scheiden zu lassen. Der Untersuchungsrichter neigte dazu, ein Verbrechen zu vermuten, und nahm den Mann in ein strenges Kreuzverhör. Es schien jedoch nichts anderes herauszukommen als die übliche Diagnose des Arztes. Pender, der über der unwahrscheinlichen Möglichkeit brütete, wünschte wieder einmal, er könnte sich an den Namen des chemischen Stoffes erinnern, den der Mann im Zug erwähnt hatte.
Dann geschah das Aufregende in Penders nächster Nachbarschaft. Der alte Mr. Skimmings, der allein mit seiner Haushälterin in der Straße gleich um die Ecke wohnte, wurde tot in seinem Badezimmer aufgefunden. Sein Herz war nie sehr widerstandsfähig gewesen. Die Haushälterin erzählte dem Milchmann, sie habe immer etwas Derartiges erwartet, denn der alte Herr sei daran gewöhnt gewesen, sein Bad recht heiß zu nehmen. Pender ging zum gerichtlichen Untersuchungstermin.
Die Haushälterin machte ihre Aussage. Mr. Skimmings sei der freundlichste Arbeitgeber gewesen, und sein Verlust treffe sie tief. Nein, sie habe nichts davon gewußt, daß Mr. Skimmings ihr eine große Geldsumme vermacht hatte, aber das entspreche ganz seiner Herzensgüte. Der Spruch des Gerichts lautete: Tod durch Unglücksfall. An diesem Abend machte Pender seinen

üblichen kleinen Spaziergang mit dem Hund. Irgendein Gefühl der Neugierde führte ihn zum Haus des verstorbenen Mr. Skimmings. Als er eben daran vorüberschlenderte und zu den dunklen Fenstern emporsah, öffnete sich die Gartentür und ein Mann trat heraus. Im Licht der Straßenlaterne erkannte ihn Pender sofort.

«Guten Abend!» sagte er.

«Ach, Sie sind es?» antwortete der Mann. «Sie besichtigen wohl den Schauplatz der Tragödie, wie? Was denken denn *Sie* über die ganze Geschichte?»

«Oh, nicht sehr viel», sagte Pender. «Ich kannte den Mann nicht. Seltsam, daß wir uns so wiedertreffen.»

«Ja, nicht wahr? Ich nehme an, Sie wohnen hier in der Nähe.»

«Ja», sagte Pender und wünschte gleich darauf, er hätte es nicht gesagt. «Wohnen Sie auch hier in der Gegend?»

«Ich?» fragte der Mann. «Nein. Ich habe hier nur eine Kleinigkeit erledigt.»

«Als wir uns das letztemal trafen», sagte Pender, «hatten Sie etwas in Rugby zu tun.» Die beiden bummelten langsam miteinander die Straße hinunter zu der Ecke, an der Pender abbiegen mußte, um nach Hause zu gelangen.

«So war es», stimmte der andere bei. «Meine Beschäftigung führt mich im ganzen Land umher. Ich weiß nie, wo ich am nächsten Tag gewünscht werde.»

«Es war doch während Ihres Aufenthalts in Rugby, als man den alten Brittlesea tot in der Badewanne auffand, nicht wahr?» bemerkte Pender unbedacht.

«Ja. Merkwürdiger Zufall.» Der Mann bedachte ihn mit einem Seitenblick durch die blitzenden Brillengläser. «Er hinterließ sein ganzes Geld seiner Frau. Sie ist jetzt sehr reich. Sehr attraktiv — viel jünger als er.»

Sie gelangten zu Penders Gartentor. «Kommen Sie herein und trinken Sie etwas mit mir», sagte Pender, und wieder bedauerte er sogleich seine impulsive Äußerung.

Der Mann nahm die Einladung an, und sie gingen in Penders Junggesellenwohnung.

«Bemerkenswert, wie viele von diesen Todesfällen in der Badewanne in letzter Zeit vorgekommen sind, nicht?» sagte Pender nachlässig, als er Soda in die Gläser spritzte.

«Sie finden es bemerkenswert?» Der Mann wandte seinen üblichen Kniff an, alles, was man zu ihm sagte, als Frage zu wiederholen. «Nun, ich weiß nicht. Vielleicht ist es so. Aber das war immer ein ziemlich alltäglicher Unfall.»
«Ich nehme an, ich habe mehr darauf geachtet wegen jenes Gesprächs, das wir im Zug führten.» Pender lachte ein wenig befangen. «Ich frage mich bloß – Sie wissen, wie man reagiert –, ob jemand anders zufällig auf dieses Zeug gestoßen ist, das Sie erwähnten – wie hieß es doch?»
Der Mann überhörte die Frage.
«Das glaube ich nicht», sagte er. «Ich bilde mir ein, daß ich der einzige bin, der davon weiß. Ich selbst geriet auch nur durch Zufall an die Sache, als ich etwas anderes suchte. Ich kann mir nicht denken, daß es gleichzeitig in so vielen Teilen des Landes entdeckt wurde. Aber alle die Gerichtssprüche zeigen, nicht wahr, was für ein sicherer Weg das wäre, jemand loszuwerden.»
«Sie sind demnach Chemiker?» fragte Pender, indem er den einzigen Satz, der eine Information zu versprechen schien, aufgriff.
«Ach, ich bin von allem ein bißchen. Eine Art ‹Mann für sämtliche Rollenfächer›. Ich treibe auch einige Studien auf eigene Faust. Sie haben da ein paar interessante Bücher, wie ich sehe.»
Pender fühlte sich geschmeichelt. Er hatte das Gefühl, daß er für einen Mann in seiner sozialen Stellung – er war bei einer Bank gewesen, bis er ein bißchen Geld erbte – seinen Geist mit gutem Erfolg kultiviert habe, und er wußte, daß seine Sammlung von modernen Erstausgaben eines Tages einiges Geld wert sein würde. Er ging zu dem verglasten Bücherregal und zog ein paar Bände heraus, um sie seinem Besucher zu zeigen.
Der Mann bewies Intelligenz, und bald trat er zu ihm vor die Bücherreihen.
«Das, nehme ich an, entspricht Ihrem persönlichen Geschmack?» Er holte einen Band Henry James herunter und warf einen Blick auf das Deckblatt. «Ist das Ihr Name? E. Pender?»
Pender bestätigte es. «Ich habe leider nicht das Vergnügen, Sie mit Namen zu kennen», setzte er hinzu.

«Ach, ich bin einer aus der großen Familie der Smiths», sagte der andere lachend, «und arbeite für mein tägliches Brot. Sie scheinen gutsituiert zu sein.»
Pender erzählte die Geschichte von seiner Anstellung bei der Bank und der Erbschaft.
«Sehr schön, nicht wahr?» sagte Smith. «Nicht verheiratet? Nein. Sie sind ein Glückskind. Scheinen kein ... keine nützlichen Chemikalien zu brauchen in der nächsten Zukunft. Und Sie werden sie nie brauchen, wenn Sie zusammenhalten, was Sie besitzen, und Frauen und Börsenspekulationen vermeiden.»
Er lächelte Pender von der Seite an. Nun, da er keinen Hut aufhatte, sah Pender, daß sein Kopf dicht mit krausen grauen Haaren bedeckt war, was ihm ein älteres Aussehen verlieh als im Eisenbahnwagen.
«Nein, ich werde Sie noch eine Weile nicht um Hilfe angehen», sagte Pender lachend. «Übrigens – wie würde ich Sie dann finden, wenn ich Sie sprechen möchte?»
«Das wäre nicht nötig», antwortete Smith, «*ich* würde *Sie* finden. Da gäbe es nie Schwierigkeiten.» Er grinste sonderbar. «Ich muß jetzt gehen. Vielen Dank für Ihre Gastfreundschaft. Ich glaube nicht, daß wir uns wiedertreffen – aber natürlich ist es möglich. Die Dinge entwickeln sich oft seltsam, nicht wahr?»
Als er gegangen war, griff Pender nach seinem Glas Whisky, das noch beinahe voll dastand.
«Eigenartig!» sagte er zu sich selbst. «Ich erinnere mich nicht, daß ich das eingeschenkt habe. Wahrscheinlich war ich anderweitig abgelenkt und tat es mechanisch.» Langsam leerte er das Glas und dachte über Smith nach.
Was in aller Welt tat Smith in Skimmings' Haus?
Eine sonderbare Geschichte, das ganze. Wenn Skimmings' Haushälterin von dem Geld gewußt hatte ... Aber sie hatte nichts davon gewußt, und wenn, wie konnte sie herausfinden, daß Smith und sein Dingsda-Sulfat ... das Wort war ihm auf der Zunge gelegen.
Das wäre nicht nötig. Ich würde Sie finden. Was hatte er damit gemeint? Aber all das war lächerlich. Smith war nicht der Teufel – vermutlich. Doch wenn er wirklich dieses Geheimnis besaß – wenn es ihm gefiel, es auszuwerten ... Unsinn!

Etwas in Rugby zu tun – eine Kleinigkeit in Skimmings' Haus zu erledigen. Ach, albern!
Man kann niemand trauen. Absolute Macht über das Leben eines anderen Menschen ... das wächst einem über den Kopf.
Wahnsinn! Und falls etwas an der Sache war, dann mußte der Mann verrückt sein, ihm davon zu erzählen. Wenn Pender auf den Gedanken kommen würde zu reden, konnte er ihn an den Galgen bringen. Die bloße Existenz Penders wäre eine Gefahr.
Dieser Whisky!
Je mehr Pender darüber nachdachte, desto fester wurde seine Überzeugung, daß er ihn nicht eingeschenkt hatte. Smith mußte es getan haben, während er ihm den Rücken kehrte. Warum dies plötzliche Interesse an den Büchern? Es stand in keinerlei Zusammenhang mit allem, was vorhergegangen war. Nun, da Pender es sich genau überlegte, schien ihm, der Whisky sei sehr stark gewesen. War es Einbildung, oder hatte wirklich etwas mit dem Geschmack nicht gestimmt?
Kalter Schweiß trat auf Penders Stirn.
Eine Viertelstunde später, nach einer starken Dosis Senf und Wasser, war Pender wieder im unteren Stockwerk; fröstelnd und elend kauerte er vor dem Feuer. Mit knapper Not war er der Gefahr entronnen ... Er wußte nicht, wie das Zeug wirkte, aber ein paar Tage lang würde er kein heißes Bad nehmen. Man konnte nie vorsichtig genug sein.
Ob nun Senf und Wasser rechtzeitig ihren Zweck erfüllt hatten oder das heiße Bad einen wesentlichen Teil des Verfahrens darstellte, Penders Leben war vorläufig gerettet. Aber er fühlte sich noch immer unbehaglich. An der Vordertür ließ er ständig die Sicherheitskette vorgelegt, und er bat seinen Diener, keine Fremden ins Haus zu lassen.
Er bestellte zwei weitere Morgenzeitungen, und für sonntags die «News of the World» und las sie Zeile um Zeile sorgfältig durch. Er war wie versessen auf Todesfälle in der Badewanne. Er vernachlässigte seine Erstausgaben und ging dazu über, den gerichtlichen Untersuchungsterminen beizuwohnen.
Drei Wochen später befand er sich aus diesem Anlaß in Lincoln. Ein Mann war im Schwitzbad an einem Herzschlag gestorben – ein dicker Mann mit sitzender Lebensweise. Der Gerichtsspruch «Tod durch Unglücksfall» wies in einem Zusatz

die Leitung des Bades an, eine strenge Kontrolle über die Gäste auszuüben und sie niemals unbeaufsichtigt im Heißluftraum allein zu lassen.
Als Pender aus dem Gerichtssaal trat, sah er vor sich einen schäbigen Hut, der ihm bekannt vorkam. Er stürzte ihm nach und erwischte Mr. Smith, als dieser eben in ein Taxi einsteigen wollte.
«Smith», rief er ein wenig atemlos. Ungestüm packte er ihn an der Schulter.
«Was, wieder Sie?» sagte Smith. «Sie haben sich wohl Notizen gemacht über den Fall, wie? *Kann ich etwas für Sie erledigen*?»
«Sie Teufel!» sagte Pender. «Sie haben mit der Sache da zu tun! Neulich haben Sie versucht, mich umzubringen.»
«Wirklich? Warum sollte ich das?»
«Dafür wird man Sie hängen», schrie Pender drohend.
Ein Polizist schob sich durch die wachsende Menschenansammlung.
«Hallo», sagte er, «was ist hier los?»
Smith tippte sich bedeutungsvoll an die Stirn.
«Alles in Ordnung, Wachtmeister», sagte er. «Der Herr scheint zu denken, ich hätte üble Absichten. Hier ist meine Karte. Der Untersuchungsrichter kennt mich. Aber der Herr hat mich angegriffen. Sie behalten ihn wohl besser im Auge.»
«Das stimmt», sagte einer der Umstehenden.
«Dieser Mann hat versucht, mich umzubringen», sagte Pender.
Der Polizist nickte.
«Regen Sie sich nicht auf, Sir», sagte er. «Denken Sie lieber noch einmal darüber nach. Die Hitze da drin hat Sie ein bißchen durcheinandergebracht. Es hat alles seine Richtigkeit.»
«Aber ich will ihn anzeigen.»
«Das würde ich an Ihrer Stelle nicht tun», meinte der Polizist.
«Ich sage Ihnen», rief Pender, «dieser Smith da hat versucht, mich zu vergiften. Er ist ein Mörder. Er hat Unmassen von Menschen vergiftet.»
Der Polizist blinzelte Smith zu.
«Am besten, Sie verschwinden, Sir», sagte er. «Ich werde das hier regeln. – Nun, mein Junge» – er hielt Pender eisern an den Armen fest – «jetzt seien Sie mal friedlich und geben Sie Ruhe. Dieser Herr heißt nicht Smith oder so ähnlich.»

«Schön, wie heißt er dann?» verlangte Pender zu wissen.
«Kümmern Sie sich nicht darum», erwiderte der Schutzmann. «Lassen Sie ihn in Ruhe, oder Sie bekommen Unannehmlichkeiten.»
Das Taxi war weggefahren. Pender blickte um sich in einen Kreis belustigter Gesichter und gab nach.
«Gut, Wachtmeister», sagte er. «Ich mache Ihnen keine Schwierigkeiten. Ich komme mit auf die Wache und erzähle Ihnen, was ich weiß.»
«Was halten Sie von dem?» fragte der Inspektor den Sergeant, als Pender aus dem Wachlokal gestolpert war.
«Ganz hübsch verrückt», antwortete der Sergeant. «Hat sich eine fixe Idee zugelegt, oder wie man das nennt.»
«Hm!» sagte der Inspektor. «Na ja, wir haben seinen Namen und seine Adresse. Besser, wir machen ein kleines Protokoll. Er könnte wieder auftauchen. Leute vergiften, so daß sie im Bad sterben, wie? Das ist ein guter Witz. Phantastisch, was diese Irren sich alles ausdenken, nicht?»
Der Frühling in diesem Jahr war häßlich – kalt und neblig. Als Pender zu einem gerichtlichen Untersuchungstermin nach Deptford fuhr, war es März, doch über dem Fluß hing eine dicke Nebeldecke, als ob es November wäre. Die Kälte drang einem bis auf die Knochen. Als er in dem schmutzigen kleinen Gerichtssaal saß und das gelbe Zwielicht aus Gasbeleuchtung und Dunst zu durchdringen suchte, konnte er kaum die Zeugen sehen, wenn sie zum Richtertisch traten. Jeder im Raum schien zu husten. Auch Pender hustete. Seine Glieder schmerzten, und er hatte das Gefühl, eine Grippe zu bekommen.
Angestrengt um sich blickend, glaubte er, auf der anderen Seite des Raumes ein Gesicht zu erkennen, aber der beißende Nebel, der durch jede Ritze drang, stach ihm in die Augen und nahm ihm die Sicht. Er griff tastend in seine Manteltasche, und seine Hand schloß sich tröstend um etwas Dickes, Schweres. Seit jenem Tag in Lincoln war er immer bewaffnet unterwegs. Nicht mit einem Revolver – er verstand sich nicht auf Schußwaffen. Ein Sandsack war viel besser. Er hatte ihn einem alten Mann, der einen Schubkarren schob, abgekauft.
Der übliche Spruch wurde gefällt. Das Publikum begann sich hinauszuschieben. Pender mußte sich nun beeilen, damit er sei-

nen Mann nicht aus den Augen verlor. Er drängte sich, Entschuldigungen murmelnd, durch die Menge. An der Tür hatte er den Mann beinahe erreicht, doch eine dicke Frau kam dazwischen. Er stürzte an ihr vorbei, sie stieß einen Entrüstungsschrei aus. Der Mann vor ihr wandte den Kopf, und das Licht über der Tür glänzte auf seinen Brillengläsern.

Pender zog den Hut in die Stirn und folgte dem andern. Seine Schuhe hatten Kreppsohlen und verursachten auf dem klebrigen Pflaster keinerlei Geräusche. Der Mann ging weiter, schlenderte ruhig die Straße hinauf, bog dann in eine andere ein; er sah sich nie um. Der Nebel war so dicht, daß Pender sich wenige Meter hinter ihm halten mußte. Wohin ging er? In die beleuchteten Straßen? Nach Hause mit dem Bus oder der Straßenbahn? Nein, er wandte sich nach links, in eine enge Gasse.

Hier war der Nebel noch dichter. Pender konnte den Mann nicht mehr sehen, hörte aber die Schritte im gleichbleibenden Rhythmus vor sich hergehen. Ihm schien es, als seien sie beide allein auf der Welt – Verfolgter und Verfolger, Totschläger und Rächer. Die Straße begann stärker abzufallen. Sie mußten irgendwo nahe am Fluß herauskommen.

Plötzlich traten die schwachen Schatten der Häuser auf einer Seite zurück. Ein freier Platz öffnete sich, mit einer undeutlich sichtbaren Laterne in der Mitte. Die Schritte erstarben. Pender, der geräuschlos hinterhereilte, sah, daß der Mann dicht neben der Laterne stand und anscheinend in einem Notizbuch etwas suchte.

Vier Schritte, und Pender war bei ihm. Er zog den Sandsack aus der Tasche. Der Mann blickte auf.

«Diesmal hab' ich Sie», sagte Pender und schlug mit aller Kraft zu.

Pender hatte recht gehabt. Er bekam wirklich eine Grippe. Es dauerte eine Woche, bis er wieder auf den Beinen war. Das Wetter hatte sich geändert, die Luft war rein und mild. Trotz der Schwäche, die die Krankheit hinterlassen hatte, fühlte er sich, als sei ihm eine schwere Last von den Schultern genommen. Er ging, noch etwas wackelig, zu einer Buchhandlung am Strand, die er besonders schätzte, und kaufte dort eine D.-H.-Lawrence-Erstausgabe zu einem Preis, von dem er wußte, daß er mehr als vorteilhaft war. Dadurch aufgemuntert, begab er

sich in ein kleines Speiselokal, das hauptsächlich von Zeitungsleuten der Fleet Street besucht wurde, und bestellte ein gegrilltes Kotelett und eine Flasche Bier.
Am Nebentisch saßen zwei Journalisten.
«Warst du bei der Beerdigung vom alten Buckley?» fragte der eine.
«Ja», sagte der andere. «Armer Teufel! Verrückt, daß er so den Schädel eingeschlagen bekam. Er muß unterwegs zu einem Interview mit der Witwe von dem Mann gewesen sein, der im Schwitzbad starb. Eine unsichere Gegend. Wahrscheinlich hatte es einer von Jimmy the Card's Bande auf ihn abgesehen. Er war ein großartiger Kriminalreporter – sie werden so schnell keinen Ersatz für Bill Buckley auftreiben.»
«War auch ein anständiger Kerl. Alter Spaßvogel. Nahm die Leute andauernd auf den Arm. Erinnerst du dich an das Stückchen mit dem Thanatolsulfat?»
Pender fuhr zusammen. *Das* war das Wort, nach dem er so viele Monate lang gesucht hatte. Ein seltsames Schwindelgefühl überkam ihn, und zur Stärkung nahm er einen Schluck Bier.
«... und sah dich dabei an, ernsthaft wie ein Richter», sagte der eine Journalist gerade. «Gewöhnlich brachte er den Jux im Zug an den Mann, bei armen, harmlosen Tölpeln, um zu sehen, wie sie es aufnahmen. Du wirst es nicht glauben: einer bot ihm schließlich ...»
«Moment mal», unterbrach ihn sein Freund. «Der Mann da drüben ist ohnmächtig geworden. Ich fand schon die ganze Zeit, er sehe ein bißchen blaß aus.»

Gift im Portwein

«Guten Morgen, Miss», sagte Montague Egg, als sich die Haustür öffnete, und lüftete mit leichtem Schwung seinen eleganten Filzhut. «Da bin ich wieder, wie Sie sehen. Sie haben mich nicht vergessen, wie? Das ist schön, denn ich könnte eine junge Dame wie Sie niemals vergessen, in hundert Jahren nicht. Wie geht es Seiner Lordschaft heute? Ich denke, er wird ein paar Minuten für mich zu sprechen sein?»

Egg lächelte liebenswürdig, eingedenk der Maxime Nummer zehn aus dem Handbuch für Handlungsreisende: «Ist dir das Mädchen wohlgesonnen, hast du die Sache fast gewonnen.»
Das Stubenmädchen jedoch machte einen nervösen, verwirrten Eindruck.
«Ich weiß nicht ... o ja ... kommen Sie herein, bitte. Seine Lordschaft ... das heißt ... ich fürchte ...»
Egg trat eilfertig ein, das Musterköfferchen in der Hand, und sah sich zu seiner großen Überraschung einem Polizisten gegenüber, der ihn ziemlich schroff nach seinem Namen und Beruf fragte.
«Reisevertreter der Firma Plummet & Rose, Wein und Spirituosen, Piccadilly», sagte Egg mit der Miene eines Mannes, der nichts zu verbergen hat. «Hier ist meine Karte. Was gibt's, Herr Wachtmeister?»
«Plummet & Rose?» fragte der Polizist. «So, so, da setzen Sie sich mal einen Augenblick. Es würde mich nicht wundern, wenn der Inspektor ein paar Worte mit Ihnen reden möchte.»
Eggs Befremden wuchs; gehorsam nahm er Platz, und nach wenigen Minuten wurde er in ein kleines Wohnzimmer geführt, in dem sich ein uniformierter Polizeiinspektor und ein weiterer Polizist mit einem Notizbuch befanden.
«Aha», sagte der Inspektor, «setzen Sie sich, Mr.... hm, hm ... Egg. Vielleicht können Sie ein bißchen Licht in diese Affäre bringen. Wissen Sie etwas über eine Kiste Portwein, die im letzten Frühjahr an Lord Borrodale verkauft wurde?»
«Sicher, wenn Sie den Dow 1908 meinen», erwiderte Egg. «Ich habe den Abschluß selbst getätigt. Sechs Dutzend Flaschen zu einhundertzweiundneunzig Shilling das Dutzend. Von mir persönlich am 3. März bestellt. Von unserm Hauptbüro am 8. März abgesandt. Empfang bestätigt am 10. März, mit Scheck beglichen. Von unserer Seite alles in Ordnung. Es ist doch nichts schiefgegangen damit, hoffe ich? Wir haben bisher noch keine Klagen gehört. Ich kam gerade vorbei, um Seine Lordschaft zu fragen, wie ihm der Wein schmeckt und ob er mir einen weiteren Auftrag geben möchte.»
«Ich verstehe», sagte der Inspektor. «Sie kamen heute also ganz zufällig hierher, im Verlauf Ihrer üblichen Tour? Ohne besondere Gründe?»

Egg, der nun überzeugt war, daß etwas gründlich schiefgegangen sein mußte, reichte als Antwort dem Inspektor sein Auftragsbuch und seinen Reiseplan.

Der Inspektor sah die Unterlagen kurz durch, dann sagte er: «Scheint alles in Ordnung zu sein. Nun, Mr. Egg, ich muß Ihnen leider sagen, daß Lord Borrodale heute morgen in seinem Arbeitszimmer tot aufgefunden wurde, und zwar unter Begleitumständen, die mit höchster Wahrscheinlichkeit darauf schließen lassen, daß er Gift zu sich genommen hat. Und was schwerer wiegt, es sieht ganz so aus, als wäre ihm das Gift mit einem Glas von Ihrem Wein eingeflößt worden.»

«Was Sie nicht sagen!» rief Egg ungläubig. «Es tut mir sehr leid, daß ich das hören muß. Es wird unserm Ruf nicht gerade nützen. Ausgeschlossen, daß der Wein nicht völlig in Ordnung war, als wir ihn versandten. Es würde sich nicht auszahlen, wenn wir unsere Weine mit irgend etwas versetzten, das brauche ich Ihnen nicht zu erzählen. Aber eine solche Affäre schafft nicht die Art Publicity, die wir schätzen. Was bringt Sie überhaupt darauf, daß es der Portwein war?»

Statt zu antworten, schob der Inspektor eine Glaskaraffe, die auf dem Tisch stand, zu Egg hinüber.

«Da, sehen Sie selbst, was Sie davon halten. Fassen Sie's ruhig an, wir haben es schon auf Fingerabdrücke untersucht. Hier ist ein Glas, wenn Sie eines wollen, aber ich rate Ihnen nicht, etwas davon zu trinken – falls Sie nicht lebensmüde sind.»

Egg schnupperte vorsichtig an der Karaffe und runzelte die Stirn. Er goß ein Schlückchen von dem Wein ins Glas, schnupperte wieder und runzelte wieder die Stirn. Dann nahm er einen Versuchstropfen auf die Zunge und spie ihn sofort mit größtmöglichem Anstand in einen Blumentopf.

«Du meine Güte», sagte Montague Egg. Sein rosiges Gesicht war ganz faltig vor Kummer. «Das schmeckt, als ob der alte Herr seine Zigarrenstummel in den Portwein hätte fallen lassen.»

Der Inspektor wechselte einen Blick mit dem Polizisten.

«Sie haben nicht weit danebengeraten», sagte er. «Der Doktor ist mit seiner Obduktion noch nicht ganz fertig, aber er meint, es sehe nach einer Nikotinvergiftung aus. Und das ist das Problem. Lord Borrodale hatte die Gewohnheit, jeden Abend nach dem Essen in seinem Arbeitszimmer ein paar Gläser Portwein zu trinken. Gestern abend wurde ihm der Wein wie üblich gegen neun Uhr gebracht. Es war eine neue Flasche, und Craven — das ist der Butler — holte sie direkt aus dem Keller in einem Korbgestell . . .»

«Einem Flaschenkörbchen», warf Egg ein.

«. . . einem Flaschenkörbchen, wenn Sie's so nennen. James, der Diener, folgte ihm mit Karaffe und Glas auf einem Tablett. Lord Borrodale prüfte die Flasche, die noch das Originalsiegel trug, dann zog Craven den Kork heraus und füllte den Wein in die Karaffe, unter den Augen Lord Borrodales und des Dieners. Daraufhin verließen beide Dienstboten das Zimmer und gingen in den Küchentrakt; im Weggehen hörten sie, wie Lord Borrodale das Arbeitszimmer hinter ihnen zusperrte.»

«Wozu das?»

«Anscheinend machte er es gewöhnlich so. Er schrieb an seinen Memoiren — er war ein berühmter Richter, müssen Sie wissen —, und da manche der Papiere, die er als Unterlagen benützte, streng vertraulich waren, sicherte er sich lieber gegen unliebsame Überraschungen. Um elf Uhr, als das Personal zu Bett ging, bemerkte James, daß das Licht im Arbeitszimmer noch brannte. Am Morgen entdeckte man, daß Lord Borrodale nicht zu Bett gewesen war. Die Tür des Arbeitszimmers war noch immer versperrt, und als man sie aufgebrochen hatte, fand man ihn tot auf dem Boden liegen. Es sah so aus, als hätte er, von Übelkeit befallen, versucht, die Glocke zu erreichen, und wäre unterwegs zusammengebrochen. Der Doktor sagt, er muß etwa um zehn Uhr gestorben sein.»

«Selbstmord?»

«Nun, damit hat es einige Schwierigkeiten. Erstens die Lage der Leiche. Dann haben wir das Zimmer sorgfältig durchsucht und keinerlei Spur von einem Fläschchen oder sonst etwas gefunden, in dem er das Gift gehabt haben könnte. Außerdem scheint er sich seines Lebens gefreut zu haben. Er hatte keine finanziellen oder häuslichen Sorgen und war bei ausgezeichneter Gesundheit. Warum sollte er Selbstmord begehen?»

«Aber wenn er es nicht selbst war», wandte Egg ein, «wie kam es, daß er den üblen Geruch des Weins nicht bemerkte?»

«Anscheinend hat er gleichzeitig eine ziemlich schwere Zigarre geraucht», sagte der Inspektor (Egg schüttelte mißbilligend den Kopf), «außerdem litt er, wie man mir sagte, an einer leichten Erkältung, das mag seinen Geruchs- und Geschmackssinn etwas beeinträchtigt haben. Auf der Karaffe und dem Glas sind keine Fingerabdrücke außer seinen eigenen und denen des Butlers und des Dieners – was zwar nicht ausschließen würde, daß jemand Gift in eins von beiden praktizierte, wenn nicht die Tür versperrt gewesen wäre. Auch die Fenster waren beide von innen verschlossen, mit einbruchssicheren Riegeln.»

«Und wie ist es mit der Karaffe?» fragte Egg, eifrig bedacht auf den guten Ruf seiner Firma. «War sie sauber, als sie hereingebracht wurde?»

«Ja. James wusch sie aus, unmittelbar bevor er damit ins Arbeitszimmer ging; der Koch schwört, er habe es gesehen. James benützte dazu Wasser aus der Leitung und spülte mit einem bißchen Brandy nach.»

«Sehr richtig», sagte Egg anerkennend.

«Und auch mit dem Brandy war alles in Ordnung, denn Craven nahm nachher selbst ein Glas davon – um sein Herzklopfen zu beruhigen, sagte er.» Der Inspektor räusperte sich bedeutungsvoll. «Das Glas wurde von James ausgewischt, als er es aufs Tablett stellte, und dann trug er alles ins Arbeitszimmer. Nichts blieb auch nur einen Augenblick irgendwo stehen zwischen dem Verlassen des Anrichteraums und dem Betreten des Arbeitszimmers, doch Craven erinnert sich, daß ihn beim Durchqueren der Halle Miss Waynfleet aufhielt und kurz ein paar Anordnungen für den folgenden Tag mit ihm besprach.»

«Miss Waynfleet? Das ist die Nichte, nicht wahr? Ich sah sie bei meinem letzten Besuch. Eine sehr charmante junge Dame.»

«Lord Borrodales Erbin», bemerkte der Inspektor vielsagend.

«Eine sehr reizende junge Dame», sagte Egg mit Nachdruck. «Und wenn ich Sie recht verstanden habe, trug Craven nur das Flaschenkörbchen, nicht die Karaffe oder das Glas.»

«Ja, so war es.»

«Schön, dann sehe ich keine Möglichkeit, daß sie in das, was Craven trug, etwas hineinträufeln konnte.» Egg machte eine Pause. «Das Originalsiegel über dem Kork – Sie sagen, Lord Borrodale sah es?»

«Ja, und ebenso Craven und James. Sie können es selbst ansehen, wenn Sie wollen – vielmehr das, was davon übrig ist.»
Der Inspektor zog einen Aschenbecher heran, der neben ein wenig Zigarrenasche kleine Stückchen dunkelblauen Siegellacks enthielt. Egg untersuchte sie sorgfältig.
«Das ist unser Siegellack und unser Siegel, es stimmt», erklärte er schließlich. «Die Spitze des Korks ist mit einem scharfen Messer sauber weggeschnitten und das Firmenzeichen unverletzt erhalten. ‹Plummet & Rose. Dow 1908.› Völlig in Ordnung. Wie steht's mit dem Filtriertrichter?»
«Am selben Nachmittag vom Küchenmädchen mit kochendem Wasser ausgewaschen. Unmittelbar vor dem Gebrauch von James ausgewischt, der ihn mit der Karaffe und dem Glas auf seinem Tablett hineintrug. Mit der Flasche zurückgebracht und sofort wieder gespült – unglücklicherweise, sonst natürlich hätte er uns vielleicht etwas darüber erzählt, wie das Nikotin in den Portwein geriet.»
«Nun», sagte Egg störrisch, «bei uns kam es nicht hinein, das ist sicher. Mehr noch: ich glaube nicht, daß es überhaupt in der Flasche war. Wie könnte das auch sein? Wo ist sie übrigens?»
«Eingepackt, um zum Gerichtschemiker gebracht zu werden, denke ich», antwortete der Inspektor, «aber da Sie hier sind, werfen Sie besser noch einen Blick darauf. Podgers, geben Sie uns die Flasche noch einmal. Es sind keine Fingerabdrücke darauf außer denen von Craven, es sieht also nicht so aus, als wenn daran herumgepfuscht worden wäre.»
Der Polizist brachte ein braunes Päckchen zum Vorschein, aus dem er eine Portweinflasche zog, mit einem frischen Kork verschlossen. Es haftete noch ein wenig Kellerstaub daran, vermischt mit Fingerabdruckpulver. Egg entfernte den Kork und beroch den Inhalt lange und intensiv. Dann veränderte sich sein Gesichtsausdruck.
«Woher haben Sie diese Flasche?» fragte er scharf.
«Von Craven. Natürlich gehörte sie zum ersten, was wir zu sehen wünschten. Er nahm uns mit in den Keller und zeigte sie uns.»
«Stand sie für sich oder unter anderen Flaschen?»
«Sie stand auf dem Kellerboden am Ende einer Reihe leerer Flaschen, die alle zur selben Kiste gehörten; er erklärte uns,

daß er sie nacheinander, wie sie verbraucht würden, auf den Boden stelle, bis man sie einsammle und wegbringe.»

Egg neigte gedankenvoll die Flasche, bis ein paar Tropfen dikker roter Flüssigkeit, getrübt von Teilchen des aufgerührten Niederschlags, in sein Weinglas rannen. Er roch wieder daran und kostete. Seine Stumpfnase hob sich kriegerisch.

«Nun?» fragte der Inspektor.

«Kein Nikotin darin, unter keinen Umständen», antwortete Egg, «oder meine Nase trügt mich, was — Sie werden mich verstehen, Herr Inspektor — sehr unwahrscheinlich ist, denn meine Nase ist sozusagen mein Lebensunterhalt. Nein. Sie werden die Flasche selbstverständlich zur chemischen Untersuchung schicken müssen; das verstehe ich durchaus, aber ich würde ein ganz hübsches Sümmchen darauf wetten, daß sie sich als harmlos erweist. Und das — ich brauche es Ihnen nicht zu versichern — wird für uns eine große Erleichterung bedeuten. Ich für meinen Teil möchte Ihnen noch sagen, daß ich die freundliche Art, mit der Sie mir die Sache vorgelegt haben, sehr zu schätzen weiß.»

«Schon gut; Ihre Fachkenntnis ist für uns wertvoll. Wir können jetzt wohl die Flasche aus unseren Überlegungen ausschließen und uns auf die Karaffe konzentrieren.»

«Ganz recht», erwiderte Egg. «Doch was ich sagen wollte: Wissen Sie zufällig, wieviel von den sechs Dutzend Flaschen verbraucht worden sind?»

«Nein, aber Craven kann es uns sagen, wenn Sie es unbedingt wissen wollen.»

«Nur zu meiner Beruhigung», sagte Egg. «Nur, damit ich sicher weiß, daß dies tatsächlich die bewußte Flasche ist. Ich möchte nicht das Gefühl haben, daß ich Sie in irgendeiner Weise irregeführt habe.»

Der Inspektor drückte auf die Klingel, und sogleich erschien der Butler, ein älterer Mann von höchst ehrbarem Aussehen.

«Craven», sagte der Inspektor, «das ist Mr. Egg von Plummet & Rose.»

«Ich habe die Bekanntschaft Mr. Eggs schon gemacht.»

«Ach ja. Er ist natürlich an der Geschichte mit dem Portwein interessiert und wollte gern wissen — was war es doch genau, Mr. Egg?»

«Diese Flasche», sagte Monty und schlug leicht mit dem Fingernagel gegen das Glas, «ist doch diejenige, die Sie gestern abend geöffnet haben?»
«Ja, Sir.»
«Sind Sie sicher?»
«Ja, Sir.»
«Wie viele Flaschen haben Sie noch?»
«Das kann ich nicht so aus dem Stegreif sagen, Sir, ohne das Kellerbuch.»
«Und das ist im Keller, nicht wahr? Ich würde gern einen Blick in Ihren Keller werfen; man hat mir erzählt, er sei ausgezeichnet. Alles bestimmt piekfein in Ordnung. Die richtige Temperatur und was sonst dazu gehört?»
«Zweifellos, Sir.»
«Wir gehen alle zusammen und schauen uns den Keller an», schlug der Inspektor vor, der trotz seines eben geäußerten Vertrauens anscheinend doch Bedenken hatte, Egg mit dem Butler allein zu lassen.
Craven verbeugte sich und ging voraus; er hielt nur kurz inne, um die Schlüssel aus dem Anrichteraum zu holen.
«Dieses Nikotin», plauderte Egg, als sie einen langen Gang hinabschritten, «ist das sehr giftig? Ich meine, benötigt man ein großes Quantum davon, um einen Menschen zu töten?»
«Ich hörte vom Arzt», erwiderte der Inspektor, «daß wenige Tropfen des reinen Extrakts, oder wie sie es nennen, den Tod herbeiführen, und zwar innerhalb einer Zeitspanne von zwanzig Minuten bis zu sieben oder acht Stunden.»
«Du meine Güte!» sagte Egg. «Und wieviel von dem Portwein hat der arme alte Herr getrunken? Zwei ganze Gläser?»
«Ja, Sir, nach der Karaffe zu schließen. Lord Borrodale hatte die Gewohnheit, seinen Wein rasch wegzutrinken. Nicht in kleinen Schlucken, Sir.»
Egg war betrübt.
«Keinesfalls das richtige», sagte er kummervoll, «nein, nein! ‹Nur durch Schnuppern, Schlürfen, Schmecken läßt die Blume sich entdecken› – das ist die Regel fürs Weintrinken, müssen Sie wissen. Gibt es im Garten so etwas wie einen Teich oder Bach, Mr. Craven?»
«Nein, Sir», antwortete der Butler ein wenig überrascht.

«Ich habe mir gerade etwas überlegt. Jemand muß doch das Nikotin in irgendeinem Behälter hierhergebracht haben. Was konnte dieser Jemand mit dem Fläschchen, oder was es nun war, anstellen?»
«Oh, es ins Gebüsch werfen oder vergraben», sagte Craven, «das macht keinerlei Schwierigkeiten. Es sind sechs Morgen Garten, ohne die Wiese und den Hof. Und dann gäbe es dafür natürlich auch die Wasserfässer und den Brunnenschacht.»
«Wie dumm von mir», gab Egg zu, «daran habe ich nicht gedacht. Und das ist der Keller, nicht wahr? Großartig – die Ausstattung ist wirklich famos, kann ich nur sagen. Sehr hübsch, auch die Temperatur. Sommer und Winter gleich, wie? Weit genug entfernt von der Zentralheizung?»
«O ja, gewiß, Sir. Die liegt an der anderen Seite des Hauses. Vorsicht bei der letzten Stufe, meine Herren, sie ist ein bißchen angeschlagen. Und hier stand der Dow 1908, Sir. Kiste Nr. 17 – ein, zwei, drei und ein halbes Dutzend sind noch da, Sir.»
Egg nickte und überprüfte im Schein seiner Taschenlampe, die er dicht an die herausragenden Flaschenhälse hielt, sorgfältig das Firmensiegel.
«Ja», sagte er, «da sind sie. Dreieinhalb Dutzend, wie Sie sagen. Traurig, zu denken, daß die Kehle, durch die ihr Inhalt hätte rinnen sollen, nun vom Tod verschlossen daliegt – wenn man so sagen darf. Ich denke oft, wenn ich meine Besuchstouren mache, wie schade es ist, daß wir nicht alle im Alter milder und sanfter werden, wie dieser Wein. Ein feiner alter Herr, Lord Borrodale, so hat man mir erzählt, aber ein bißchen dickköpfig, wenn das nicht zu unehrerbietig klingt.»
«Er war hart, Sir», stimmte ihm der Butler zu, «aber gerecht. Ein sehr gerechter Herr.»
«Bestimmt. Und das hier, nehme ich an, sind die leeren Flaschen. Zwölf, vierundzwanzig, neunundzwanzig – und eine sind dreißig – und dreiundeinhalbes Dutzend sind zweiundvierzig – zweiundsiebzig – sechs Dutzend – meiner Rechnung nach stimmt es.» Er hob die leeren Flaschen eine nach der anderen hoch. «Man sagt, Tote erzählen keine Geschichten, aber die hier verraten dem guten Monty Egg doch einiges. Diese da zum Beispiel. Wenn sie jemals Dow 1908 von Plum-

met & Rose enthielt, dann dürfen Sie Monty Egg nehmen und Rührei aus ihm machen. Der Geruch stimmt nicht, der Niederschlag stimmt nicht, und dieser Kalkspritzer stammt auch auf keinen Fall von unserem Kellermeister. Passiert eben sehr leicht, daß man eine leere Flasche mit einer andern verwechselt. Zwölf, vierundzwanzig, achtundzwanzig und eine sind neunundzwanzig. Ich frage mich, was aus der dreißigsten Flasche geworden ist?»

«Ich weiß sicher, daß ich nie eine wegnahm», sagte der Butler.

«Die Schlüssel im Anrichteraum – sie hängen innen bei der Tür – sind sehr leicht zugänglich», sagte Monty.

«Einen Augenblick», unterbrach der Inspektor. «Meinen Sie damit, daß diese Flasche nicht zu derselben Sendung Portwein gehört?»

«Sie gehört nicht dazu – aber zweifellos fand Lord Borrodale gelegentlich an einer anderen Weinsorte Gefallen.» Egg stellte die Flasche auf den Kopf und schüttelte sie heftig. »Völlig trokken. Seltsam. Eine tote Spinne lag auf dem Flaschenboden. Sie würden sich wundern, wie lange eine Spinne ohne Nahrung am Leben bleibt. Seltsam, daß diese leere Flasche, die mitten in der Reihe steht, trockener sein soll als die am Anfang und eine tote Spinne enthält. Wir bekommen eine Menge seltsamer Dinge zu Gesicht in unserem Beruf, Herr Inspektor – wir werden dazu angeregt, alles mögliche zu bemerken, wenn man so sagen darf. ‹Halt überall die Augen offen, so darfst du auf Erfolge hoffen.› Die Flasche kann man wohl ein seltsames Ding nennen. Und noch etwas. Die andere Flasche, die, von der Sie sagten, Sie hätten sie gestern abend geöffnet, Craven – wie konnten Sie sich so irren? Wenn ich meiner Nase trauen kann, von meinem Gaumen ganz zu schweigen, ist diese Flasche schon mindestens eine Woche offen.»

«Wirklich, Sir? Ich weiß bestimmt, daß ich sie vom Ende der Reihe wegnahm. Jemand muß hier gewesen sein und sie ausgewechselt haben.»

«Aber –», sagte der Inspektor, dann hielt er plötzlich mitten im Sprechen inne, als sei ihm ein Gedanke aufgegangen. «Ich glaube, es ist besser, Sie geben Ihre Kellerschlüssel mir, Craven, und wir werden den Keller genau untersuchen. Das wär's für den Augenblick. Wenn Sie mit mir nach oben kommen wollten, Mr. Egg? Ich möchte noch ein paar Worte mit Ihnen sprechen.»

«Immer gern zu Diensten», sagte Monty liebenswürdig. Sie kehrten in die Oberwelt zurück.

«Ich weiß nicht, Mr. Egg», bemerkte der Inspektor, «ob Sie sich bewußt sind, welche Tragweite, oder sagen wir, welche Folgerungen Ihre letzten Äußerungen haben. Angenommen, es stimmt, daß diese Flasche nicht die richtige ist, dann wurde sie mit Absicht ausgetauscht, und die richtige fehlt. Und weiter: die Person, die sie vertauschte, hinterließ keine Fingerabdrücke.»

«Ich verstehe, was Sie meinen», sagte Egg, der diese Folgerung schon vor einiger Zeit gezogen hatte, «und mehr noch: Es sieht so aus, als ob das Gift am Ende doch in der Flasche gewesen wäre, nicht wahr? Und damit – so wollen Sie sagen – scheint die Sache für Plummet & Rose ernst zu werden, da nun einmal zweifellos unser Siegel auf der Flasche war, als sie in Lord Borrodales Zimmer gebracht wurde. Ich streite das nicht ab, Herr Inspektor. ‹Wenn Tatsachen dich nicht verschonen, nützen dir keine Illusionen.› Das ist ein sehr nützlicher Grundsatz für jeden, der in unserer Branche vorankommen möchte.»

«Nun, Mr. Egg», antwortete der Inspektor lachend, «und was würden Sie zur nächsten Folgerung sagen? Da niemand außer Ihnen ein Interesse daran hatte, diese Flasche auszutauschen, sieht es so aus, als müßte ich Ihnen Handfesseln anlegen.»

«Das ist allerdings eine unangenehme Folgerung», protestierte Egg, «und ich hoffe, Sie werden sie nicht ziehen. Ich hätte es gar nicht gern, wenn so etwas passieren würde, und meine Arbeitgeber fänden es auch nicht nett. Glauben Sie nicht, es wäre eine gute Idee, wenn wir, bevor etwas geschieht, was wir nachher vielleicht bedauern müßten, erst einmal einen Blick in den Heizungsraum werfen würden?»

«Warum in den Heizungsraum?»

«Weil Craven gerade den nicht erwähnte, als wir ihn fragten, wo jemand etwas, das er gern loswerden wollte, möglicherweise verschwinden lassen könnte.»

Der Inspektor schien über diese Argumentation betroffen. Er beorderte ein paar Polizisten zu Hilfe, und bald wurde die

Asche des Zentralheizungsofens durchwühlt. Der erste Fund war ein dicker Brocken halbzerschmolzenes Glas, der einst zu einer Weinflasche gehört haben könnte.

«Es hat den Anschein, als könnten Sie recht haben», sagte der Inspektor, «aber ich sehe keine Möglichkeit, etwas zu beweisen. Es spricht wenig dafür, daß wir aus diesem Ding da Nikotin herausbekommen.»

«Das glaube ich auch nicht», stimmte ihm Egg betrübt zu. «Aber» — sein Gesicht hellte sich auf — «was ist damit?»

Aus dem Sieb, durch das ein Polizist die Asche schüttete, nahm er ein dünnes, verbogenes Stück gedrehtes Metall, an dem noch ein Klumpen verkohltes Elfenbein hing.

«Was in aller Welt ist das?»

«Es sieht nicht mehr nach viel aus, aber ich meine, es war einmal ein Korkenzieher», sagte Egg freundlich. «Etwas daran kommt mir bekannt vor. Und wenn Sie hierhersehen wollen, werden Sie, glaube ich, feststellen, daß der Metallteil hohl ist. Es würde mich nicht wundern, wenn der dicke Beingriff ebenfalls hohl war. Er ist jetzt natürlich stark verkohlt, aber wenn Sie ihn aufbrechen könnten und innen einen Hohlraum fänden und vielleicht gar ein bißchen verschmortes Gummi — nun, das wäre eine Erklärung für vieles.»

Der Inspektor schlug sich auf die Schenkel.

«Beim Himmel, Mr. Egg», rief er aus, «ich glaube, ich begreife, worauf Sie hinauswollen. Sie meinen, wenn der Korkenzieher ausgehöhlt wurde und eine Gummipipette enthielt wie ein Füllfederhalter, um das Gift zu speichern, dann konnte man durch Kolbendruck oder ähnliches das Nikotin ausfließen lassen.»

«Genau so», sagte Mr. Egg. «Der Korkenzieher mußte sehr sorgfältig in den Kork gebohrt werden, damit der Kanal unbeschädigt blieb, und er mußte lang genug sein, daß er über den Kork hinausragte, aber das ließ sich machen. Mehr noch, man hat es gemacht, oder warum sonst sollte dies kleine Loch im Metall sein, etwa einen halben Zentimeter vom Ende entfernt? Gewöhnliche Korkenzieher sind nie hohl — meiner Erfahrung nach nie, und ich bin, wenn man so sagen darf, mit Korkenziehern aufgewachsen.»

«Aber wer, in diesem Fall ...?»

«Nun, der Mann, der den Kork herauszog, meinen Sie nicht?

Der Mann, dessen Fingerabdrücke auf der Flasche waren.»
«Craven? Aber wo ist sein Motiv?»
«Das weiß ich nicht», antwortete Egg. «Aber Lord Borrodale war Richter, und ein harter Richter dazu. Wenn Sie Cravens Fingerabdrücke an Scotland Yard schicken, werden sie dort vielleicht identifiziert. Ich weiß es nicht. Aber es ist doch möglich, nicht wahr? Oder unter Umständen weiß auch Miss Waynfleet etwas über ihn. Oder er könnte auch einfach in den Memoiren erwähnt sein, die Lord Borrodale in Arbeit hatte.»
Der Inspektor verfolgte diese Spuren unverzüglich. Weder Scotland Yard noch Miss Waynfleet wußten etwas gegen den Butler zu sagen, der seit zwei Jahren in seiner Stellung war und sie stets zur Zufriedenheit ausgefüllt hatte; doch ein Nachschlagen in Lord Borrodales Richtermemoiren ergab, daß er vor einer Reihe von Jahren einen jungen Mann mit Namen Craven, einen Metallfacharbeiter, der anscheinend in eine Betrugsaffäre auf Kosten seines Arbeitgebers verwickelt war, zu einer harten Zuchthausstrafe verurteilt hatte. Weitere Nachforschungen ergaben, daß dieser Mann sechs Monate zuvor aus der Haft entlassen worden war.
«Cravens Sohn natürlich», sagte der Inspektor. «Und er hatte auch die manuelle Geschicklichkeit, einen Korkenzieher herzustellen, der die genaue Imitation des gewöhnlich im Haushalt benutzten war. Ich frage mich, woher sie das Nikotin hatten? Nun, wir werden auch das bald aufklären können. Ich glaube, es ist nicht schwierig zu bekommen, man gebraucht es im Garten. Ich bin Ihnen sehr dankbar für Ihre fachliche Hilfe, Mr. Egg. Es hätte uns viel Zeit gekostet, die richtigen und die falschen Flaschen herauszufinden. Ich nehme an, Sie begannen Craven zu verdächtigen, als Sie feststellten, daß er Ihnen die falsche Flasche gegeben hatte?»
«O nein», antwortete Egg mit bescheidenem Stolz, «ich wußte, daß es Craven war, von der Minute an, als er das Zimmer betrat.»
«Nein, wirklich? Sie sind ein regelrechter Sherlock Holmes, nicht wahr? Aber woher wußten Sie's?»
«Er nannte mich ‹Sir›», erklärte Egg und hüstelte diskret. «Das letztemal, als ich hier vorsprach, redete er mich mit ‹junger Mann› an und sagte, Vertreter hätten die Hintertür zu be-

nutzen. Ein schlimmer Mangel an Höflichkeit. ‹Ob du unrecht hast oder recht, Unhöflichkeit ist immer schlecht›, wie es im ‹Handbuch für Handlungsreisende› heißt.»

Spürnasen

Der Tagesraum im «Pig and Pewter» bot Montague Egg den Anblick einer düsteren Höhle, in der einige Urmenschen über einem von feuchtem Seetang genährten Feuer Mammutfleisch gebraten hatten. Mit anderen Worten: der Raum war schlecht beleuchtet, rauchig und roch nach abgestandenem Essen.
«Ach je, ach je!» murmelte Egg vor sich hin. Er stocherte in den grämlich glimmenden Kohlen, die daraufhin eine Wolke gelblichen Rauchs von sich gaben.
Hustend drückte Egg auf die Klingel.
«O bitte sehr, Sir», sagte das Mädchen, das auf sein Läuten erschien, «es tut mir wirklich leid, aber so ist es immer bei Ostwind, Sir, und wir haben es schon mit allen möglichen Schornsteinkappen und Zugrohren probiert, Sie würden sich wundern. Heute war der Mann da und hat daran gearbeitet, darum haben wir eben erst Feuer angezündet, Sir. Aber anscheinend läßt sich nichts dran ändern. Doch in der Bar ist ein schönes Feuer, Sir, wenn Sie dorthin gehen möchten. Es ist sehr angenehme Gesellschaft dort, Sir, Sie würden sich bestimmt wohlfühlen. Sie finden da drüben noch einen Herrn, der auf Kundenreise ist wie Sie, und den alten Mr. Faggott und Polizeisergeant Jukes von Drabblesford. Ja, und noch zwei oder drei Leute, die mit dem Auto oder Motorrad gekommen sind, aber alle sehr nett und ruhig, Sir.»
«Es wird mir sicher gefallen», sagte Egg liebenswürdig. Dennoch nahm er sich im stillen vor, seine Vertreterkollegen vor dem «Pig and Pewter» in Mugbury zu warnen; denn ein Gasthof wird nach seinem Tagesraum eingestuft. Außerdem war das Essen schlecht gewesen, und zwar so schlecht, daß es sich auch nicht durch seine ziemlich späte Ankunft entschuldigen ließ.
In der Bar jedoch sahen die Dinge besser aus. An der einen Seite des freundlich wärmenden Feuers saß der alte Mr. Fag-

gott, ein bejahrter Landwirt, unter dessen dünnem, weißem Bart ein langes scharlachrotes Halstuch herabhing. Ihm gegenüber, ebenfalls einen Deckelkrug vor sich, saß ein großer Mann, den man von weitem als Polizeibeamten in Zivil erkannte. An einem Tisch vor dem Kamin hatte sich ein gewandt aussehender, dunkelhaariger, ziemlich junger Mann niedergelassen, den Egg an seiner dicken Ledertasche auf den ersten Blick als den anderen Handlungsreisenden identifizierte. Er trank Sherry. An einem anderen Tisch steckten ein junger Mann und ein Mädchen in Motorradkleidung über einem Whisky-and-Polly und einem Glas Portwein flüsternd die Köpfe zusammen. Ein Mann in Hut und Regenmantel bestellte an der Theke ein Guiness-Bier, während ganz hinten an der Ecke stumm eine unbestimmbare Gestalt saß, halb verdeckt von einem Schlapphut und einer Zeitung. Egg grüßte sehr höflich und bemerkte, es sei häßliches Wetter heute abend.

Der Handelsvertreter äußerte nachdrücklich seine Zustimmung. «Ich hätte noch nach Drabblesford weiterfahren sollen», sagte er, «aber bei diesem Frost und Sprühregen und wieder Frost, da sind die Straßen in einem Zustand, daß ich wohl besser bleibe, wo ich bin.»

«Genauso geht es mir», sagte Egg und trat an die Theke. «Eine Halbe Mild-and-Bitter, bitte. Es ist auch so kalt, nicht wahr?»

«Sehr kalt», sagte der Polizist.

«Stimmt», sagte der alte Mr. Faggott.

«Scheußlich», pflichtete der Mann im Regenmantel bei, der von der Theke zurückkam und sich neben den Handelsvertreter setzte. «Ich weiß, was ich sage. Bin zwei Meilen vor dem Ort gegen einen Telegrafenmast geschlittert. Sie sollten meine Stoßstange sehen. Nun ja, in dieser Jahreszeit kann man nicht viel anderes erwarten.»

«Stimmt», sagte der alte Faggott. Das Gespräch verstummte.

Egg hob seinen Krug und trank den anderen höflich zu: «Sehr zum Wohl!»

Die Gesellschaft dankte, wie es sich gehört, dann breitete sich wieder Schweigen aus. Der Geschäftsreisende unterbrach es.

«Sie kennen die Gegend, Sir?»

«Nein, eigentlich nicht», antwortete Monty Egg. «Ist nicht mein üblicher Bezirk. In der Regel arbeitet Bastable hier —

Henry Bastable –, vielleicht ist er Ihnen bekannt? Er reist wie ich für Plummet & Rose, Wein und Spirituosen.»
«Ein langer Rothaariger?»
«Ja, das ist er. Liegt zu Bett mit Gelenkrheumatismus, der arme Kerl, und ich vertrete ihn vorläufig. Mein Name ist Egg, Montague Egg.»
«Ach, ich glaube, ich habe schon von Ihnen gehört, durch Taylor von der Firma Harrogates. Mein Name ist Redwood, von Fragonard & Co., Parfüms und Toilettenartikel.»
Egg verbeugte sich und fragte taktvoll und ganz allgemein, wie Redwood die Verhältnisse beurteile.
«Nicht allzu schlecht. Natürlich, Geld ist ein bißchen knapp, darauf muß man gefaßt sein. Aber, alles in allem, nicht ganz schlecht. Ich habe hier übrigens einen Artikel, der sehr gut einschlägt und Ihnen vielleicht ein bißchen Stoff zum Nachdenken liefert.» Er bückte sich, schnallte seine Tasche auf und holte ein großes Flakon heraus, dessen Glasstöpsel ordentlich mit einer feinen Schnur gesichert war. «Sagen Sie mir, was Sie davon halten.» Er löste die Schnur und reichte Monty das Probeexemplar.
«Parmaveilchen?» fragte dieser mit einem Blick auf das Etikett. «Dafür sollte die junge Dame die beste Sachverständige sein. Gestatten Sie, Miss. ‹Der Süßen das Süße›», setzte er galant hinzu. «Sie werden mir sicher verzeihen.»
Das Mädchen kicherte.
«Sei nicht dumm, Gerty», mischte sich ihr Begleiter ein, «ein gutes Angebot soll man nie zurückweisen.» Er zog den Stöpsel heraus und schnupperte herzhaft an dem Parfüm. «Das ist mal ein erstklassiges Zeug. Tu einen Tropfen ins Taschentuch. Hier – ich mach dir's schon.»
«Oh, es ist wunderbar», sagte das Mädchen. «Raffiniert, finde ich. Hör auf, Arthur, laß mein Taschentuch in Ruhe – was sollen die Leute von dir denken! Der Herr wird nichts dagegen haben, wenn du dir selber auch einen Tropfen nimmst.»
Arthur beehrte die Gesellschaft mit einem heftigen Augenzwinkern und besprengte dann freigebig sein Taschentuch. Monty nahm das Flakon an sich und gab es dem Mann im Regenmantel.
«Entschuldigen Sie, Sir», sagte Redwood, «aber ich möchte dar-

auf hinweisen, daß nicht jeder weiß, wie man Parfüm richtig ausprobiert. Man tupft ein bißchen auf die Hand, wartet, bis die Flüssigkeit verdunstet, und hält dann die Hand unter die Nase.»

«So?» fragte der Mann im Regenmantel, lüpfte gewandt mit dem kleinen Finger den Stöpsel, ließ einen Tropfen Parfüm in seine andere Handfläche fallen und verschloß das Fläschchen wieder, alles mit einer Bewegung. «Aha, ich verstehe, was Sie meinen.»

«Das ist hochinteressant», sagte Monty sehr beeindruckt und folgte dem Beispiel seines Vorgängers. «Es ist das gleiche, wie wenn Sie alten Brandy in ein dünnes Glas gießen und es in der hohlen Hand hin und her schwenken, um die Blume herauszuholen. In der Körperwärme entwickeln sich die ätherischen Stoffe erst richtig. Ich bin sehr froh, daß ich von Ihnen erfahren habe, Mr. Redwood, wie man Parfüms richtig prüft. ‹Lernbereit jederzeit› – so ist Monty Egg, in allem. Ein sehr feines Parfüm, in der Tat. Möchten Sie es auch versuchen, Sir?»

Er bot das Fläschchen erst dem alten Bauern an, der mit der bissigen Bemerkung, er könne Gerüche und ähnliche Widerlichkeiten nicht ausstehen, den Kopf schüttelte, dann dem Polizisten, der, alle Umschweife verschmähend, eine kräftige Nase voll von dem Flakon nahm und erklärte, es rieche gut, aber ein bißchen stark für seinen Geschmack.

«Ja, ja, die Geschmäcker sind verschieden», sagte Monty. Er blickte um sich, und als er den schweigsamen Mann in seinem Winkel bemerkte, trat er ungezwungen auf ihn zu mit der Bitte, auch er möge sein Urteil abgeben.

«Was zum Teufel ist mit Ihnen los?» knurrte der, widerstrebend hinter seiner Zeitungsbarrikade auftauchend, wobei ein kriegerisch gesträubter heller Schnurrbart und ein Paar verdrießliche blaue Augen sichtbar wurden. «In diesem Wirtshaus scheint es keine Ruhe zu geben. Parfüm? Kann das Zeug nicht leiden.» Er riß Egg das Fläschchen ungeduldig aus der Hand, schnupperte und steckte den Stöpsel mit solch blinder, linkischer Hast zurück, daß er den Hals des Flakons verfehlte und der Stöpsel unter den Tisch rollte. «Schön, es riecht. Was soll ich Ihnen sonst noch darüber sagen? Ich werde es nicht kaufen, wenn Sie darauf hinauswollen.»

«Gewiß nicht, Sir», sagte Redwood gekränkt und beeilte sich, sein verstreutes Eigentum wieder einzusammeln. «Möchte wissen, was für ein Tier den gebissen hat», fuhr er vertraulich fort, «der hat so ein häßliches Glitzern in den Augen. Und zittrige Hände. Wäre vielleicht gut, Sergeant, wenn Sie ihn im Auge behielten. Wir möchten keinen Mord erleben. Jedenfalls, meine Dame, meine Herren, was sagen Sie dazu, daß wir diese große Flasche, wie sie hier vor Ihnen steht, zu einem Kleinhandelspreis — wohlgemerkt Kleinhandelspreis! — von dreieinhalb Shilling verkaufen?»

«Dreieinhalb Shilling?» wiederholte Egg überrascht. «Ich hätte gedacht, das würde nicht einmal die Alkoholsteuer decken.»

«Das würde es auch nicht», triumphierte Redwood, «wenn es Alkohol wäre. Es ist aber keiner, und darin liegt der ganze Witz. Die Sache ist Firmengeheimnis, und mehr kann ich darüber nicht sagen, doch wenn Sie gefragt würden, ob das feinstes Parmaveilchenparfüm war oder nicht, etwas, das den teuersten Marken gleichkommt — ich gehe jede Wette ein, daß Sie keinen Unterschied feststellen könnten.»

«Nein, wirklich nicht», sagte Egg. «Wundervoll finde ich's. Ein Jammer, daß man nicht etwas Ähnliches entdecken kann, um dem Wein- und Spirituosengeschäft aufzuhelfen, obwohl ich ja nicht zu sagen brauche, daß das gründlich schiefginge — was würde der Schatzkanzler dazu sagen? Um von etwas anderem zu reden: was trinken Sie? Und Sie, Miss? Ich hoffe, Sie gestatten, meine Herren. Für alle noch einmal das gleiche, bitte.»

Der Wirt beeilte sich, die Bestellung auszuführen, und als er durch den Schankraum ging, drehte er das Radio an. Sogleich ertönte das Neun-Uhr-Zeitzeichen und dann die Stimme des Ansagers:

«Hier spricht London. Bevor ich Ihnen den Wetterbericht übermittle, habe ich eine Meldung der Polizei durchzugeben. Im Zusammenhang mit dem Mord an Alice Steward in Nottingham wurden wir von der Polizeidirektion gebeten, folgendes zu verlesen: Die Polizei sucht dringend Kontakt mit einem jungen Mann namens Gerald Beeton, von dem bekannt ist, daß er die Verstorbene am Nachmittag vor ihrem Tod besucht hat. Dieser Mann ist fünfunddreißig Jahre alt, mittelgroß, von mittlerem Körperbau, hat helles Haar, kleinen Schnurrbart, graue oder blaue Augen, ein volles Gesicht und frische Farben. Als er zuletzt gesehen wurde, trug er einen grauen Sakkoanzug, einen weichen grauen Hut und einen hellbraunen Überzieher. Es wird angenommen, daß er mit einem Morris, Autonummer unbekannt, das Land bereist. Dieser Mann oder jeder andere, der über seinen Aufenthaltsort Auskunft geben kann, wird gebeten, sich unverzüglich mit dem Polizeisuperintendent von Nottingham oder der nächsten Polizeiwache in Verbindung zu setzen. – Und nun folgt der Wetterbericht. Ein atlantisches Tief...»

«Ach, drehen Sie's ab», forderte Redwood den Wirt auf, «wir wollen von dem Tief nichts hören.»

«Sie haben recht», sagte der und schaltete das Radio aus.

«Was mich ärgert, sind diese polizeilichen Personalbeschreibungen. Wie kommen die bloß auf die Idee, irgend jemand könnte den Mann wiedererkennen nach dem Zeug, das sie einem erzählen? Mittleres dies und mittleres das und alltägliches Gesicht und frische Hautfarbe und weicher Hut – das kann jeder sein.»

«Tatsächlich», sagte Monty, «ich zum Beispiel.»

«Stimmt», meinte Redwood, «oder auch dieser Herr.»

«Zweifellos», gab der Mann im Regenmantel zu, «oder fünfzig von hundert Männern.»

«Ja, oder...» – Monty machte eine vorsichtige Kopfbewegung in Richtung auf die Zeitung in der entfernten Ecke – «oder er.»

«Das behaupten Sie», sagte Redwood, «aber sonst hat ihn niemand richtig gesehen. Außer George.»

«Ich möchte seine Identität nicht beschwören müssen», sagte der Wirt lächelnd. «Er kam geradewegs hier herein, bestellte etwas zu trinken und zahlte, eigentlich ohne einen Blick auf mich zu werfen, aber nach dem, was ich von ihm sah, würde die Beschreibung so gut auf ihn passen wie auf den ersten besten. Und was wichtiger ist, er fährt einen Morris – er steht jetzt in der Garage.»

«Das läßt sich nicht gegen ihn verwenden», wandte Monty ein, «ich fahre auch einen.»

«Und ich», fügte der Mann im Regenmantel hinzu.

«Und ich», stimmte Redwood mit ein. «Man muß die heimische Industrie unterstützen, sage ich mir. Aber ein Morris ist keine

Hilfe, einen Mann zu identifizieren. Ich bitte um Entschuldigung, Sergeant, aber warum macht es die Polizei dem Publikum nicht etwas leichter?»
«Warum?» wiederholte der Sergeant. «Weil man sich auf die verdammt dummen Beschreibungen verlassen muß, die eben das Publikum gibt. Deshalb.»
«Eins zu null für Sie», sagte Redwood vergnügt. «Erzählen Sie mal, das ganze Zeug – man wollte den Kerl ein bißchen ausfragen und so –, das ist doch alles Schmus, nicht wahr? Ich meine, in Wirklichkeit wollen sie ihn verhaften.»
«Das kann ich Ihnen nicht sagen», erwiderte der Sergeant gewichtig. «Darüber müssen Sie sich Ihr eigenes Urteil bilden. Man bittet ihn um eine Unterredung, da er einer der letzten war, die die Frau gesehen haben, bevor sie ermordet wurde. Wenn er vernünftig ist, meldet er sich. Wenn er nicht reagiert auf die Aufforderung – nun, denken Sie sich, was Sie wollen.»
«Wer ist er denn?» fragte Monty.
«Das ist mal eine Frage! Haben Sie denn die Abendzeitungen nicht gesehen?»
«Nein, ich war seit fünf Uhr unterwegs.»
«Also, die Sache ist die: Diese alte Dame, Miss Alice Steward, lebte ganz allein mit ihrem Mädchen in einem kleinen Haus am Stadtrand von Nottingham. Gestern nachmittag hatte ihr Mädchen Ausgang, und gerade als sie zur Tür hinaus wollte, fuhr ein Kerl in einem Morris vor – so sagt *sie* wenigstens, aber man kann sich ja auf so junge Dinger nicht verlassen, und wenn Sie mich fragen, kann es genausogut ein Austin oder ein Wolseley oder sonst was gewesen sein. Er fragte nach Miss Steward, und das Mädchen führte ihn ins Wohnzimmer; dort hörte sie das alte Fräulein sagen: ‹Was, du, Gerald!› oder so ähnlich. Sie geht also fort ins Kino und läßt die beiden allein, und als sie um zehn Uhr zurückkommt, findet sie die alte Dame mit eingeschlagenem Schädel auf dem Boden liegen.»
Redwood beugte sich vor und stieß Egg an. Der Fremde in der Ecke hatte mit seiner Zeitungslektüre aufgehört und äugte verstohlen über den Rand des Blattes.
«Das hat ihn aufgeweckt», murmelte Redwood.
«Aber, Sergeant, woher wußte denn das Mädchen den Familiennamen des Burschen und wer er war?»

«Weil sie sich erinnerte, daß sie die alte Dame einmal von einem Mann namens Gerald Beeton hatte sprechen hören — vor einer Reihe von Jahren, sagt sie, viel mehr konnte sie uns nicht darüber erzählen. Nur auf den Namen besann sie sich noch, auf ihrem Kochbuch steht nämlich derselbe.»
«War das in Lewes?» fragte plötzlich der «Arthur» genannte junge Mann.
«Das kann sein», räumte der Sergeant ein und sah ihn dabei scharf an. «Die alte Dame kam von Lewes. Warum?»
«Ich erinnere mich, daß ich als Schulkind meine Mutter von einer alten Miss Steward aus Lewes reden hörte, die sehr reich war und einen Jungen aus einer Drogerie adoptiert hatte. Ich glaube, er lief davon und entpuppte sich als übler Kerl, oder so ähnlich. Jedenfalls verließ die alte Dame die Stadt. Man sagte, sie sei sehr reich und bewahre ihr ganzes Geld in einer Blechbüchse auf, oder so ähnlich. Die Kusine meiner Mutter kannte ein altes Mädchen, die war Miss Stewards Haushälterin — ich glaube aber, das war alles Quatsch. Jedenfalls ist das jetzt sechs oder sieben Jahre her, und die Kusine meiner Mutter ist, glaube ich, inzwischen gestorben und die Haushälterin auch. Meine Mutter», kam der «Arthur» genannte junge Mann der nächsten Frage zuvor, «starb vor zwei Jahren.»
«Das ist doch sehr interessant», sagte Egg beifällig. «Sie sollten das der Polizei erzählen.»
«Nun, das habe ich ja getan, oder nicht?» antwortete Arthur und deutete grinsend auf den Sergeant. «Wenn ich auch annehme, Sie haben das alles schon gewußt. Oder muß ich zur Wache gehen?»
«Im vorliegenden Fall», erwiderte der Sergeant, «bin *ich* die Polizeiwache. Aber Sie könnten mir Ihren Namen und Ihre Adresse geben.»
Der junge Mann gab als Namen Arthur Bunce an, dazu eine Adresse in London. Nun fiel dem Mädchen Gertrude etwas ein. «Aber was ist mit der Blechbüchse? Meinst du, er hat sie deshalb umgebracht?»
«In den Zeitungen stand nichts von der Blechbüchse», warf der Mann im Regenmantel ein.
«Sie bringen nicht alles in der Zeitung», sagte der Sergeant.
«In der Zeitung, die unser unsympathischer Freund liest, scheint

es nicht zu stehen», raunte Redwood, und während er noch sprach, stand der Fremde auf und ging zur Theke, offenkundig in der Absicht, mehr von dem Gespräch zu hören.

«Ich bin gespannt, ob sie den Burschen fassen», fuhr Redwood nachdenklich fort. «Da müssen sie – lieber Himmel, ja, das erklärt es – sie müssen ziemlich scharf Ausschau halten. Ich habe mich gewundert, warum sie mich außerhalb Wintonbury stoppten und meinen Führerschein kontrollierten. Ich nehme an, sie überprüfen alle Morris-Wagen auf den Straßen.»

«Jeden Morris in diesem Bezirk mindestens», sagte Monty. «Mich haben sie kurz vor Thugford angehalten.»

«Oho», rief Arthur Bunce, «das sieht ja aus, als ob sie eine Spur von dem Burschen hätten. Also, Sergeant, heraus mit der Sprache, was wissen Sie davon?»

«Darüber kann ich Ihnen nichts sagen», erwiderte Sergeant Jukes würdevoll. Der unsympathische Mann entfernte sich von der Theke, und im selben Augenblick erhob sich der Polizeibeamte und ging hinüber zu einem etwas abseits stehenden Tisch, wo er, ganz unnötigerweise, seine Pfeife in einen Blumentopf ausklopfte. Er blieb dort stehen und stopfte die Pfeife umständlich aus seinem Tabaksbeutel, seine massige Gestalt hatte sich als Sperre zwischen den unsympathischen Mann und die Tür geschoben.

«Sie werden ihn nie fassen», sagte der Unsympathische unvermittelt. «Nie. Und wissen Sie, warum? Ich will's Ihnen verraten. Nicht weil er zu schlau ist für sie, sondern weil er zu dumm ist. Das Ganze scheint viel zu alltäglich. Ich glaube nicht, daß es dieser Beeton überhaupt war. Lesen Sie Ihre Zeitungen denn nicht? Haben Sie nicht bemerkt, daß das Wohnzimmer der Dame im Erdgeschoß liegt und man das Eßzimmerfenster oben offen fand? Es wäre die einfachste Sache der Welt für einen Mann, sich durch das Eßzimmer einzuschleichen – Miss Steward war fast taub –, sie zu überfallen und ihr den Schädel einzuschlagen. Zwischen dem Gartentor und den Fenstern ist nur ein Mosaikpflaster, und gestern nacht war trockener Frost, der Mann hinterließ also keine Fußspuren auf dem Teppich. Das ist die Sorte Mord, die man nur schwer aufklären kann – kein großer Scharfsinn dahinter, kein greifbares Motiv. Denken Sie an den Mord von Reading, denken Sie ...»

«Einen ganz kleinen Augenblick, Sir», unterbrach ihn der Sergeant. «Woher wissen Sie, daß dort ein Mosaikpflaster ist? Das stand nämlich nicht in den Zeitungen.»
Der andere schien etwas außer Fassung gebracht.
«Ich habe mir's angesehen, offen gestanden», sagte er schließlich widerstrebend. «Heute morgen ging ich hin, um einen Blick darauf zu werfen – aus persönlichen Gründen, mit denen ich Sie nicht zu behelligen brauche.»
«Eine seltsame Beschäftigung, Sir.»
«Mag sein, aber nicht Ihre Angelegenheit.»
«Nein, Sir, natürlich nicht», sagte der Sergeant. «Wir haben alle unser kleines Steckenpferd, und Mosaikpflaster mag das Ihre sein. Landschaftsgärtner, Sir?»
«Nicht ganz.»
«Vielleicht Journalist?» schlug Redwood vor.
«Das kommt der Sache näher», antwortete der andere. «Haben wohl meine drei Füllfederhalter bemerkt? Ein richtiger Amateurdetektiv.»
«Der Herr kann nicht Journalist sein», sagte Egg. «Sie werden entschuldigen, Sir, aber ein Journalist würde sich unbedingt für Mr. Redwoods synthetischen Alkohol, oder was es nun sei, interessieren. Ich bilde mir ein, ich könnte Ihren Beruf benennen, wenn ich dazu aufgefordert würde. Jeder Mensch trägt die Merkmale seines Berufes mit sich herum, auch wenn sie nicht immer so deutlich in die Augen fallen wie Mr. Redwoods oder meine Mustertasche. Nehmen Sie zum Beispiel Bücher. Ich erkenne einen Adademiker immer an der Art, wie er ein Buch öffnet. Er hat's im Blut, könnte man sagen. Oder nehmen Sie Flaschen. Ich habe eine bestimmte Art, damit umzugehen – es ist mein Beruf. Ein Arzt oder Apotheker tut es auf andere Weise. Diese Parfümflasche zum Beispiel: wenn Sie oder ich den Stöpsel herausziehen müßten, wie würden wir das machen? Wie würden Sie's machen, Mr. Redwood?»
«Ich?» fragte Redwood. «Nun, zum Donnerwetter! Auf ‹eins› würde ich den Daumen und zwei Finger der rechten Hand um den Stöpsel legen, und auf ‹zwei› würde ich sie rasch hochziehen, wobei ich die Flasche mit der Linken festhalten würde, um einem Unfall vorzubeugen. Was würden Sie tun?» Er wandte sich an den Mann im Regenmantel.

«Das gleiche wie Sie», sagte dieser und ließ den Worten die Tat folgen. «Ich sehe darin kein Problem. Es gibt meines Wissens nur eine Art, Stöpsel herauszuziehen. Was erwarten Sie von mir? Daß ich sie herauspfeife?»
«Aber der Herr hat trotzdem ganz recht», warf der Unsympathische ein. «Sie machen es auf diese Weise, weil Sie nicht gewohnt sind, abzumessen und umzugießen mit einer Hand, während die andere beschäftigt ist. Aber ein Arzt oder Apotheker zieht den Stöpsel mit dem kleinen Finger heraus, so, und nimmt die Flasche mit derselben Hand auf, weil er in der Linken das Meßglas hält, so – und wenn er ...»
«He! Beeton!» schrie Egg plötzlich mit durchdringender Stimme, «aufgepaßt!»
Das Flakon entglitt der Hand des Unsympathischen und zersplitterte an der Tischecke, als der Mann im Regenmantel auf die Füße sprang. Ein überwältigender Duft nach Veilchen erfüllte den Raum. Der Sergeant stürzte vorwärts – es gab einen kurzen, aber heftigen Kampf. Das Mädchen kreischte. Der Wirt stürmte aus dem Schankraum herbei und hinter ihm eine Schar anderer Leute, die die Tür verstopften.
«So», sagte der Sergeant, ein wenig atemlos aus dem Handgemenge auftauchend, «am besten, Sie halten jetzt still. Einen Augenblick. Gerald Beeton, ich muß Sie verhaften wegen Mordes an Alice Steward – können Sie nicht ruhig stehen? –, und ich mache Sie darauf aufmerksam, daß alles, was Sie sagen, zu Protokoll genommen und vor Gericht gegen Sie verwandt werden kann. Danke, Sir. Wenn Sie mir helfen wollten, mit ihm bis zur Tür zu kommen, ein Stückchen weiter oben auf der Straße wartet ein Polizeiwagen.»
Nach wenigen Minuten kehrte Sergeant Jukes zurück und zwängte sich mühsam in seinen Überzieher. Seine Amateurhelfer begleiteten ihn, sie strahlten wie Leute, die ihr Tagwerk redlich getan haben.
«Das war ein sehr guter Kniff von Ihnen, Sir», sagte der Sergeant zu Egg gewandt, der der jungen Dame einen kräftigen Trunk einflößte, während Redwood und der Wirt versuchten, den Parmaveilchenguß vom Teppich zu entfernen. «Puh! Riecht ein bißchen stark, nicht wahr? Regelrecht nach Friseurladen. Wir hatten Nachricht, daß er in der Gegend auftauchen

würde, und mir war so, als ob einer von den Herren hier der bewußte Mann sein könnte, aber ich wußte nicht, welcher. Daß Mr. Bunce erzählte, Beeton sei Drogist gewesen, war eine große Hilfe; und Sie, Sir, ich muß sagen, Sie haben ihn schön 'reingelegt.»

«Keineswegs», sagte Egg. «Ich bemerkte, auf welche Weise er den Stöpsel das erstemal herausnahm – es zeigte, daß er mit Laboratoriumsarbeit vertraut war. Das hätte natürlich ein Zufall sein können. Aber nachher, als er vorgab, er wisse nicht, wie man das mache, dachte ich, es sei Zeit nachzuprüfen, ob er auf seinen Namen reagiere.»

«Guter Trick», sagte der Unsympathische mit sympathischem Lächeln. «Macht es Ihnen etwas aus, wenn ich ihn einmal verwende?»

«Ach, Sir!» sagte Sergeant Jukes. «Sie haben mich vielleicht drangekriegt mit Ihrem Mosaikpflaster! Was in aller Welt haben Sie ...»

«Berufsbedingte Neugier», sagte der andere grinsend. «Ich schreibe Detektivgeschichten. Aber unser Freund Egg versteht sich in Wirklichkeit besser aufs Handwerk.»

«Nein, nein», wehrte Monty ab. «Wir haben alle geholfen. ‹Ein jedes Problem, so schwierig es sei, ist lösbar, trägt jeder das Seine bei.› Stimmt's nicht, Mr. Faggott?»

Der alte Landwirt war aufgestanden.

«Stinkt hier ganz schön nach dem verfluchten Zeug», sagte er mißbilligend. «Kann so was Widerliches nicht ausstehen.»

Er humpelte hinaus und schloß die Tür hinter sich.

Zwischen zehn und elf

«Eine halbe Meile auf der Hauptstraße nach Ditchley, dann beim Wegweiser links abbiegen», sagte der Wirt des «Traveller» in Mangles. «Aber ich glaube, Sie vergeuden bloß Ihre Zeit.»

«Ach was», sagte Montague Egg munter, «ich werde den alten Schlaumeier mal aufs Korn nehmen. Wie es im Handbuch für Handlungsreisende heißt: ‹Nimm auch die kleinste Chance wahr. Hast du's versucht, so siehst du klar.› Schließlich heißt es doch, er sei reich, nicht wahr?»

«Die Matratzen mit Goldsovereigns vollgestopft, sagen die Nachbarn», bestätigte der Wirt grinsend. «Aber die reden alles mögliche.»

«Sagten Sie nicht, es gebe dort gar keine Nachbarn?»

«Es gibt auch keine. War nur eine Redensart. Dann also viel Glück!»

Egg dankte für die höfliche Verabschiedung mit einem kurzen Schwenken seines eleganten Filzhuts und ließ mit ruhiger Entschlossenheit seinen Wagen an.

Auf der Hauptstraße herrschte der an einem Samstagmorgen im Juni übliche dichte Verkehr – würdige Sommerfrischler auf dem Weg nach Melbury Woods oder zur Küste bei Beachampton –, aber sobald er beim Wegweiser mit der Aufschrift «Hatchford Mill, zwei Meilen» in den schmalen Heckenweg einbog, sah er sich in tiefe Einsamkeit und Stille versetzt, die nur ein gelegentlich vorüberhoppelndes Kaninchen und das Knattern seines Morris unterbrach. Was dem geheimnisvollen Mr. Pinchbeck auch alles nachgesagt werden mochte, eins war er sicher: eine Einsiedlernatur. Und als Monty nach etwa eineinhalb Meilen Fahrt auf dem Heckenweg das winzige Häuschen erblickte, weit von der Straße abgerückt, inmitten einer verwilderten Wiese, glaubte er langsam, daß der Wirt des «Traveller» in Mangles am Ende doch recht gehabt habe. Selbst wenn Mr. Pinchbeck reich sein sollte, so war er doch höchstwahrscheinlich kein Kunde für die Weine und Spirituosen der Firma Plummet & Rose. Aber eingedenk der Maxime Nummer fünf aus dem Handbuch für Handlungsreisende: «Vertreter, die ihren Namen verdienen, verkaufen selbst Honig noch an Bienen», stoppte Egg seinen Wagen vor der Wiese, hob das Gatter an und zerrte so lange daran, bis es sich, in allen verrosteten Angeln quietschend, öffnete; dann fuhr er über den holprigen, von tiefen Furchen durchzogenen Pfad auf das Häuschen zu.

Die Tür war verschlossen. Monty trommelte auf der blasigen Fläche einen munteren Wirbel und war nicht sonderlich überrascht, als er keine Antwort bekam. Er klopfte noch einmal, dann ging er, fest gewillt, nun, da er so weit gefahren war, sein Vorhaben durchzuführen, um das Haus herum zur Hintertür.

Auch hier erhielt er keine Antwort. War Mr. Pinchbeck ausgegangen? Man hatte ihm erzählt, das tue der Einsiedler nie. Da Egg ein beharrlicher, wißbegieriger Mensch war, trat er zum Fenster und spähte durch die Scheiben. Was er sah, ließ ihn leise durch die Zähne pfeifen. Er ging zur Hintertür zurück, stieß sie auf und trat ein.

Sucht man das Haus eines Mannes in keiner anderen Absicht auf, als ihm eine Kiste Whisky oder ein Dutzend Flaschen Rotwein zu verkaufen, so bringt es einen ziemlich außer Fassung, wenn man ihn auf seinem Küchenboden mit eingeschlagener Schädeldecke vorfindet. Egg hatte zwei Jahre Kriegsdienst mitgemacht, aber was er hier sah, gefiel ihm gar nicht. Er deckte das Tischtuch darüber. Dann, da er ein methodisch vorgehender Mann war, schaute er auf die Uhr; sie zeigte zehn Uhr fünfundzwanzig. Nach kurzem Nachdenken machte er rasch einen Rundgang durch Haus und Grundstück, dann brach er auf und fuhr, so schnell er konnte, um die Polizei zu holen.

Die gerichtliche Untersuchung des Falles von Mr. Humphrey Pinchbeck fand am folgenden Tag statt und endete mit der Feststellung: vorsätzlicher Mord durch einen oder mehrere Unbekannte. In den nächsten vierzehn Tagen verfolgte Montague Egg die Zeitungsberichte mit einem gewissen Unbehagen. Die Polizei hatte eine bestimmte Spur aufgenommen. Ein Mann wurde aufgefordert, sich mit ihr in Verbindung zu setzen. Die Personenbeschreibung war ziemlich auffallend: roter Bart, karierter Anzug, fährt einen Sportwagen mit der Nummer WOE 1313. Der Mann wurde gefunden und unter Anklage gestellt. Und Montague Egg, zu diesem Zeitpunkt dreihundert Meilen weit vom Gerichtsort entfernt, erhielt zu seinem großen Ärger die Vorladung, als Zeuge vor dem Richter in Beachampton zu erscheinen.

Der Angeklagte, der angab, Theodore Barton zu heißen, zweiundvierzig Jahre alt und von Beruf Dichter zu sein (Monty starrte ihn sehr eingehend an, da er noch nie einen Dichter aus solcher Nähe gesehen hatte), war ein großer Mann von kräftigem Körperbau, in farbenfreudigen Tweed gekleidet; sein Auftreten war unangenehm großspurig. Man könnte sich vorstellen, dachte Monty, daß er an den Bars im East Central District von London herumlungert. Seine Augen blickten unverschämt, der obere Teil des Gesichts war auf seine Weise hübsch, der Mund von der wuchernden Fülle des lohfarbenen Bartes verdeckt. Er schien sich durchaus wohl zu fühlen in seiner Haut. Ein Anwalt vertrat ihn.

Montague Egg wurde schon nach kurzer Zeit aufgerufen, um über die Auffindung der Leiche auszusagen. Er gab den genauen Zeitpunkt an: Samstag, den 18. Juni, um zehn Uhr fünfundzwanzig, und sagte, der Körper habe sich noch warm angefühlt, als er ihn entdeckte. Die Vordertür sei versperrt gewesen, die Hintertür geschlossen, aber nicht versperrt. In der Küche habe ein großes Durcheinander geherrscht, als sei dort heftig gekämpft worden, und neben dem Toten habe ein blutbesudelter Schürhaken gelegen. Bevor er die Polizei rief, habe er das Haus rasch durchsucht. In einem Schlafzimmer im Oberstock sei er auf eine schwere Stahlkassette gestoßen, die offen und leer dastand, der Schlüssel steckte noch im Schloß. Sonst sei niemand in dem Häuschen gewesen, auch nicht im Garten versteckt, aber Spuren hätten darauf hingedeutet, daß kurz zuvor ein Auto im Schuppen an der Rückseite des Hauses gestanden habe. Im Wohnzimmer habe er die Überbleibsel eines Frühstücks für zwei Personen vorgefunden. Er sei den Heckenweg von der Hauptstraße hergekommen und habe auf der ganzen Strecke niemand getroffen. Für die Durchsuchung von Haus und Grundstück habe er vielleicht fünf bis zehn Minuten gebraucht und sei dann auf demselben Weg zurückgefahren.

An diesem Punkt der Verhandlung erklärte Kriminalinspektor Ramage, daß der Heckenweg zum Häuschen Mr. Pinchbecks noch etwa eine halbe Meile weiter führe bis Hatchford Mill und dann, drei Meilen näher an Ditchley, wieder in die Hauptstraße nach Beachampton münde.

Der nächste Zeuge war ein Bäcker namens Bowles. Er sagte aus, um zehn Uhr fünfzehn sei er mit dem Lieferwagen bei dem Häuschen gewesen, um zwei Laib Brot abzugeben. Er sei zur Hintertür gegangen, die ihm Mr. Pinchbeck selbst geöffnet habe. Der alte Herr sei ihm völlig gesund vorgekommen, nur ein bißchen nervös und gereizt. In der Küche habe er niemand sonst gesehen, aber es sei ihm so gewesen, als hätte er vor seinem Klopfen zwei Männerstimmen laut und erregt miteinander sprechen hören. Der Junge, der Bowles auf seiner Tour begleitet hatte, bestätigte dies und fügte hinzu, er meine gesehen zu haben, wie sich die Silhouette eines Mannes hinter dem Küchenfenster bewegte.

Mrs. Champman von Hatchford Mill war als nächste an der Reihe. Sie sagte, gewöhnlich sei sie an jedem Wochentag zu Mr. Pinchbeck gekommen, um ein wenig sauberzumachen, habe um sieben Uhr dreißig damit begonnen und das Haus um neun Uhr verlassen. Am Samstag, dem 18., sei sie zur üblichen Zeit angelangt und habe festgestellt, daß am Abend zuvor ein unerwarteter Besuch eingetroffen war. Sie identifizierte den Angeklagten, Theodore Barton, als diesen Besucher. Anscheinend habe er auf der Couch im Wohnzimmer geschlafen und an diesem Morgen wieder abreisen wollen. Sie habe sein Auto im Schuppen stehen sehen, einen kleinen Sportwagen mit der Nummer WOE 1313, die sie sich gemerkt habe, weil das eine Unglücksnummer sein müsse, unzweifelhaft. Das Innere des Schuppens könne man von der Hintertür aus nicht überblicken. Sie habe für die beiden Männer das Frühstück gemacht. Bevor sie gegangen sei, hätten der Milchmann und der Postbote vorgesprochen, und der Lieferwagen des Kolonialwarenhändlers müsse bald danach gekommen sein, denn er sei etwa um neun Uhr dreißig in Hatchford Mill gewesen. Sonst habe, soweit sie wisse, niemand das Häuschen aufgesucht; Mr. Pinchbeck sei Vegetarier gewesen und habe sein eigenes Grünzeug angebaut. Nie zuvor sei sie bei ihm einem Besucher begegnet. Sie habe keinen Wortwechsel zwischen Mr. Pinchbeck und dem Angeklagten gehört, aber bei sich gedacht, der alte Mann sei nicht gerade in bester Laune. «Er schien ein bißchen verstimmt, sozusagen.»

Dann trat ein weiterer Zeuge aus Hatchford Mill auf, der kurz vor halb elf Uhr einen Wagen mit starkem Motor hatte vorbeibrausen hören. Er war hinausgerannt, da schnelle Wagen auf dem schmalen Heckenweg eine Seltenheit waren, hatte aber nichts mehr gesehen wegen der Bäume, die gerade an dieser Stelle die Straße säumten.

Nun verlas ein Polizeibeamter das Protokoll der Aussage, die der Angeklagte bei seiner Verhaftung gemacht hatte. Er erklärte, er sei der Neffe des Verstorbenen, und gab offen zu, daß er die Nacht in dem Häuschen verbracht habe. Der Verstorbene sei anscheinend erfreut gewesen über seinen Besuch, da sie sich einige Zeit nicht gesehen hätten. Als der Verstorbene gehört habe, daß sein Neffe «in ziemlicher Verlegenheit» sei, habe er ihm Vorstellungen gemacht, daß er einen so schlecht bezahlten Beruf wie die Dichtkunst ausübe, ihm aber freundlicherweise ein kleines Darlehen angeboten, das er, der Angeklagte, dankbar angenommen habe. Mr. Pinchbeck sei dann an die Kassette in seinem Schlafzimmer gegangen und habe daraus eine Anzahl Banknoten entnommen, von denen er ihm «zehn Fünfer» überreicht habe, was er mit einer kleinen Predigt über hartes Arbeiten und sparsames Wirtschaften begleitete. Das sei etwa um neun Uhr fünfundvierzig oder etwas vorher geschehen — jedenfalls nachdem Mrs. Chapman das Haus verlassen hatte. Die Kassette sei anscheinend voll von Banknoten und Wertpapieren gewesen, und Mr. Pinchbeck habe sowohl gegen Mrs. Chapman als auch gegen seine Lieferanten Mißtrauen geäußert. (Hier erhob Mrs. Chapman zornigen Protest und mußte vom Gericht beschwichtigt werden.) Das Protokoll besagte weiter, daß der Angeklagte keinerlei Streit mit seinem Onkel gehabt und das Häuschen seiner Schätzung nach gegen zehn Uhr verlassen habe. Er sei von dort über Ditchley und Frogthorpe nach Beachampton gefahren, wo er den Wagen bei einem Freund gelassen habe, dem er gehöre. Dann habe er ein Motorboot gemietet und sei nach der Bretagne hinübergefahren, wo er vierzehn Tage bleiben wollte. Dort sei ihm über den Tod seines Onkels nichts zu Ohren gekommen, bis ihn die Ankunft von Kriminalinspektor Ramage über den Verdacht gegen ihn informiert habe. Natürlich sei er eiligst zurückgekehrt, um seine Unschuld zu beweisen.

Die Theorie der Polizei lautete folgendermaßen: Sobald der letzte Lieferant das Haus verlassen hatte, überfiel Barton den alten Mann, nahm ihm die Schlüssel, stahl das Geld und machte sich aus dem Staub, in der Annahme, daß die Leiche erst am Montagmorgen von Mrs. Chapman gefunden werden würde.

Während Theodore Bartons Anwalt Inspektor Ramage das Zugeständnis abrang, das einzige Geld, das man bei der Verhaftung im Besitz des Angeklagten fand, seien sechs Fünfpfundnoten gewesen, dazu französisches Geld im Wert von ein paar Shilling, bemerkte Egg, daß hinter ihm jemand heftig und erregt atmete. Als er sich umwandte, sah er sich einer Frau gegenüber, deren Basedowaugen vor Aufregung fast aus den Höhlen traten.

«Ach Gott, ach Gott!» seufzte die Frau und ließ sich auf ihren Platz zurücksinken, «ach Gott, ach Gott!»

«Ich bitte um Entschuldigung», sagte Egg höflich, «bin ich Ihnen im Weg, oder gibt es sonst etwas?»

«Danke. Danke vielmals. Ach, sagen Sie mir doch, was ich tun soll. Es gibt etwas, das ich dem Gericht erzählen müßte. Der arme Mann. Er ist unschuldig. Ich *weiß*, daß er's ist. O bitte, sagen Sie mir, was ich tun soll. Muß ich zur Polizei gehen? Ach Gott, ach Gott! Ich dachte – ich wußte nicht – ich war nie vorher im Gericht. Aber ich weiß, sie werden ihn schuldig sprechen. Bitte, bitte, halten Sie die Verhandlung auf!»

«Sie können ihn vor diesem Gericht nicht schuldig sprechen», sagte Monty beschwichtigend. «Sie können ihn nur dem Schwurgericht übergeben . . .»

«Aber sie dürfen es nicht! Er hat's nicht getan. Er war gar nicht dort. O bitte, tun Sie etwas.»

Es schien ihr so ernst zu sein, daß Egg sich leicht räusperte, seine Krawatte zurechtzog und kühn aufstand. Mit lauter Stimme rief er: «Euer Gnaden!»

Das Richterkollegium starrte ihn an. Der Anwalt starrte, der Angeklagte starrte, alle starrten ihn an.

«Hier ist eine Dame», begann Monty in dem Gefühl, daß er nun die Sache auch zu Ende führen müsse, «die glaubt, sie habe eine wichtige Aussage zu machen zur Entlastung des Angeklagten.»

Die starrenden Augen richteten sich nun auf die Frau, die augenblicklich aufsprang, wobei sie ihre Handtasche fallen ließ, und losjammerte: «Ach Gott, ach Gott! Es tut mir so leid! Ich fürchte, ich hätte zur Polizei gehen sollen!»

Der Anwalt, in dessen Gesicht sich Überraschung, Unruhe und Erwartung spiegelten, trat plötzlich vor. Die Frau wurde herausgeholt, es folgte eine kurze geflüsterte Beratung, darauf sagte der Anwalt:

«Euer Gnaden, die Instruktionen meines Klienten gingen dahin, seine Verteidigung aufzusparen, aber da die Dame, die ich bis zu diesem Augenblick nie gesehen habe, so großmütig mit ihrer Aussage hervortrat, einer Aussage, die die Anklage vollkommen zu widerlegen scheint, würde Euer Gnaden sie vielleicht lieber hier hören.»

Nach kurzer Diskussion entschied das Gericht, daß es die Zeugenaussage hören wolle, wenn der Angeklagte damit einverstanden sei. Die Frau wurde also in den Zeugenstand geführt und unter dem Namen Millicent Adela Queek vereidigt.

«Ich bin unverheiratet und als Zeichenlehrerin an der Woodbury High School für Mädchen beschäftigt. Am Samstag, dem 18., hatte ich natürlich frei, und ich nahm mir eine kleine Landpartie mit Picknick vor, ganz für mich allein, nach Melbury Woods. Ich fuhr mit meinem eigenen kleinen Wagen los, so ungefähr um neun Uhr dreißig. Bis Ditchley mag ich etwa eine halbe Stunde gebraucht haben – ich fahre nie sehr schnell –, denn es war ein Riesenverkehr auf der Straße, höchst gefährlich. Als ich Ditchley erreicht hatte, bog ich rechts ab, auf die Hauptstraße nach Beachampton. Kurze Zeit später begann ich zu überlegen, ob ich auch genug Benzin getankt hätte. Meine Benzinuhr ist nicht ganz zuverlässig, müssen Sie wissen, und ich dachte, es sei besser, wenn ich hielte und mich wirklich überzeugte. So stoppte ich bei einer Tankstelle und Werkstätte an der Straße. Ich weiß nicht *genau*, wo es war, aber es muß kurz hinter Ditchley gewesen sein – zwischen Ditchley und Helpington. Es war eine von diesen abscheulich häßlichen Dingern, aus hellrot bemaltem Wellblech. Ich finde, man sollte nicht erlauben, daß so etwas gebaut wird. Ich bat den Mann dort – einen sehr gefälligen jungen Mann –, meinen Tank zu füllen, und während ich wartete, sah ich diesen Herrn – ja, ich meine Mr. Barton, den Angeklagten – in seinem Wagen vorfahren. Er kam aus Richtung Ditchley und fuhr ziemlich schnell. Er hielt auf der linken Straßenseite. Die Werkstätte steht rechts, aber ich sah ihn sehr genau. Ich konnte ihn nicht verwechseln – sein Bart, wissen Sie, die Kleidung, die er trug – so charakteristisch. Es war derselbe Anzug wie heute. Außerdem fiel mir die Wagennummer auf. So komisch, nicht? WOE 1313. Nun ja. Er öffnete die Kühlerhaube und machte etwas an den Zylindern, denke ich; dann fuhr er weiter.»

«Um welche Zeit war das?»

«Das wollte ich Ihnen eben erzählen. Als ich auf meine Uhr sah, bemerkte ich, daß sie stehengeblieben war. Höchst ärgerlich. Ich nehme an, es kam von der Vibration des Steuerrads. Aber ich schaute auf die Uhr an der Tankstelle – da war eine, genau über der Tür –, und sie zeigte zehn Uhr zwanzig. Danach richtete ich die meine. Dann fuhr ich weiter nach Melbury Woods und hielt mein kleines Picknick. So ein Glück, nicht wahr, daß ich gerade da auf die Uhr sah! Denn meine blieb später wieder stehen. Aber ich weiß ganz sicher, daß es zehn Uhr zwanzig war, als dieser Herr bei der Tankstelle hielt, und daher sehe ich keine Möglichkeit, wie er zwischen zehn Uhr fünfzehn und zehn Uhr fünfundzwanzig in dem Häuschen des armen Mannes hätte einen Mord begehen können, an einem Ort, der gut zwanzig Meilen entfernt sein muß – oder noch mehr, schätze ich.»

Miss Queek beendete ein wenig atemlos ihre Aussage und blickte triumphierend in die Runde.

Kriminalinspektor Ramages Gesicht sah sehr nachdenklich aus. Miss Queek erklärte weiter, warum sie nicht früher mit ihrer Geschichte herausgerückt war.

«Als ich die Beschreibung des Wagens in den Zeitungen las, dachte ich: das muß der sein, den ich sah. Wegen der Nummer – aber ganz sicher konnte ich selbstverständlich nicht sein, nicht wahr? Beschreibungen sind so irreführend. Und natürlich wollte ich nicht in einen Kriminalfall verwickelt werden. Die Schule, wissen Sie – Eltern mögen so etwas nicht. Aber ich dachte, wenn ich selbst hierherkäme und mir den Herrn ansähe, dann könnte ich es mit Bestimmtheit sagen. Und Miss Wagstaffe – unsere Direktorin – war so freundlich und gab mir frei, obwohl es heute sehr schlecht paßt, es ist nämlich der Nachmittag, an dem ich die meisten Stunden habe. Aber ich sagte, es könne hier um Leben und Tod gehen, und so ist es doch, nicht wahr?»

Der Richter dankte Miss Queek für ihr verantwortungsbewußtes Eingreifen und vertagte dann auf dringendes Ersuchen beider Parteien die Verhandlung, damit die neue Zeugenaussage gebührend überprüft werden könne.

Da es äußerst wichtig war, daß Miss Queek die fragliche Tankstelle so bald wie möglich identifizierte, wurde angeordnet, daß sie sich in Begleitung von Inspektor Ramage und seinem Sergeant sofort auf die Suche danach machen sollte; außerdem war

Bartons Anwalt mit von der Partie, um die faire Behandlung der Interessen seines Klienten zu garantieren. Es ergab sich jedoch eine kleine Schwierigkeit. Der Polizeiwagen war nicht groß genug, um die ganze Gesellschaft bequem aufzunehmen, und als Montague Egg in seinen Morris stieg, sprach ihn der Inspektor an und bat, mit ihm fahren zu dürfen.

«Aber gewiß», sagte Monty, «es ist mir ein Vergnügen. Außerdem können Sie mich so im Auge behalten. Denn wenn dieser Knabe es nicht getan hat, scheint es mir fast so, als ob dann ich der Schuldige sein müßte.»

«Das würde ich nicht sagen», antwortete der Inspektor, offensichtlich verblüfft über dieses kleine Gedankenleserkunststück.

«Ich könnte es Ihnen nicht verübeln», sagte Monty. Er lächelte eingedenk seines Lieblingsmottos für Handlungsreisende: «Fröhliche Stimme und fröhlicher Blick füllen das Auftragsbuch, bringen dir Glück», und ließ seinen Morris munter hinter dem Polizeiwagen über die Straße von Beachampton nach Ditchley rollen.

«Jetzt müßten wir bald dort sein», bemerkte Ramage, als sie Helpington hinter sich hatten. «Wir sind zehn Meilen von Ditchley und etwa fünfundzwanzig von Pinchbecks Häuschen. Warten Sie mal – es wird auf der linken Straßenseite sein, wenn man aus dieser Richtung kommt. Nanu, das sieht ganz so aus, als wenn wir's hätten», setzte er im selben Augenblick hinzu. «Sie bremsen schon.»

Der Polizeiwagen hatte vor einem häßlichen Wellblechbau gehalten, der ziemlich für sich auf der linken Straßenseite stand und mit einer vielfarbigen Reklameschildersammlung und einer Menge Benzinpumpen geschmückt war. Egg fuhr seinen Morris neben das Polizeiauto.

«Ist das die Tankstelle, Miss Queek?»

«Ich – ich weiß nicht. Sie sah so aus, und sie war auch etwa hier. Aber ich kann es nicht bestimmt sagen. Alle diese schrecklich kleinen Orte ähneln sich so, aber – Moment mal! Wie dumm von mir! Natürlich ist sie's nicht! Sie hat ja keine Uhr. Es müßte eine Uhr da sein, direkt über der Tür. Es tut mir leid, daß ich mich so geirrt habe. Wir müssen noch ein bißchen weiter fahren. Es muß ganz in der Nähe sein.»

Die kleine Prozession setzte sich wieder in Bewegung. Fünf

Meilen weiter hielt sie von neuem. Diesmal konnte es sich um keinen Irrtum handeln. Da stand noch so eine scheußliche rote Wellblechkonstruktion, die Reklameschilder waren da, die Benzinpumpen und eine Uhr, deren Zeiger auf sieben Uhr fünfzehn wiesen (was genau stimmte, wie der Inspektor mit einem Blick auf seine eigene Uhr feststellte).
«Ich bin sicher, das muß sie sein», sagte Miss Queek. «Ja, ich erkenne auch den Mann wieder», setzte sie hinzu, als der Inhaber der Tankstelle herauskam, um zu sehen, was gewünscht wurde. Auf entsprechendes Befragen konnte der Mann nicht beschwören, daß er am 18. Juni Miss Queeks Benzintank gefüllt habe. Er habe vorher und nachher so viele Kunden bedient. Aber was die Uhr betraf, war seine Aussage bestimmt. Sie zeigte stets die genaue Zeit an, war nie stehengeblieben oder falsch gegangen, seit sie angebracht wurde. Wenn es auf seiner Uhr zehn Uhr zwanzig gewesen war, dann stimmte es, und das würde er vor jedem Gerichtshof bezeugen. Er konnte sich nicht daran erinnern, den Wagen mit der Nummer WOE 1313 gesehen zu haben, aber es gab keinen Grund, warum er ihm aufgefallen sein sollte. Autofahrer, die etwas nachprüfen wollten, hielten oft bei seiner Werkstatt für den Fall, daß sie doch fachmännische Hilfe brauchen sollten, aber derartige Vorfälle waren so alltäglich, daß er ihnen keine Beachtung schenkte, schon gar nicht an einem arbeitsreichen Vormittag.
Miss Queek jedoch fühlte sich ganz sicher. Sie erkannte den Mann, die Tankstelle und die Uhr. Als weitere Vorsichtsmaßnahme fuhr die Gesellschaft weiter bis Ditchley, aber obgleich die Straßenseite auf dem ganzen Weg mit Tankstellen gespickt war, gab es keine andere, die der Beschreibung genau entsprochen hätte. Entweder stimmte die Farbe nicht, oder sie waren aus anderem Material erbaut, oder sie hatten keine Uhr.
«Na ja», sagte der Inspektor ziemlich geknickt, «falls wir nicht Mitwisserschaft nachweisen können – was nicht wahrscheinlich ist, wenn man die Frau betrachtet –, ist die Sache damit erledigt. Die Tankstelle, bei der sie Barton sah, ist achtzehn Meilen von Pinchbecks Häuschen entfernt, und da wir wissen, daß der alte Mann um zehn Uhr fünfzehn noch lebte, kann Barton ihn nicht umgebracht haben – außer wenn er eine Durchschnittsgeschwindigkeit von zweihundert Meilen oder so

hatte, und das wird noch eine Weile unmöglich sein. Schön, wir müssen eben noch einmal von vorn anfangen.»

«Es sieht ein bißchen peinlich aus für mich», sagte Monty liebenswürdig.

«Nicht daß ich wüßte. Sehen Sie, da sind die Stimmen, die der Bäcker in der Küche hörte. Ich weiß, daß Sie das nicht gewesen sein können, denn ich habe Ihre Zeitangaben überpüft.» Ramage grinste. «Vielleicht taucht der Rest des Geldes irgendwo auf. Das wär's wohl für heute. Wir kehren besser um.»

Monty fuhr die ersten achtzehn Meilen in nachdenklichem Schweigen. Sie hatten gerade die Tankstelle mit der Uhr passiert — bei der Inspektor Ramage im Vorüberfahren gekränkt die Faust ballte —, als Egg nach einem kurzen Ausruf bremste.

«Nanu!» sagte der Inspektor.

«Mir ist etwas eingefallen», sagte Monty. Er zog einen Taschenkalender heraus und sah darin nach. «Ja — dacht' ich mir's doch. Ich habe ein seltsames Zusammentreffen entdeckt. Das sollten wir überprüfen. Macht es Ihnen etwas aus? ‹Dem Zufall alleine nie vertrau, prüfe das kleinste Faktum genau!›»

Er steckte den Kalender wieder ein und fuhr weiter, den Polizeiwagen überholend. Nach einiger Zeit kamen sie zu der Tankstelle, die zuerst ihre Aufmerksamkeit erregt hatte — die in allem der Beschreibung entsprach, abgesehen davon, daß sie keine Uhr zeigte. Hier hielt Monty, und das Polizeiauto, das ihnen folgte, stoppte ebenfalls.

Der Inhaber trat erwartungsvoll heraus, und das erste, was einem an ihm auffiel, war seine Ähnlichkeit mit dem Mann, den sie bei der anderen Tankstelle ausgefragt hatten. Monty wies höflich auf diese Tatsache hin.

«Ganz richtig», sagte der Mann. «Er ist mein Bruder.»

«Auch Ihre Tankstellen sehen sich ähnlich», bemerkte Monty.

«Von derselben Firma gekauft», sagte der Mann. «In vorgefertigten Teilen geliefert. Massenproduktion. Über Nacht fertig aufgebaut von jedem geschickten Mann.»

«Das ist das richtige», sagte Monty anerkennend. «Standardisierung bedeutet eine ungeheure Ersparnis an Arbeit, Zeit und Kosten. Aber Sie haben keine Uhr.»

«Noch nicht. Ich habe eine bestellt.»

«Nie eine gehabt?»

«Nie.»
«Haben Sie diese Dame schon einmal gesehen?»
Der Mann betrachtete Miss Queek sorgfältig von Kopf bis Fuß. «Ich glaube, ja. Sie kam eines Vormittags und wollte Benzin, nicht wahr, Miss? Samstag vor vierzehn Tagen oder da herum. Ich habe ein gutes Gedächtnis für Gesichter.»
«Um welche Zeit ungefähr?»
«Zehn vor elf oder ein paar Minuten später. Ich erinnere mich, daß ich gerade Wasser für meinen Elf-Uhr-Tee aufgesetzt hatte. Ich trinke um diese Zeit gewöhnlich eine Tasse.»
«Zehn Uhr fünfzig», sagte der Inspektor lebhaft. «Und das hier ist» – er rechnete rasch nach – «gerade zweiundzwanzig Meilen von dem Häuschen entfernt. Sagen wir eine halbe Stunde nach der Mordzeit. Vierundvierzig Meilen Stundengeschwindigkeit – das konnte er mit einem schnellen Sportwagen spielend schaffen.»
«Ja, aber . . .» unterbrach der Anwalt.
«Eine Minute noch», sagte Monty. «Hatten Sie früher», fuhr er zum Inhaber gewandt fort, «eines von diesen Zifferblättern mit beweglichen Zeigern, um die Zeit für das Einschalten der Scheinwerfer anzuzeigen?»
«Ja, das hatte ich. Eigentlich habe ich noch. Es hing immer über der Tür. Aber letzten Sonntag nahm ich es herunter. Die Kunden störten sich daran, sie hielten es irrtümlich für eine richtige Uhr.»
«Nach meinem Taschenkalender mußten am 18. Juni abends zehn Uhr zwanzig Sommerzeit die Scheinwerfer eingeschaltet werden», sagte Monty sanft.
«Das hör' sich einer an!» Inspektor Ramage schlug sich auf die Schenkel. «Das war wirklich klug von Ihnen, Mister Egg.»
«Ein plötzlicher Geistesblitz», gab Monty zu. «‹Ein Vertreter, der das Denken nicht scheut, erspart sich viel Mühe, Kosten und Zeit› – so heißt es im *Handbuch*.»

Als Simon Grant, der Napoleon der «Vereinigten Nitro-Phosphat» und weiß der Himmel wie vieler anderer Gesellschaften noch, an einem regnerischen Novemberabend spurlos verschwand, war es nur natürlich, daß seine Familie und seine Freunde sich sehr darüber aufregten und die Börse eine leichte Unruhe zeigte. Im Verlauf der nächsten paar Tage nun stellte sich bedauerlicherweise heraus, daß die «Vereinigte Nitro-Phosphat» nicht einmal reif zur Liquidation war, sondern sozusagen diesen Punkt schon überschritten und sich in Luft aufgelöst hatte, weil die noch vorhandenen Vermögenswerte der Gesellschaft zusammen mit Simon Grant auf geheimnisvolle Weise verschwunden waren. Daraufhin erhob sich das Ach-und-Weh-Geschrei mit einer Lautstärke, die drei Kontinente aufschreckte und nebenbei auch Montague Egg eine Stunde lang aus seinem Alltagstrott riß.

Nicht daß Egg irgendwelches Geld in «Nitro-Phosphat»-Aktien angelegt hatte oder sich einer Bekanntschaft mit dem vermißten Finanzmann rühmen konnte, seine Verbindung mit der Sache war rein zufällig, das Nebenprodukt einer finsteren Ankündigung des Schatzkanzlers im Hinblick auf das Budget, von der beängstigende Auswirkungen auf den Wein- und Spirituosenhandel auszugehen drohten. Egg, Reisevertreter der Firma Plummet & Rose, Piccadilly, war auf seiner Tour gerade in Birmingham angelangt, als er von seinen Chefs dringend nach London zurückgerufen wurde zu einer Lagebesprechung. So erfreute er sich – obwohl er zu dieser Zeit noch nichts davon wußte – des Privilegs, im selben Zug zu reisen, aus dem Simon Grant auf so plötzliche und unerklärliche Weise verschwand.

Die Tatsachen im Fall Simon Grant waren verwirrend einfach. Der Nachtexpreß von Birmingham nach London verließ Birmingham abends um neun Uhr fünfzig und hielt nur in Coventry und Rugby, bevor er in Euston um zwölf Uhr zehn ankam. Grant hatte einem Essen beigewohnt, das prominente Finanzleute ihm zu Ehren gegeben hatten; nach dem Essen hatte er in schamloser Frechheit eine Rede über die Blüte des britischen Wirtschaftslebens gehalten. Daraufhin war er zum Bahnhof geeilt, um den Expreß von Birmingham zu erreichen, mit dem er bis Rugby fahren wollte; dort sollte er bei Lord Buddlethorp, dieser Säule finanzieller Rechtschaffenheit, übernachten. Um neun Uhr siebenundfünfzig war er noch in einem Erste-Klasse-Wagen von zwei hochangesehenen Magnaten aus Coventry gesehen worden, die mit ihm bis zur Abfahrt des Zuges plauderten. In diesem Eisenbahnwagen war noch eine weitere Person: kein Geringerer als Sir Hicklebury Bowles, der weitbekannte Sportsmann. Im Lauf der Unterhaltung hatte Grant, der Sir Hicklebury oberflächlich kannte, erwähnt, er reise allein, da sein Sekretär einen Grippeanfall habe. Etwa auf halbem Wege zwischen Coventry und Rugby war Grant in den Gang hinausgetreten, wobei er etwas über die Hitze im Abteil murmelte. Seither hatte man ihn nicht mehr gesehen.

Zuerst war der Vorfall in recht düsterem Licht erschienen, weil man in Rugby entdeckte, daß eine Wagentür des Zuges offen hin und her pendelte, und als dann noch Grants Hut und Mantel ein paar Meilen weiter zurück gefunden wurden, befürchtete man allgemein das Schlimmste. Sorgfältige Überprüfung förderte jedoch weder Simon Grants Leiche zutage noch einen Anhaltspunkt dafür, daß ein schwerer Körper irgendwo aus dem Zug gefallen war. In einer Tasche des Mantels steckte eine Fahrkarte von Coventry nach Rugby, und es schien klar, daß er ohne diese Karte die Sperre in Rugby nicht passiert haben konnte. Zudem hatte Lord Buddlethorp seinen Wagen mit Chauffeur und Diener an den Zug in Rugby geschickt. Der Chauffeur hatte an der Sperre gestanden, und der Diener war auf dem Bahnsteig hin und her gegangen, um den Finanzmann zu suchen. Beide kannten ihn vom Sehen sehr gut und behaupteten übereinstimmend, er habe den Zug nicht verlassen. Niemand war ohne oder mit einem falschen Fahrschein an die Sperre gekommen, und eine Kontrolle der in Birmingham und Coventry gekauften Fahrkarten nach Rugby ergab keinen Widerspruch.

Es blieben zwei Möglichkeiten, beide verlockend und einleuchtend. Der Expreß Birmingham-London kam um zehn Uhr vierundzwanzig in Rugby an und fuhr um zehn Uhr achtundzwanzig weiter. Aber so schnell und eindrucksvoll er sein mochte, er war nicht der einzige oder wichtigste auf dem Bahnhof, denn drüben auf der anderen Seite in entgegengesetzter Richtung

stand der Postzug nach Irland, zischend und schnaubend während seines dreiminutigen Aufenthalts, bevor er um zehn Uhr fünfundzwanzig nach Norden weiterbrauste. Wenn der Expreß pünktlich war, konnte Simon Grant hinübergeschlüpft und in den Postzug eingestiegen sein; dann hatte er in Holyhead um zwei Uhr fünfundzwanzig den Dampfer erreicht, war um sechs Uhr fünfunddreißig in Dublin und ein paar Stunden später Gott weiß wo gewesen. Was die bestimmte Aussage von Lord Buddlethorps Diener anging, so hätte eine leichte Verkleidung – mühelos in einem Waschraum oder leeren Abteil zu bewerkstelligen – völlig ausgereicht, um den Zeugen hinters Licht zu führen. Chefinspektor Peacock, der mit der Untersuchung beauftragt war, hielt diese Möglichkeit für höchst wahrscheinlich. Sie hatte außerdem den Vorteil, daß die Passagiere, die mit dem Postdampfer übergesetzt waren, rasch ausfindig gemacht und verhört werden konnten.
Nun rückte die Frage nach den Fahrkarten für Postzug und Dampfer in den Vordergrund. Es war nicht anzunehmen, daß Simon Grant versucht hatte, sich während des einminutigen Umsteigeaufenthaltes welche zu besorgen. Entweder hatte er sie im voraus gekauft, oder sie waren ihm von einem Komplicen in Rugby übergeben worden. Chefinspektor Peacocks Stimmung hob sich, als er herausfand, daß tatsächlich Karten für die Zug- und Dampferfahrt von Rugby nach Dublin zum fraglichen Datum beim L.M.S.-Büro in London gekauft worden waren, und zwar auf den absurden und unglaubhaften Namen Solomon Grundy. Peacoch wußte nur zu gut, wie gern die Leute an ihren ursprünglichen Initialen festhalten, wenn sie sich einen falschen Namen zulegen. Das untergründige Motiv ist zweifellos die Angst, andere Initialen auf der Uhr, Zigarettendose oder dergleichen könnten Verdacht erregen, aber diese Neigung ist so bekannt, daß die Wahl der Anfangsbuchstaben gerade den Verdacht erregt, den sie zerstreuen sollte. Peacocks Hoffnungen stiegen weiterhin, als er dazu noch entdeckte, daß Solomon Grundy (lieber Himmel, was für ein Name!) sich die Mühe gemacht hatte, dem Mann an der Fahrkartenausgabe eine fingierte Adresse anzugeben. Und dann, gerade als die Aussichten am glänzendsten schienen, erhielt die ganze Theorie den Todesstoß. Nicht nur, daß kein Mr. Solomon Grundy in der

bewußten oder irgendeiner anderen Nacht auf dem Postdampfer gereist war, nicht nur, daß seine Karte weder vorgezeigt noch annulliert wurde – es stellte sich sogar als unmöglich heraus, daß Mr. Simon Grant überhaupt den Postzug nach Irland besteigen konnte. Aus irgendeinem lästigen, mehr als ärgerlichen Grund, der mit einer überhitzten Achse zusammenhing, war der Birmingham-London-Expreß ausgerechnet in jener Nacht mit drei Minuten Verspätung in Rugby eingelaufen, zwei Minuten nach der Abfahrt des Postzugs. Wenn dies Simon Grants geplanter Fluchtweg gewesen war, so hatte es damit nicht geklappt.

Und an diesem Punkt angelangt, kam Chefinspektor Peacock auf die alte Frage zurück: Was war aus Simon Grant geworden?

Nachdem der Chefinspektor die Frage mit seinen Kollegen erörtert hatte, gelangte er zu dem Schluß, daß Grant tatsächlich den Postzug nehmen wollte und, um seine Spur für die Polizei zu verwischen, die offene Tür und die verstreuten Kleidungsstücke hinterließ. Was hatte er getan, als er feststellte, daß der Postzug schon abgefahren war? Er konnte nur den Bahnsteig verlassen und einen anderen Zug nehmen. Durch die Sperre hatte er ihn nicht verlassen, und eine eingehende Untersuchung überzeugte Peacock, daß es für Grant äußerst schwierig gewesen wäre, den Geleisen entlang einen unbeobachteten Ausweg zu finden oder bis zum nächsten Morgen auf dem Bahnhofsgelände herumzulungern. Erst eine Woche zuvor hatte sich ein Selbstmord ereignet, und die Bahnbeamten achteten deshalb besonders auf Reisende, die etwa versuchten, auf dem Bahnkörper spazierenzugehen; außerdem waren zwei Gruppen von Streckenarbeitern bei Scheinwerferlicht am Werk, das die strategischen Beobachtungspunkte erhellte. So ließ Peacock diesen Teil der Nachforschungen zwar nicht völlig einschlafen, übertrug diese Routinearbeit jedoch seinen Untergebenen und wandte seine Überlegungen einer anderen Möglichkeit zu, die ihm schon durch den Kopf gegangen war, bevor er sich von den Postzugspekulationen hatte verführen lassen.

Diese Möglichkeit bestand darin, daß Simon Grant den Expreß gar nicht verlassen hatte, sondern bis Euston durchgefahren war. London bot große Vorteile zum Untertauchen – und was hätte Grant Besseres tun können, nachdem sein erster Plan fehlschlug, als in den Expreß zurückzukehren und die Fahrt fortzusetzen? Seine Uhr mochte ihm, schon ehe er Rugby erreicht hatte, deutlich genug angezeigt haben, daß der Postzug wahrscheinlich nicht mehr da sein würde; eine rasche Erkundung, ein Sprung zum Fahrkartenschalter – und er konnte seine Reise fortsetzen.

Der einzige Haken dabei war, daß der Chefinspektor beim Befragen der Schalterbeamten eindeutig feststellte: keine Fahrkarte irgendwelcher Art war an jenem Abend nach zehn Uhr ausgegeben worden. Ebensowenig hatte in Euston ein Reisender ohne Fahrkarte die Sperre passiert. Die Möglichkeit eines Komplicen auf dem Bahnsteig mußte fallengelassen werden, denn der ursprüngliche Fluchtplan hatte keinen benötigt, und es war nicht anzunehmen, daß für solch einen unerwarteten Zwischenfall im voraus einer bereitgestellt worden wäre.

Aber, so argumentierte der Chefinspektor, der Zwischenfall konnte dennoch zuvor einkalkuliert und für eine Ersatzfahrkarte gesorgt worden sein. Wenn dem so war, ließ es sich nur mit größter Schwierigkeit nachweisen, da dann die Zahl der ausgegebenen Fahrscheine mit der der Reisenden übereinstimmte. Dennoch setzte er eine erschöpfende Untersuchung in Gang, die die in London, Birmingham, Coventry und Rugby während der letzten Wochen vor dem Verschwinden Grants ausgegebenen Fahrscheine überprüfen sollte; auf diese Weise meinte er, unter Umständen auf eine Rückfahrkarte zu stoßen, die beträchtliche Zeit nach dem Ausgabedatum abgegeben worden war, und dies würde vielleicht die Nachforschungen auf eine Spur lenken. Außerdem verbreitete er durch den Rundfunk einen Aufruf, und auf diesem Weg fanden seine Ermittlungsbemühungen zu Montague Egg. Dieser schrieb:

Sehr geehrter Herr,
aus Tagespresse und B.B.C. entnehme ich, daß Sie Mitteilung zu erhalten wünschen von allen Leuten, die den Birmingham-London-Expreß, Abfahrt neun Uhr fünfzig abends, am Vierten letzten Monats, benützt haben. Ich erlaube mir, Sie zu benachrichtigen, daß ich mit demselben am angegebenen Datum von Coventry nach Euston fuhr (dritter Klasse) und daß ich Ihnen

für alle Rückfragen gern zur Verfügung stehe. Da ich als Reisevertreter der Firma Plummet & Rose, Wein- und Spirituosenhandlung, Piccadilly, angehöre, bin ich derzeit unter meiner Daueradresse nicht erreichbar, aber ich gestatte mir, eine Liste der Hotels beizulegen, in denen ich in der nächsten Zeit wohnen werde, und verbleibe Ihr ergebener ...

Als Folge dieses Briefes wurde Egg eines Abends höchst geheimnisvoll aus dem Tagesraum des »Cat and Fiddle« in Oldham herausgerufen, zu einem Gespräch mit Mr. Peacock.
«Sehr erfreut», sagte Egg und war auf alles gefaßt, von einem Auftrag für Wein und Schnaps bis zu einer vergessenen Zufallsbekanntschaft mit herzergreifender Leidensgeschichte. «Monty stets zur Stelle — das bin ich. Was kann ich für Sie tun. Sir?»
Chefinspektor Peacock schien jede nur denkbare Kleinigkeit über Egg, seine Angelegenheiten und besonders seine kürzliche Reise nach London wissen zu wollen. Monty verweilte etwas bei der Einleitung und erwähnte, er sei lange vor der Zeit auf dem Bahnsteig gewesen und habe es nur so geschafft, einen Sitzplatz zu bekommen, sowie der Zug eingefahren war.
«Und ich war froh darüber», setzte er hinzu. «Ich habe es gern bequem, wissen Sie, und der Zug war ziemlich voll.»
«Das weiß ich», sagte Peacock seufzend. «Wie gut, werden Sie verstehen, wenn ich Ihnen erzähle, daß wir mit jedem einzelnen Reisenden dieses Zuges Verbindung aufnehmen und alle, deren wir habhaft werden konnten, persönlich aufsuchen mußten.»
«Allerhand Arbeit», sagte Egg mit dem Respekt, den ein Fachmann im Leuteaufsuchen einem Kollegen entgegenbringt. «Wollen Sie damit sagen, daß Sie mit sämtlichen Reisenden in Kontakt gekommen sind?»
«Mit jedem dieser verflixten Expreß-Passagiere», bestätigte Peacock, «einschließlich verschiedener zudringlicher Kerle, die gar nicht im Zug waren, aber einen Spritzer Berühmtheit erhofften.»
«Da Sie von Spritzer reden», fiel Monty ein, «was möchten Sie trinken?»
Peacock dankte und akzeptierte einen kleinen Whisky mit Soda. «Können Sie sich noch erinnern, in welchem Teil des Zuges Sie saßen?»

«Gewiß», antwortete Monty prompt. «Dritter Klasse, Raucher, Mitte des Wagens, Mitte des Zuges. Das sicherste im Fall eines Eisenbahnunglücks. Eckplatz auf der Gangseite, Gesicht zur Lokomotive. Mir unmittelbar gegenüber ein Bild vom Münster in York, das von zwei Damen und einem Herrn in der Mode der Jahrhundertwende besichtigt wird. Das fiel mir auf, weil alles andere im Zug modern war. Ich dachte, es sei schade.»
«Hm», machte Peacock. «Und besinnen Sie sich darauf, wer sonst noch im Abteil war in Coventry?»
Monty drückte die Augen zu, als könnte er seine Erinnerungsbilder durch die Lider herauspressen.
«Mir am nächsten ein dicker, rotgesichtiger, kahlköpfiger Mann in einem Tweedanzug, sehr schläfrig. Hatte wohl einen gehoben. Neben ihm ein hochaufgeschossener junger Kerl mit Pikkeln und einem schäbigen steifen Hut. Kam nach mir herein und stolperte über meine Füße. Sah wie ein Kommis aus. Und in der Ecke saß ein junger Matrose — war schon da, als ich einstieg. Redete die ganze Zeit mit dem Mann auf dem Eckplatz gegenüber, der wie ein Pfarrer aussah — Kragen verkehrtherum, Klerikerhut, Walroßschnurrbart, dunkle Brille, gedunsene Backen und so einen Tonfall ‹Erzählen-Sie-mal-junger-Mann›. Neben ihm, ja, da war ein Bursche, der in seiner Pfeife einen gräßlich parfümierten Tabak rauchte; mag ein kleiner Händler gewesen sein, aber ich sah nicht viel von ihm, weil er die meiste Zeit in seiner Zeitung las. Dann kam ein netter, harmloser, feiner alter Knabe, der sich hätte die Haare schneiden lassen sollen. Er trug einen Zwicker — einen sehr verbogenen — und hob die Augen nicht von einem gelehrt aussehenden Buch. Und mir gegenüber saß ein Mann mit einem großen braunen Bart, in einem gelben Capemantel — wirkte wie ein Ausländer —, mit einem großen, weichen Filzhut. Er kam von Birmingham, und ebenso der Pfarrer, aber die anderen beiden auf dieser Seite stiegen erst nach mir ein.»
Der Chefinspektor lächelte, während er ein dickes Aktenbündel durchblätterte. «Sie sind ein bewundernswerter Zeuge, Mr. Egg. Ihr Bericht deckt sich genau mit dem Ihrer Mitreisenden, aber er ist als einziger von den acht vollständig. Sie besitzen offensichtlich Beobachtungsgabe.»
«Mein Beruf», sagte Monty selbstgefällig.

«Natürlich. Es mag Sie interessieren, daß der feine alte Knabe mit dem langen Haar Professor Amblefoot von der Universität London war, die größte Autorität für höhere Mathematik, und daß er Sie als blondhaarigen jungen Mann mit guten Manieren beschrieb.»

«Da bin ich ihm sehr verpflichtet», sagte Egg.

«Der Ausländer ist Dr. Schleicher aus Kew – er wohnt dort seit drei Jahren –, über den Matrosen und den Pfarrer wissen wir Bescheid, der betrunkene Bursche ist ebenfalls in Ordnung – wir hatten seine Frau da, sehr zungenfertig –, der Händler ist ein wohlbekannter Bürger aus Coventry, hat etwas mit dem Kirchengemeinderat von St. Michael zu tun, und der picklige junge Kerl ist ein Angestellter der Firma Morrison. Bei keinem gibt es Unklarheiten. Und alle fuhren durch bis London, nicht wahr? Niemand stieg in Rugby aus?»

«Niemand», antwortete Egg.

«Schade», sagte der Chefinspektor. «Um die Wahrheit zu sagen, Mr. Egg, wir konnten keine Person ausfindig machen, die im Zug gewesen sein muß und sich nicht von selbst zur Aussage gemeldet hätte, und die Zahl der Leute, die sich meldeten, stimmt genau überein mit der Zahl der Fahrkarten, die an der Sperre in Euston eingesammelt wurden. Sie haben niemand beobachtet, der sich auf dem Gang herumdrückte, nehme ich an?»

«Nicht fortwährend», sagte Monty. «Der Mann mit dem Bart stand von Zeit zu Zeit auf und strich ein wenig umher, erinnere ich mich – er wirkte unruhig. Ich dachte, er fühle sich vielleicht nicht ganz wohl. Aber er blieb immer nur ein paar Minuten fort. Schien ein nervöser, unerfreulicher Bursche zu sein – er kaute an den Nägeln, wissen Sie, und murmelte auf deutsch vor sich hin, aber er ...»

«Er kaute an den Nägeln?»

«Ja, sehr unangenehm, muß ich sagen. ‹Eine gepflegte Hand den Blick erfreut und ergreift stets sicher jede Gelegenheit. Zerkaute Nägel und schmutzige Krallen, werden bestimmt keinem Kunden gefallen›, sagt das Handbuch für Handlungsreisende.» Monty lächelte seine eigenen Fingerspitzen an. «Die Hände dieses Mannes waren – entschieden nicht fein. Bis auf die Kuppe abgebissen.«

»Aber das ist wirklich seltsam», sagte Peacock, «Doktor Schleichers Hände sind besonders gepflegt. Ich habe ihn gestern selbst aufgesucht. Er kann doch nicht so plötzlich die Gewohnheit des Nägelkauens abgelegt haben? Das tun die Leute nicht – so mir nichts, dir nichts. Und warum sollte er auch? Gab es sonst noch etwas, das Ihnen an Ihrem Gegenüber auffiel?»
«Ich glaube nicht. Doch. Warten Sie einen Augenblick. Er rauchte Zigarren mit einer höchst ungewöhnlichen Geschwindigkeit. Ich erinnere mich, daß er in den Gang hinausging mit einer bis auf etwa Fingerbreite aufgerauchten Zigarre und fünf Minuten später zurückkam mit einer neuen, die schon wieder halb geraucht war. Beides große Coronas, gute Zigarren; von Zigarren verstehe ich nämlich ein bißchen etwas.»
Peacock starrte vor sich hin und schlug dann leicht mit der Hand auf den Tisch.
«Ich hab's!» sagte er. «Jetzt weiß ich wieder, wo ich vor kurzem häßlich abgenagte Fingernägel gesehen habe. Lieber Himmel, ja! Aber wie könnte er ...»
Monty wartete auf die fällige Erklärung.
«Bei Simon Grants Sekretär. Man nahm an, er sei an jenem ganzen Tag und Abend in London gewesen, an Grippe erkrankt – aber wie kann ich wissen, ob er's war? Doch wem hätte er genützt, wenn er verkleidet im Zug saß? Und was kann Dr. Schleicher mit der Sache zu tun haben? Simon Grant wollen wir erwischen – und Schleicher ist nicht Grant – zumindest ...», der Chefinspektor machte eine Pause und fuhr dann weniger sicher fort – «sehe ich keine Möglichkeit, wie er das bewerkstelligen könnte. Man kennt ihn gut in der Umgebung, auch wenn er, wie man sagt, viel auswärts ist, und er hat sich verheiratet ...»
«Ach, wirklich?» sagte Egg bedeutungsvoll.
«Ein Doppelleben, meinen Sie?» fragte der Chefinspektor betroffen.
«Und eine Doppelehe», sagte Egg. «Entschuldigen Sie, wenn ich Ihnen eine heikle Frage stelle, aber – hm – sind Sie sicher, daß Sie einen falschen Bart sofort erkennen würden, wenn Sie absolut nicht auf etwas Derartiges gefaßt sind?»
«Bei gutem Licht wahrscheinlich schon, aber bei der Leselampe des Doktors – doch was soll das, Mr. Egg? Wenn Schleicher

Grant ist, wer war dann der Mann, den Sie im Zug sahen, der Mann mit den abgebissenen Fingernägeln? Grant kaut nicht an den Nägeln, das weiß ich, er ist ziemlich eigen, was sein Äußeres betrifft — so wurde mir gesagt, ich selbst habe ihn nie kennengelernt.»

«Nun, wenn Sie mich fragen», sagte Egg, «warum sollte der Mann im Zug nicht alle drei sein?»

«Alle drei?»

«Grant und Schleicher und der Sekretär?»

«Ich verstehe Sie nicht ganz.»

«Ich meine — vorausgesetzt, daß Grant Schleicher ist, mit einer hübschen, gebrauchsfertigen Identität, in die er nur hineinzuschlüpfen braucht und die er in den letzten drei Jahren sozusagen aufgebaut hat, mit Geld, das er auf den Namen Schleicher sicher beiseite brachte — nun, ich meine, dann wartet er jetzt darauf, daß er sich still und heimlich auf den Kontinent verziehen kann, sobald der Wirbel hier sich beruhigt hat — zusammen mit Gattin Nummer zwei.»

«Aber der Sekretär?»

«Der Sekretär war der Mann im Zug, aufgemacht als Grant in seiner Maske als Schleicher. Ich meine, natürlich ganz naiv gesprochen, er könnte es zumindest gewesen sein.»

«Aber wo war Schleicher — ich meine Grant?»

«Er war ebenfalls der Mann im Zug. Ich will sagen: er kann es gewesen sein.»

«Sie glauben, es waren zwei Männer?»

«Ja, so sehe ich es wenigstens an. Sie sind da der beste Sachverständige, ich möchte mich nicht vordrängen. Aber sie haben ‹Verwechsle das Bäumchen› gespielt. Der Sekretär steigt in Birmingham ein als Schleicher. Grant steigt in Coventry ein als Grant. Zwischen Coventry und Rugby verwandelt sich Grant in Schleicher, in einem Waschraum oder sonstwo, und treibt sich auf dem Bahnsteig in Rugby oder im Gang herum, bis der Zug mit ihm weiterfährt. Kurz danach zieht er sich wieder in einen Waschraum zurück. Zu einem vorher festgesetzten Zeitpunkt steht der Sekretär auf, spaziert den Gang entlang und zieht sich anderswohin zurück, während Grant sein Versteck verläßt und den Platz des Sekretärs einnimmt. Dann spaziert Grant den Gang entlang, und der Sekretär kommt ins Abteil zurück. Sie sind nie beide gleichzeitig sichtbar, außer während der zwei, drei Minuten, da Grant in Rugby wieder in den Zug einsteigt; ehrliche Zeugen wie ich wären bereit zu beschwören, daß Schleicher in Birmingham einstieg, in Coventry und Rugby ruhig auf seinem Platz sitzen blieb und bis Euston durchfuhr – wie er es tat. Ich kann nicht behaupten, daß ich irgendeinen Unterschied zwischen den beiden Schleichers bemerkte, außer in der Sache mit der Zigarre. Aber sie waren auch sehr behaart und eingemummelt.»

Der Chefinspektor überlegte.

«Welcher von beiden war Schleicher, als sie in Euston ausstiegen?»

«Sicher Grant. Der Sekretär wird wohl sein Kostüm im letzten Augenblick abgelegt haben und als er selbst aufgetaucht sei, wobei er das tausend zu eins stehende Risiko einging, daß ihn jemand erkennen würde.»

Peacock fluchte leise. «Wenn er das getan hat», sagte er, «dann ist's um ihn geschehen. Aber warten Sie einen Moment. Ich wußte, da war noch ein Haken. Wenn sie es so gemacht haben, müssen sie im Besitz eines zweiten Dritte-Klasse-Fahrscheins gewesen sein. Sie konnten nicht beide mit einer Fahrkarte reisen.»

«Warum nicht?» fragte Egg. «Ich habe oft – naja, ich meine, nicht gerade oft, aber von Zeit zu Zeit habe ich mit einem Bekannten gewettet, daß ich auf seine Fahrkarte reisen könnte, und ich habe es geschafft.»

«Sie würden mich zu Dank verpflichten, Sir», sagte Chefinspektor Peacock, «wenn Sie mir Ihre Methode näher erläutern wollten.»

«O gern», antwortete Egg. «‹Die Wahrheit sprich stets frei und heiter, das überzeugt und bringt dich weiter› – das ist Montys Leibspruch. Wenn ich Mr. Grants Sekretär gewesen wäre, hätte ich einen Rückfahrschein Birmingham–London gelöst, und nachdem in Rugby die vordere Hälfte das letztemal kontrolliert worden war, hätte ich so getan, als steckte ich sie in die Tasche. In Wirklichkeit aber hätte ich sie in eine Ritze am Rand meines Sitzplatzes geschoben und wäre wieder im Gang spazierengegangen. Wenn dann Grant meinen Platz einnahm – den er an einem zurückgelassenen Handköfferchen oder etwas Ähnlichem erkannte –, konnte er die Fahrscheinhälfte an sich nehmen. Am Ende der Fahrt hätte ich Bart, Brille und so weiter entfernt, sie in die Manteltasche gesteckt, den auffälligen Mantel mit dem Futter nach außen zusammengelegt und über dem Arm getragen. Dann hätte ich gewartet, bis ich Grant durch die Sperre gehen sah, und wäre ihm in einem kleinen Abstand gefolgt. Er hätte beim Passieren der Sperre seinen Fahrschein abgegeben, und ich wäre in einer Gruppe anderer Leute hinterhergekommen, wobei ich für ein bißchen Durcheinander gesorgt hätte. Der Mann an der Sperre hätte mich angehalten und gesagt: ‹Ich habe Ihren Fahrschein noch nicht bekommen, Sir.› Ich antworte entrüstet: ‹Doch, natürlich haben Sie ihn.› Er: ‹Das glaube ich nicht, Sir.› Ich protestiere, er fordert mich auf, beiseite zu treten und kurze Zeit zu warten, bis er die anderen Reisenden abgefertigt habe. Dann sage ich: ‹Sehen Sie her, guter Mann, ich bin ganz sicher, daß ich meinen Fahrschein abgegeben habe. Hier ist die Hälfte für die Rückfahrt, Nummer soundsoviel. Nun schauen Sie in Ihrem Stoß Fahrscheine nach, ob Sie das Gegenstück nicht bekommen haben.› Er sieht nach, findet es und sagt: ‹Ich bitte um Entschuldigung, Sir, Sie haben vollkommen recht. Hier ist es.› Ich sage: ‹Bitte sehr, schon gut›, und gehe durch die Sperre. Und selbst wenn er mich in Verdacht hat, kann er mir nichts beweisen, und der andere ist inzwischen über alle Berge.»

«Ich verstehe», sagte der Chefinspektor. «Und wie oft, sagten Sie, haben Sie dieses Spielchen betrieben?»

«Nun ja, nie zweimal auf demselben Bahnhof. Es tut nicht gut, wenn man seine Tricks zu oft wiederholt.»

«Ich glaube, ich werde mir am besten Schleicher und den Sekretär noch einmal vorknöpfen», sagte Peacock nachdenklich. «Und den Mann an der Sperre. Wir sollten wohl annehmen, Grant habe sich mit dem Postzug nach Irland aus dem Staub gemacht. Ich gebe zu, daß wir das auch geglaubt hätten, wenn nicht zufälligerweise der Postzug abgefahren wäre, bevor der Londoner Expreß einlief. Trotzdem braucht es schon einen gewitzten Verbrecher, um uns zu schlagen. Übrigens, Mr. Egg, ich hoffe nicht, daß Sie sich eine Gewohnheit daraus machen ...»

«Da wir von schlechten Gewohnheiten sprechen», sagte Monty schlagfertig, «wie wäre es mit einem weiteren Whisky?»

«Verdufte, Flathers», sagte der junge Mann im Flanellanzug. «Wir sind erschüttert von deinen Neuigkeiten, aber nach deinen religiösen Anschauungen haben wir kein Verlangen. Und höre um Gottes willen auf, von ‹Studikern› zu reden wie ein verdammter Handlungsreisender. Verschwinde!»
Der Angesprochene, ein pickeliger Jüngling im Studententalar, meckerte ein wenig, zog sich aber eingeschüchtert von dem Tisch zurück.
«Eine entsetzliche Laus», bemerkte der junge Mann im Flanellanzug zu seinem Nachbarn. «Er wohnt auch in meinem Stockwerk, Gott sei Dank ziehe ich nächstes Semester aus. Ich nehme an, es stimmt, was er vom Vorsteher erzählt? Armes altes Scheusal – es tut mir richtig leid, daß ich seine Vorlesung geschwänzt habe. Möchtest du noch ein bißchen Kaffee?»
«Nein danke, Radcott. Ich muß gleich abschwirren. Es wird Zeit zum Mittagessen.»
Montague Egg, der am nächsten Tisch saß, hatte die Ohren gespitzt. Nun wandte er sich, mit einem entschuldigenden Räuspern, dem Radcott genannten jungen Mann zu.
«Entschuldigen Sie, Sir», sagte er etwas gehemmt, «es war nicht meine Absicht mitzuhören, was die Herren sprachen, aber darf ich Sie etwas fragen?» Ermutigt durch Radcotts Gesichtsausdruck, der zwar überrascht, doch offen und freundlich war, fuhr er fort: «Ich bin zufällig Handlungsreisender – Egg ist mein Name, Montague Egg, Vertreter von Plummet & Rose, Wein und Spirituosen, Piccadilly. Darf ich fragen, was unpassend ist an dem Ausdruck ‹Studiker›? Ist er irgendwie beleidigend?»
Radcott wurde feuerrot bis an die Haarwurzeln.
«Es tut mir schrecklich leid», sagte er aufrichtig und sah plötzlich sehr jung aus. «Verdammt dumm von mir, so etwas zu sagen. Scheußlich.»
«Aber ich bitte Sie», sagte Monty.
«Ich habe es nicht persönlich gemeint. Nur dieser Flathers regt mich auf. Er sollte wissen, daß nur Spießbürger und Journalisten und Leute außerhalb der Universität von ‹Studikern› reden.»

«Wie soll man sagen? Studenten?»
«Student ist der korrekte Ausdruck.»
«Ich bin Ihnen sehr zu Dank verpflichtet», sagte Monty. «Immer bereit, etwas dazuzulernen. Man macht in diesen Dingen so leicht einen Fehler, und selbstverständlich nimmt das den Kunden gegen einen ein. Das ‹Handbuch für Handlungsreisende› gibt einem da keinerlei Hilfe; ich werde mir selbst einen kleinen Merkspruch machen müssen. Warten Sie mal. Wie würde das klingen: Wer Oxforder Studenten ...»
«Ich meine, Sie sollten ‹Oxford-Studenten› sagen – das ist der Fachausdruck.»
«O ja, danke. ‹Wer Oxford-Studenten Studiker nennt, zeigt deutlich, daß er die Regeln nicht kennt.› Das läßt sich leicht behalten.»
«Sie scheinen Talent für solche Dinge zu haben», sagte Radcott amüsiert.
«Nun ja, vielleicht habe ich's», gab Monty mit einem Anflug von Stolz zu. «Paßt der Spruch auch für Cambridge?»
«Gewiß», antwortete Radcotts Nachbar.
«Wissen Sie», sagte Egg heiter, «bei Verkaufsgesprächen muß man immer auf dem laufenden sein, auch witzig, aber nicht vulgär. Im Wein- und Spirituosenhandel machen wir es uns zum Ziel, unsere Lebensart zu vervollkommnen. Ich bin Ihnen wirklich sehr verbunden, meine Herren, für Ihre Hilfe. Es ist das erstemal, daß ich Oxford besuche. Könnten Sie mir sagen, wie ich zum Pentecost College komme? Ich habe einen Empfehlungsbrief an einen der dortigen Herren.»
«Pentecost College?» fragte Radcott. «Ich glaube, dort würde ich an Ihrer Stelle nicht hingehen.»
«Nicht?» sagte Egg und überlegte, ob dabei irgendein ihm unbekannter Punkt der Universitätsetikette im Spiel sei. «Warum nicht?»
«Weil ich», antwortete Radcott, «von dem bedauernswerten Flathers erfahren habe, daß ein Wohltäter der Allgemeinheit eben den Vorsteher ermordet hat; und unter diesen Umständen zweifle ich, ob der Schatzmeister in der Lage sein wird, den Vorzügen miteinander wetteifernder Jahrgänge und Sorten die gebührende Aufmerksamkeit zu widmen.»
«Der Vorsteher ermordet?» wiederholte Egg.

«Es hat ihm jemand eins versetzt – ganz wörtlich, wie man mir erzählte, mit einem Ziegelstein in einer Woolworth-Socke, als er nach seiner nur zu bekannten Vorlesung über Platos Gebrauch der Enklitika in sein Haus zurückkehrte. Die ganze Akademie der Litterae Humaniores wird natürlich in Verdacht stehen, doch ich persönlich glaube, daß es Flathers getan hat. Sie haben vielleicht gehört, wie er uns davon in Kenntnis setzte, daß das Strafgericht immer den Übeltäter ereilt, und wie er uns zu einer Gebets- und Bußversammlung im südlichen Hörsaal einlud. Solche Leute sind gefährlich.»

«War der Vorsteher von Pentecost College denn ein Übeltäter?»

«Er hat mehrere gelehrte Werke geschrieben, die nachweisen, daß es keine Vorsehung gibt, und ich muß sagen, daß ich ihn in Übereinstimmung mit dem ganzen Pentecost College immer als einen der schlimmsten Irrtümer der Natur betrachtet habe. Trotzdem – ihn mehr oder weniger auf seiner eigenen Schwelle totzuschlagen, scheint mir von schlechtem Geschmack zu zeugen. Es wird die Examenskandidaten durcheinander bringen, die nächste Woche ihrer Feuerprobe entgegensehen. Und es bedeutet, daß das Stiftergedenkfest ausfällt. Außerdem ist die Polizei hinzugezogen worden und wird sicher zum Ärger des Dozentenzimmers auf dem Rasen im inneren Hof herumspazieren. Aber was geschehen ist, läßt sich nicht rückgängig machen. Reden wir von etwas Angenehmerem. Wenn ich recht verstehe, verfügen Sie über einigen Portwein. Ich hingegen erlitt kürzlich einen schmerzlichen Verlust durch eine Gesellschaft lärmender Trunkenbolde, die abends in mein Zimmer einfielen und mein letztes Dutzend Cockburn 1904 durch ihre unkritischen Kehlen schütteten. Wenn Sie mit zum Pentecost College gehen möchten, Mr. Egg, und Ihre Literatur mitbringen, könnten wir am Ende ein Geschäft machen.»

Egg erklärte sich mit Freuden bereit, Radcotts Einladung anzunehmen, und wanderte bald neben seinem sportgestählten Führer über den Cornmarket. An der Ecke der Broad Street trennte sich der andere Student von ihnen, während sie geradeaus gingen, vorbei an Balliol und Trinity College, die in der Junisonne schliefen, und kurz darauf erreichten sie den Haupteingang von Pentecost College.

Gerade als sie dort anlangten, kam ein kleiner älterer Mann, der einen leichten Mantel anhatte und einen Magistertalar über dem Arm trug, mit dem bedächtigen Schritt der Kurzsichtigen über die Straße aus der Richtung der Bodleian Library. Ein vorüberfahrendes Auto hätte ihn um ein Haar in die Ewigkeit befördert, wenn nicht Radcott seinen langen Arm ausgestreckt und ihn auf das Trottoir gezogen hätte.
«Sehen Sie sich vor, Mr. Temple», sagte Radcott. «Sonst erleben wir noch, daß *Sie* als nächster ermordet werden.»
«Ermordet?» fragte Mr. Temple blinzelnd. «Ach so, Sie spielen auf das Automobil an. Aber ich sah es kommen. Ich sah es ganz genau. Ja, ja. Doch warum ‹als nächster›? Ist jemand anderer ermordet worden?»
«Nur der Vorsteher von Pentecost College», sagte Radcott und kniff Egg in den Arm.
«Der Vorsteher? Dr. Greeby? Was Sie sagen! Ermordet? Um Gottes willen! Der arme Greeby! Das bringt meine ganze Tagesarbeit durcheinander.» Seine matten blauen Augen veränderten sich und bekamen einen seltsamen, flatternden Blick. «Gottes Mühlen mahlen langsam, aber sicher. Ja, ja. Das Schwert des Herrn und Gideons! Aber Blut — das ist immer so beunruhigend, nicht wahr? Und doch, wissen Sie, ich habe meine Hände in Unschuld gewaschen.» Er streckte beide Hände aus und sah sie grübelnd an. «Ach ja — der arme Greeby hat für seine Sünden bezahlt. Entschuldigen Sie, wenn ich weglaufe — ich habe dringend etwas bei der Polizei zu erledigen.»
«Wenn Sie», sagte Radcott und kniff Monty wieder in den Arm, «sich als Mörder stellen wollen, so kommen Sie besser mit uns. Die Polizei ist sicher hier irgendwo in der Gegend.»
«Ach ja, natürlich. Selbstverständlich. Sehr rücksichtsvoll von Ihnen. Das wird mir eine Menge Zeit ersparen, und ich muß ein wichtiges Kapitel beenden. Ein schöner Tag, nicht wahr, Mr. — ich fürchte, ich kenne Ihren Namen nicht. Oder doch? Ich werde überaus vergeßlich.»
Radcott nannte seinen Namen, und das sonderbare Trio wandte sich gemeinsam zum Haupteingang des College. Das große Tor war geschlossen; an der Nebentür stand der Pförtner und neben ihm eine massige, blau gekleidete Gestalt, die die drei nach ihren Personalien fragte.

Radcott, der vom Pförtner ordnungsgemäß identifiziert wurde, stellte Monty samt seinem Empfehlungsschreiben vor.
«Und dies», fuhr er fort, «ist natürlich Mr. Temple. Sie kennen ihn. Er sucht Ihren Superintendent.»
«Jawohl, gern, Sir», antwortete der Polizist. «Sie finden ihn im Kreuzgang ... Bei seinem alten Spiel, nehme ich an?» setzte er hinzu, als der kleine Mann über den sonnenheißen Hof davonschlurfte.
«O ja», sagte Radcott. «Er stürzte sich gleich darauf. Muß für den alten Knaben recht aufregend sein, einen Mord so nah zu erleben. Wo war sein letzter?»
«In Lincoln, Sir; am vergangenen Dienstag. Ein junger Mann erschoß seine Braut in der Kathedrale. Am nächsten Tag, kurz vor dem Mittagessen, war Mr. Temple auf der dortigen Polizeiwache und erklärte, er habe die Tat begangen, weil das arme Ding die große Hure Babel gewesen sei.»
«Mr. Temple», sagte Radcott, «hat eine Sendung auf der Welt. Er ist das Schwert des Herrn und Gideons. Jedesmal, wenn in diesem Land ein Mord geschieht, beansprucht ihn Mr. Temple für sich. Es stimmt zwar, daß sein Leib sich erwiesenermaßen stets friedlich im Bett oder in der Bodleian Library befand, während die schmutzige Tat geschah, doch für einen idealistischen Philosophen bedeutet das kein Hindernis. Aber was ist denn nun wirklich mit dem Vorsteher passiert?»
«Nun ja, Sir, Sie kennen doch den kleinen Durchgang zwischen der Wohnung des Vorstehers und dem Kreuzgang? Dort wurde Dr. Greeby heute morgen zwanzig Minuten nach zehn Uhr tot aufgefunden; seine Vorlesungsnotizen lagen verstreut um ihn herum, und neben seinem Kopf entdeckte man einen Ziegelstein in einem Wollsocken. Dr. Greeby hatte um neun Uhr eine Vorlesung in einem Hörsaal am Haupthof gehabt und, soweit wir wissen, als letzter den Raum verlassen. Eine Gesellschaft amerikanischer Damen und Herren ging kurz nach zehn Uhr durch den Kreuzgang; man hat sie ausfindig gemacht, und sie sagen, zu jener Zeit sei niemand dort gewesen, wenigstens hätten sie niemand gesehen – aber natürlich, Sir, konnte der Mörder trotzdem im Durchgang herumlungern, denn sie gingen selbstverständlich nicht dort hindurch, sondern über die Boniface-Passage zum inneren Hof und zur Kapelle. Einer der

jungen Herren sagt, er habe den Vorsteher um zehn Uhr fünf den Haupthof in Richtung auf den Kreuzgang überqueren sehen, so dürfte er den Durchgang etwa zwei Minuten später erreicht haben. Der Professor für Morphologie kam um zehn Uhr zwanzig vorbei und fand den Leichnam, und als der Arzt fünf Minuten später eintraf, sagte er, Dr. Greeby müsse vor etwa einer Viertelstunde getötet worden sein. Das legt den Zeitpunkt auf ungefähr zehn Uhr zehn fest.»

«Wann verließen die Amerikaner die Kapelle?»

«Das ist es ja, Sir», antwortete der Polizist. Er schien sehr bereitwillig zu reden, fand Egg und schloß daraus richtig, daß Radcott bei den Oxforder Polizeikräften wohlbekannt und gut angeschrieben war. «Wenn diese Gesellschaft durch den Kreuzgang zurückgekommen wäre, hätten die Leute uns vielleicht etwas erzählen können. Aber sie gingen durch den inneren Hof in den Garten, und der Küster blieb in der Kapelle wegen einer Dame, die eben gekommen war und das Schnitzwerk auf der Altarrückwand besichtigen wollte.»

«Und kam die Dame ebenfalls durch den Kreuzgang?»

«Ja, Sir, und sie eben wollen wir finden, denn es sieht so aus, als müßte sie um die Zeit des Mordes den Kreuzgang passiert haben. Sie betrat die Kapelle gerade um zehn Uhr fünfzehn; der Küster erinnert sich nämlich, daß die Uhr schlug, kurz nachdem sie kam, und daß sie sagte, was für ein schöner Klang das sei. Sie haben die Dame hereinkommen sehen, nicht wahr, Mr. Dabbs?»

«Ich habe *eine* Dame gesehen», antwortete der Pförtner, «ich sehe eben regelmäßig eine ganze Menge Damen. Diese eine Dame kam von der Bodleian Library herüber, so um zehn Uhr herum. Eine ältere Dame war es, ziemlich altmodisch angezogen, mit einem Rock bis auf die Absätze herunter und einem Hut wie ein Krähennest, hinten mit einem Stückchen Gummiband befestigt. Sah aus wie eine Dozentin oder eine ‹Ehemalige› – zumindest wie solche Damen früher mal aussahen. Und sie hatte den Tatterich – Sie wissen, was ich meine –, zuckte ein bißchen mit dem Kopf. Man sieht Hunderte von der Sorte. Sie sitzen in den Kreuzgängen herum und horchen auf das Brunnenplätschern und das Vogelgezwitscher. Aber wenn es darum geht, eine Leiche oder einen Mörder zu bemerken, glaube ich, so etwas würden sie nicht erkennen, wenn sie es auch vor Augen hätten. Ich habe die Dame nicht weggehen sehen, sie muß durch den Garten hinausgegangen sein.»

«Sehr wahrscheinlich», sagte Radcott. «Dürfen Mr. Egg und ich den Kreuzgang benützen, Wachtmeister? Es ist nämlich der einzige Weg zu meiner Wohnung, sonst müßten wir durchs Scholastika-Tor gehen.»

«Alle anderen Tore sind versperrt, Sir. Gehen Sie hier durch und sprechen Sie mit dem Superintendent; er wird Sie schon durchlassen. Sie finden ihn im Kreuzgang mit Professor Staines und Dr. Moyle.»

«Dem Bibliothekar von der Bodleian Library? Was hat er mit der Sache zu tun?»

«Sie glauben, er könnte vielleicht die Dame kennen, wenn sie eine Leserin der Bibliothek ist.»

«Ach so. Kommen Sie, Mr. Egg.»

Radcott führte ihn über den Haupthof und durch einen düsteren kleinen Durchgang an der Ecke in den kühlen Schatten des Kreuzgangs. Eingerahmt von den alten Steinarkaden lag der grüne Rasenplatz schläfrig in der Mittagshitze. Kein Laut war zu hören außer dem Widerhall ihrer Schritte, dem Rauschen und Rieseln des kleinen Brunnens und dem gedämpften Zwitschern der Buchfinken, als sie über das wechselnde Schattenmuster des Pflasters schritten. Etwa in der Mitte des nördlichen Kreuzgangteils kamen sie zu einem weiteren überdeckten kleinen Durchgang; ein Polizeisergeant kniete dort im Halbdunkel und untersuchte mit Hilfe einer Taschenlampe den Boden.

«Guten Tag, Sergeant», sagte Radcott. «Sie sind wohl gerade dabei, es Sherlock Holmes gleichzutun? Zeigen Sie uns die blutigen Fußspuren?»

«Kein Blut zu sehen, Sir, leider. Sonst wäre unsere Arbeit vielleicht einfacher. Und Fußspuren gibt es auch keine. Der arme Herr wurde mit einem Stein niedergeschlagen, und wir nehmen an, daß der Mörder hier hinaufgeklettert ist, um sein Vorhaben auszuführen, denn der Ermordete war ein hochgewachsener Herr, und er wurde direkt auf die Schädeldecke getroffen, Sir.» Der Sergeant deutete auf eine kleine Nische, die wie ein zugemauertes Fenster aussah, ungefähr in Brusthöhe über dem Boden. «Es scheint so, als habe er hier oben gewartet, bis Dr. Greeby vorbeikam.»

«Er muß mit den Gewohnheiten seines Opfers gut vertraut gewesen sein», bemerkte Egg.

«Keine Spur!» entgegnete Radcott. «Er brauchte bloß ins Vorlesungsverzeichnis zu schauen, um Zeit und Ort zu wissen. Dieser Durchgang führt nur zum Haus des Vorstehers und in den Dozentengarten, sonst nirgendwo hin, und diesen Weg mußte Dr. Greeby ganz selbstverständlich nach seiner Vorlesung nehmen, außer er hätte noch anderswo gelesen, was nicht der Fall war. Hübsch gelenkig, Ihr Mörder, Sergeant, wenn er hier hinaufkam. Zumindest – ich weiß nicht.»

Ehe der Polizist ihn zurückhalten konnte, hatte er sich mit einer Hand am Rand der Nische festgehalten, einen Fuß auf ein darunter umlaufendes Mauergesims gestellt und sich hinaufgeschwungen.

«Heda, Sir! Kommen Sie bitte herunter! Der Superintendent würde das nicht gern sehen.»

«Wie? O Himmel, ja! Fingerabdrücke, nicht wahr? Das habe ich vergessen. Macht nichts; Sie können meine abnehmen, wenn Sie sie haben wollen, zum Vergleich. Ist auch gut zur Übung. Aber jedenfalls – ein bewaffnetes Baby könnte da hinaufklettern. Kommen Sie, Mr. Egg; es ist wohl besser, wenn wir uns verziehen, bevor ich noch wegen der Belästigung der Polizei verhaftet werde.»

Aber in diesem Augenblick wurde Radcott von einem Professor angesprochen, der von der entgegengesetzten Seite den Durchgang betrat, begleitet von drei oder vier anderen Leuten.

«Oh, da ist Mr. Radcott! Einen Moment, Superintendent, dieser Herr hier kann uns sagen, was Sie wissen möchten; er war in Dr. Greebys Vorlesung. Das stimmt doch, nicht wahr, Mr. Radcott?»

«N–nein, nicht ganz, Sir», antwortete Radcott einigermaßen verlegen. «Ich hätte dort sein sollen, aber durch einen bedauerlichen Zufall habe ich geschwänzt – das heißt, ich war auf dem Fluß, Sir, und kam nicht rechtzeitig zurück.»

«Sehr ärgerlich», sagte Professor Staines, während der Superintendent nur bemerkte:

«Haben Sie einen Zeugen dafür, daß Sie auf dem Wasser waren?»
«Keinen», antwortete Radcott. «Ich war allein im Boot, in einem Nebenarm – arbeitete ernsthaft im Aristoteles. Aber ich habe den Vorsteher wirklich nicht umgebracht. Seine Vorlesungen waren – wenn ich so sagen darf – fad, aber nicht in diesem Ausmaß erbitternd.»
«Das ist eine sehr ungehörige Bemerkung, Mr. Radcott», sagte der Professor streng, «und eine abscheulich geschmacklose dazu.»
Der Superintendent, der etwas von Routinesache murmelte, schrieb die von Radcott angegebene Weggangs- und Rückkunftszeit in ein Notizbuch und sagte dann:
«Ich glaube nicht, daß ich einen der Herren hier weiter zurückhalten muß. Wenn wir Sie wieder sprechen wollen, Mr. Temple, dann lassen wir Sie's wissen.»
«Gewiß, gewiß. Ich will nur im Kaffeehaus ein Sandwich essen und gehe dann wieder in die Bodleian Library. Was die Dame betrifft, kann ich nur wiederholen, daß sie von etwa halb zehn Uhr bis kurz vor zehn an meinem Tisch saß und um halb elf wieder zurückkam. Sehr unruhig und störend. Ich wünschte doch sehr, Herr Dr. Moyle, man könnte eine Regelung treffen, daß ich diesen Tisch für mich allein habe oder einen Platz abseits bekomme. Damen sind immer unruhig und störend. Sie war noch da, als ich ging, aber ich hoffe sehr, sie ist jetzt endgültig verschwunden. Sie sind sicher, daß Sie mich jetzt nicht einsperren wollen? Ich stehe ganz zu Ihrer Verfügung.»
«Noch nicht gleich, Sir. Sie werden in Kürze von uns hören.»
«Vielen Dank, vielen Dank. Ich würde gern noch mein Kapitel beenden. Dann wünsche ich Ihnen einstweilen einen guten Tag.»
Die kleine gebeugte Gestalt wanderte davon, und der Superintendent tippte sich vielsagend an die Stirn.
«Der Arme! Völlig harmlos natürlich. Ich brauche Sie nicht zu fragen, Dr. Moyle, wo *er* um diese Zeit war?»
«Er war auf seinem Stammplatz in der Duke-Humphrey-Abteilung. Sie sehen ja, er gibt es auch zu, wenn er gefragt wird. Ich jedenfalls weiß bestimmt, daß er heute morgen da war, denn er entlieh ein Phi-Buch und mußte sich deshalb persönlich

an mich wenden. Er bat um neun Uhr zwanzig darum und gab es um zwölf Uhr fünfzehn zurück. Was die Dame betrifft, so glaube ich, daß ich sie schon vorher gesehen habe. Eine von den gelehrten Damen der älteren Jahrgänge, nehme ich an. Wenn sie nicht zum Lehrkörper gehört, muß ich ihren Namen und ihre Adresse irgendwo haben, aber natürlich kann sie auch ein Mitglied der Universität sein. Ich fürchte, ich könnte mich nicht dafür verbürgen, daß ich sie alle vom Sehen kenne. Aber ich werde mich erkundigen. Es ist im übrigen durchaus möglich, daß sie noch in der Bibliothek sitzt, und wenn nicht, weiß Franklin vielleicht, wann sie ging und wer sie ist. Ich will mich sofort um die Sache kümmern. Ich brauche nicht zu sagen, Herr Professor, wie tief ich diese jammervolle Geschichte beklage. Der arme, gute Greeby! Welch ein Verlust für die Altphilologie!»

An diesem Punkt des Gesprächs zog Radcott Egg sachte am Ärmel davon. Ein paar Schritte weiter unten im Kreuzgang bogen sie in einen anderen, breiteren Durchgang ein, der auf den inneren Hof führte. Dessen eine Seite nahm die Kapelle ein, auf der anderen stiegen die beiden drei düstere Steintreppen empor und erreichten dann Radcotts Zimmer, wo der Student seinen neuen Bekannten in einen Sessel nötigte und ihn, während er unter der Fensterbank ein paar Flaschen Bier hervorholte, nachdrücklich aufforderte, es sich bequem zu machen.

«Nun», bemerkte er dann, «Sie haben einen recht munteren ersten Eindruck vom Oxforder Leben bekommen – ein Mord und ein Verrückter. Der arme alte Temple. Eins unserer Paradestücke. War einmal Dozent hier vor Jahr und Tag. Es gab irgendeinen Kladderadatsch, und er verschwand für einige Zeit. Dann tauchte er wieder auf – zehn Jahre sind es her –, völlig närrisch; nahm ein möbliertes Zimmer in Holywell und sucht seitdem abwechselnd die Bodleian Library und die Polizeistation heim. Außerdem ist er ein guter Gräzist. Ganz vernünftig, bis auf den einen Punkt. Ich hoffe, der alte Moyle findet seine mysteriöse Dame, obwohl es Unsinn ist zu behaupten, daß sie alle Leute, die die Bibliothek benützen, kontrollieren. Sie brauchen nur festen Schritts hineinzugehen, so als ob Ihnen der ganze Laden gehörte, und wenn Sie angesprochen werden, laut und beleidigt zu sagen, Sie seien hier schon seit Jahren Leser.

Borgen Sie sich von jemand einen Talar, werden Sie nicht einmal angesprochen.»

«Ist das wirklich so?» fragte Egg.

«Probieren Sie's aus, wenn Sie wollen. Nehmen Sie meinen Talar, schlendern Sie zur Bibliothek hinüber, marschieren Sie geradewegs hinein, an den Schaukästen vorbei und durch die kleine Seitentür mit der Aufschrift ‹Nur für Leser› in die Duke-Humphrey-Abteilung; tun Sie dort, was Sie mögen, außer Bücher stehlen oder das Haus anzünden — und wenn irgend jemand etwas von Ihnen will, bestelle ich sechs Dutzend Flaschen ... von was Sie wollen. Ein fairer Vorschlag, nicht?»

Egg nahm das Angebot bereitwillig an, und ein paar Minuten später stieg er, angetan mit einem Studententalar, die Treppe empor, die zu Englands berühmtester Bibliothek führt. Mit leichtem Beben öffnete er die gläserne Eingangstür und tauchte ein in den geweihten Dunstkreis modernden Leders, der solche Tempel der Gelehrsamkeit auszeichnet.

Gleich hinter der Tür stieß er auf Dr. Moyle, der mit dem Pförtner sprach. Egg, der sich lässig vorbeugte, um ein unleserliches Manuskript in einem Schaukasten zu betrachten, konnte ohne Schwierigkeit hören, was sie redeten, da die beiden, wie alle beamteten Personen in einem Leseraum, sich keinerlei Mühe gaben, ihre Stimmen zu dämpfen. «Ich kenne die Dame, Mr. Moyle. Das heißt, sie war in der letzten Zeit verschiedentlich hier. Gewöhnlich trägt sie den Talar eines Magister Artium. Ich habe sie auch heute morgen gesehen, aber nicht darauf geachtet, wann sie ging. Ich glaube nicht, daß ich je ihren Namen hörte, aber da sie offensichtlich ein Mitglied der Universität ...»

Egg wartete nicht länger. Ein Gedanke stieg in ihm auf. Er ging weiter, stieß beherzt die Tür «Nur für Leser» auf und durchschritt die feierliche mittelalterliche Weitläufigkeit der Duke-Humphrey-Abteilung. In der entferntesten, dunkelsten Ecke bemerkte er Mr. Temple, der anscheinend sein Sandwich gegessen und den Mord völlig vergessen hatte; er saß allein und schrieb geschäftig inmitten einschüchternder Bücherstapel, eine große Aktentasche voller Papiere lag offen vor ihm.

Egg lehnte sich über den Tisch und sprach ihn eindringlich flüsternd an:

«Entschuldigen Sie, Sir. Der Superintendent bat mich, Ihnen zu sagen, daß man glaubt, die Dame gefunden zu haben, und daß er froh wäre, wenn Sie freundlicherweise gleich herunterkommen und sie identifizieren würden.»
«Die Dame?» Temple blickte zerstreut auf. «Ach ja – die Dame. Freilich. Sofort? Das paßt mir jetzt nicht eben gut. Ist es so eilig?»
«Sie sagten ausdrücklich, es sei keine Zeit zu verlieren, Sir», antwortete Egg.
Temple murmelte etwas, stand auf, schien unschlüssig, ob er seine Papiere ordnen solle oder nicht, und stopfte sie schließlich alle in die anschwellende Aktentasche, die er verschloß.
«Lassen Sie mich das tragen, Sir», sagte Monty und faßte diensteifrig nach der Mappe; dann geleitete er Temple flink hinaus. «Sie sind noch im Kreuzgang, denke ich. Aber der Superintendent sagte, Sie möchten bitte ein paar Minuten in der Pförtnerloge auf ihn warten. Da sind wir schon.»
Er übergab Temple und seine Aktentasche dem Pförtner, der etwas überrascht dreinblickte, als er Egg in akademischer Tracht sah, aber nichts sagte, da er den Superintendent erwähnen hörte. Egg eilte über den Hof und durch den Kreuzgang und hastete im Laufschritt Radcotts Treppen hinauf. «Entschuldigen Sie, Sir», fragte er atemlos den jungen Mann, «können Sie mir sagen, was ein Phi-Buch ist?»
«Ein Phi-Buch», antwortete Radcott einigermaßen überrascht, «ist ein Buch, das vom Bibliotheksdirektor der Bodleian Library für unanständig erachtet und dementsprechend von einem längst verblichenen Witzbold unter dem griechischen Buchstaben Phi katalogisiert wurde. Warum fragen Sie das?»
«Nun», sagte Egg, «mir fiel nur ein, wie einfach es für jemand wäre, in die Bodleian Library zu gehen, sich in einem abgelegenen Winkel – sagen wir in der Duke-Humphrey-Abteilung – zu verkleiden, hinauszuspazieren, einen Mord zu begehen, zurückzukommen, wieder seine Kleider anzuziehen und fortzugehen. Niemand würde eine Person beim Zurückkommen anhalten, wenn man den oder die Betreffende vorher hinausgehen sah – besonders wenn die Verkleidung schon früher in der Bibliothek benutzt wurde. Ein Kleiderwechsel und ein Magister-Artium-Talar würden genügen.»

«Worauf in aller Welt wollen Sie hinaus?»

«Diese Dame, die zur Mordzeit im Kreuzgang war — Mr. Temple sagt, sie habe an seinem Tisch gesessen. Aber ist es nicht seltsam, daß Mr. Temple gerade heute besondere Aufmerksamkeit auf sich zog, indem er ein Phi-Buch verlangte? Wenn er früher Dozent an diesem College war, mußte er wissen, welchen Weg Dr. Greeby nach der Vorlesung nehmen würde; und er könnte einen Groll gegen ihn gehegt haben wegen jener alten Geschichte, wie die nun auch gewesen sein mag. Er kann auch von der Wandnische gewußt haben. Und er hat eine Aktentasche bei sich, in der sich leicht ein Damenhut und ein langer Rock, der seine Hosen verdeckt, unterbringen läßt. Warum trägt er einen Mantel an so einem heißen Tag, wenn nicht, um den oberen Teil seiner Kleidung zu verdecken? Nicht daß das irgendwie meine Sache wäre — aber — nun, ich habe mir eben die Freiheit genommen, selbst nachzudenken. Und ich habe ihn hierher mitgebracht, samt seiner Aktentasche, und der Pförtner paßt auf ihn auf.»

So prach Egg, ziemlich atemlos. Radcott starrte ihn an.

«Temple? Mein lieber Mann, Sie sind so verrückt wie er. Er — er gesteht immer — er hat auch diesmal gestanden — Sie können doch nicht etwa annehmen . . .»

«Ich möchte glauben, daß ich mich irre», sagte Egg. «Aber gibt es nicht eine Geschichte von dem Mann, der so oft ‹Der Wolf!› schrie, daß ihm niemand glauben wollte, als der Wolf wirklich kam? Im ‹Handbuch für Handlungsreisende› steht ein Spruch, den ich immer sehr bewundert habe. Er heißt: ‹Vertreter brauchen jederzeit vor allem Urteilsfähigkeit. Wer stets getäuscht, dem glaubt man nicht, und wenn er auch die Wahrheit spricht.› Ich finde das recht scharfsinnig, meinen Sie nicht auch?»

Maher-shalal-hashbaz

Kein Londoner kann der Anziehungskraft einer Menschenansammlung auf der Straße widerstehen. Als Montague Egg den Kingsway hinauffuhr und eine Gruppe von Leuten bemerkte, die in das Astwerk einer der kümmerlichen, zur Verschönerung dieser Hauptverkehrsstraße angepflanzten Plata-

nen starrten, hielt er an, um die Ursache der ganzen Aufregung zu ergründen.
«Komm, Mieze-Mieze, komm!» riefen die Umstehenden und schnalzten aufmunternd mit den Fingern.
«Schau, Kind, da, die hübsche Miezekatze!»
«Man sollte sie mit ein bißchen Fleisch locken.»
«Sie kommt schon 'runter, wenn es ihr oben langweilig wird.»
«Wirf einen Stein nach ihr.»
«Na, was ist denn hier los?»
Das schmale junge Ding in den abgetragenen Kleidern, das verlassen mit seinem leeren Tragekorb dastand, wandte sich an den Schutzmann:
«Oh, bitte, schicken Sie die Leute weg! Wie kann er herunterkommen, wenn ihn alle anschreien? Er fürchtet sich, mein armer Schatz.»
Durch die schwankenden Zweige hindurch funkelten wütend ein Paar bernsteinfarbene Augen herab. Der Polizist kratzte sich hinterm Ohr.
«Dürfte allerhand Arbeit machen, meinen Sie nicht auch, Fräuleinchen? Wie kam er bloß darauf, da hochzuklettern?»
«Der Verschluß ging auf, und er sprang aus dem Korb, gerade als wir aus dem Bus stiegen. Oh, bitte, tun Sie etwas!»
Montague Egg ließ seine Augen über die Menge hingehen und erblickte am Rand des Menschenknäuels einen Fensterputzer mit seinen Leitern auf einem Handwagen. Er rief ihn an:
«Bring doch mal die Leiter her, Kleiner, dann werden wir ihn bald unten haben – wenn Sie mir erlauben, Miss, es zu versuchen. Wenn wir ihn sich selbst überlassen, sitzt er wahrscheinlich eine Ewigkeit da oben fest. ‹Ein Schreck, sitzt er erst richtig fest, sich nur sehr schwer beheben läßt.› Vorsichtig, bitte. So ist's richtig.»
«Ach, ich danke Ihnen so sehr! Und bitte, gehen Sie sanft mit ihm um. Er kann es gar nicht leiden, angefaßt zu werden.»
«Schon gut, Miss; machen Sie sich keine Sorgen, Monty Egg ist immer ein Gentleman, freundlich zu allen Hausbewohnern und bewandert im Umgang mit Kindern. Auf geht's!»
Egg stülpte seinen eleganten Filzhut auf den Kopf und stieg in die belaubte Baumkrone. Lautes Fauchen brach oben los, ein Regen von abgebrochenen Zweigen prasselte auf die Zu-

schauer nieder. Gleich darauf kam Egg zum Vorschein; er hielt – ziemlich ungeschickt – ein widerstrebendes braungelbes Fellbündel gepackt. Das Mädchen streckte seinen Korb hin, die vier zornig strampelnden Beine wurden irgendwie darin verstaut, ein junger Handwerker zog ein Stück Schnur hervor, der Korbdeckel wurde gesichert, der Fensterputzer bekam sein Dankeschön und nahm die Leiter wieder weg, und die Menge zerstreute sich. Egg wickelte sich ein Taschentuch um das zerkratzte Handgelenk, klaubte das Laub aus seinem Kragen und rückte seine Krawatte zurecht.

«Oh, er hat Sie ganz furchtbar gekratzt», klagte das Mädchen mit weit offenen, entsetzten Blauaugen.

«Keineswegs», antwortete Egg. «Ich bin sehr froh, daß ich Ihnen behilflich sein konnte. Darf ich mir das Vergnügen machen, Sie irgendwohin zu fahren? Das ist für ihn angenehmer als im Bus, und wenn wir die Fenster hochkurbeln, kann er nicht hinausspringen, auch wenn er den Korb wieder aufbringen sollte.»

Das Mädchen protestierte, doch Egg beförderte sie entschlossen in seine kleine Limousine und fragte sie, wohin sie wolle.

«Das ist die Adresse», sagte das Mädchen, indem es einen Zeitungsausschnitt aus seiner abgeschabten Handtasche zog. «Irgendwo in Soho, nicht wahr?»

Egg las etwas erstaunt die folgende Anzeige:

«GESUCHT: fleißige, tüchtige Katze (Geschlecht gleichgültig) zur Mäusevertilgung in hübschem Villenhaus und als Gesellschaft für Ehepaar in mittleren Jahren. Passendem Bewerber werden zehn Shilling und ein gutes Zuhause geboten. Persönliche Vorsprache bei Mr. John Doe, La Cigale Bienheureuse, Frith St., W., Dienstag zwischen elf und ein Uhr.»

«Eine komische Anzeige», sagte Egg stirnrunzelnd.

«Ach, meinen Sie, es stimmt etwas nicht damit? Sie ist nur ein Spaß?»

«Nun», entgegnete Egg, «ich sehe nicht ganz ein, warum jemand zehn Shilling für eine gewöhnliche Katze bezahlen will; Sie etwa? Ich meine, normalerweise kommen Katzen gratis und franko ins Haus, von Leuten, die junge Katzen nicht gern ertränken. Ich glaube nicht ganz an diesen Mister John Doe; es klingt so nach Pseudonym.»

«Ach Gott», rief das Mädchen mit Tränen in den blauen Augen, «und ich habe so gehofft, es würde alles klappen. Sehen Sie, wir sind ganz schrecklich knapp dran, Vater ist arbeitslos, und Maggie – das ist meine Stiefmutter – sagt, sie will Maher-shalal-hashbaz nicht länger behalten, weil er die Tischbeine zerkratzt und so viel Nahrung braucht wie Christian – hol' ihn der Kuckuck! Das ist aber gar nicht wahr – bloß etwas Milch und ein bißchen Abfallfleisch, und er ist ein wunderbarer Mäusefänger. Nur gibt es nicht viel Mäuse, wo wir wohnen – und da dachte ich, wenn ich ihm ein gutes Zuhause finden könnte – und zehn Shilling bekommen zu den neuen Stiefeln für Papa, er braucht sie so dringend ...»

«Nun, nun, immer Kopf hoch!» sagte Egg. «Vielleicht sind diese Leute bereit, für einen ausgewachsenen, nachweislich tüchtigen Mäusefänger soviel zu zahlen. Oder – ich will Ihnen etwas sagen – es kann auch so eine Kinosache sein. Auf jeden Fall werden wir hingehen und uns die Geschichte ansehen; ich meine nur, es wäre besser, wenn Sie mich mitkommen und mit Mr. Doe verhandeln ließen. Sie können mir ruhig vertrauen», setzte er hastig hinzu. «Hier ist meine Karte. Montague Egg, Reisevertreter von Plummet & Rose, Wein und Spirituosen, Piccadilly. Mit Kunden verhandeln ist seit langem meine Sache. ‹Willst du den Abschluß nicht verpassen, so darfst du niemals lockerlassen› – das ist Montys Leibspruch.»

«Ich heiße Jean Maitland, und Papa ist auch Vertreter – zumindest war er es, bis er im letzten Winter Bronchitis bekam, und jetzt ist er nicht mehr kräftig genug zum Reisen.»

«So ein Pech!» sagte Monty mitfühlend, als er in die High Holborn Street einbog. Er fand das junge Ding – es mochte etwa sechzehn sein – sehr sympathisch und nahm sich fest vor, daß «da etwas getan werden müsse».

Es sah so aus, als ob auch andere Leute der Meinung gewesen wären, zehn Shilling seien ein guter Preis für eine Katze. Der Fußweg vor dem kleinen Restaurant in Soho war gedrängt voll von Katzenbesitzern; einige trugen Körbe, andere hielten ihre Tiere auf dem Arm. Das klagende Miauen erfüllte die Luft.

«Einige Konkurrenz», sagte Monty. «Jedenfalls aber scheint der Posten noch nicht besetzt. Bleiben Sie dicht hinter mir, und dann werden wir unser Glück versuchen.»

Sie warteten einige Zeit. Anscheinend wurden die Bewerber durch eine Hintertür hinausgelassen, denn obwohl viele in das Haus gingen, kam keiner zurück. Schließlich ergatterten sie einen Platz in der Schlange, die sich durch ein schmutziges Treppenhaus hinauf bewegte, und nach einer weiteren Ewigkeit befanden sie sich vor einer dunklen, abweisenden Tür. Nach kurzer Zeit wurde sie von einem dicken Mann mit verkniffenem Gesicht und scharfen kleinen Augen geöffnet, der munter sagte: «Der nächste, bitte!» Sie traten ein.

«Mr. John Doe?» fragte Monty.

«Ja. Sie haben Ihre Katze mitgebracht? Ach so, die Katze der jungen Dame. Setzen Sie sich, bitte. Name und Anschrift, Miss?»

Das Mädchen gab eine Adresse südlich der Themse an, und der Mann notierte sie «für den Fall» – so erklärte er –, «daß der gewählte Kandidat sich als untauglich erweisen sollte und ich Ihnen wieder schreiben möchte. Nun wollen wir uns einmal die Katze ansehen.»

Der Korb wurde geöffnet, und ein braungelber Kopf tauchte grollend auf.

«O ja. Schönes Exemplar. Komm, Mieze-Mieze. Scheint nicht sehr freundlich zu sein.»

«Er ist verschreckt von der Fahrt, aber wenn er Sie einmal kennt, ist er sehr lieb. Und ein großartiger Mäusefänger. Und sehr sauber.»

«Das ist wichtig. Er muß sauber sein. Und er muß sich sein Brot verdienen, wissen Sie.»

«Oh, das wird er tun. Er kann Ratten und alles mögliche fangen. Wir nennen ihn Maher-shalal-hashbaz, weil er ‹sich eilend über die Beute hermacht›. Aber er hört auch auf Mash, nicht wahr, Liebling?»

«Ich verstehe. Nun, er scheint mir in guter Verfassung zu sein Keine Flöhe? Keine Krankheiten? Meine Frau ist sehr eigen.»

«Aber nein! Er ist kerngesund. Und Flöhe – ich bitte Sie!»

«Sollte keine Beleidigung sein, aber ich muß es genau nehmen, wenn wir ihn wirklich zu unserem Hausgenossen machen. Seine Farbe gefällt mir allerdings nicht so gut. Zehn Shilling ist ein hoher Preis für so ein gelbbraunes Tier. Ich weiß nicht, ob . . .»

«Sachte, sachte», sagte Monty. «In Ihrer Anzeige stand nichts über die Farbe. Diese Dame hat einen weiten Weg gemacht, um Ihnen die Katze zu bringen, und Sie können nicht erwarten, daß sie weniger akzeptiert, als was ihr geboten wurde. Im übrigen werden Sie keine bessere Katze bekommen; jedermann weiß, daß die Gelbbraunen die besten Mäusefänger sind – sie haben mehr Schneid als die andern. Und sehen Sie sich die hübsche weiße Hemdbrust an. Die zeigt Ihnen, wie sauber der Kater ist. Und denken Sie an einen weiteren Vorteil: Sie können ihn *sehen* – Sie und Ihre Gattin werden in einem dunklen Winkel nicht über ihn stolpern, was einem bei den schwarzen und grauen Katzen leicht passieren kann. Eigentlich müßten wir für eine so hübsche Farbe noch extra etwas in Rechnung stellen. Die Gelbbraunen sind viel seltener und vornehmer als die gewöhnlichen Katzen.»

«Daran ist etwas Wahres», gab Mr. Doe zu. «Nun, Miss Maitland, hören Sie zu. Ich schlage vor, Sie bringen Maher – oder wie sie sagten – heute abend zu uns ins Haus, und wenn er meiner Frau gefällt, behalten wir ihn. Hier ist unsere Adresse. Und Sie müssen bitte genau um sechs Uhr kommen, weil wir später ausgehen wollen.»

Monty sah auf die Adresse. Die Wohnung lag am nördlichen Ende der Edgware-Morden-Untergrundbahn.

«Das ist ein sehr weiter Weg, wenn man ihn so auf gut Glück machen soll», sagte er fest. «Sie werden Miss Maitland ihre Ausgaben vergüten müssen.»

«Gewiß», sagte Mr. Doe. «Das ist nicht mehr als billig. Hier haben Sie eine halbe Krone. Das nicht verbrauchte Geld können Sie mir heute abend zurückgeben. Vielen Dank vorläufig. Ihre Katze wird wirklich ein schönes Zuhause haben, wenn sie zu uns kommt. Setzen Sie sie jetzt wieder in ihren Korb. Hier heraus, bitte. Vorsicht bei der Stufe. Guten Morgen.»

Als Egg und seine neue Bekannte über eine äußerst enge, dumpfe Hintertreppe nach unten gestolpert und in einer übelriechenden Nebengasse gelandet waren, sahen sie einander an.

«Er wirkt ziemlich kurz angebunden», sagte Miss Maitland. «Ich hoffe sehr, daß er nett sein wird zu Maher-shalal-hashbaz. Sie waren wunderbar, als es um die Farbe ging – ich dachte schon, er stößt sich daran. Mein süßer Mash! Wie könnte jemand etwas gegen sein schönes Gelbbraun haben!»

«Hm!» sagte Egg, «der Mr. Doe mag stimmen, aber an seine zehn Shilling glaube ich erst, wenn ich sie sehe. Und auf jeden Fall gehen Sie nicht allein in dieses Haus. Ich werde Sie um fünf Uhr mit dem Wagen abholen.»
«Aber, Mr. Egg – das kann ich nicht annehmen! Außerdem haben Sie ihm eine halbe Krone für meine Fahrtkosten abgeknöpft.»
«Das ist nur geschäftsüblich», sagte Egg. «Um fünf Uhr pünktlich bin ich da.»
«Gut, kommen Sie aber um vier und trinken Sie eine Tasse Tee bei uns. Das ist das mindeste, was wir tun können.»
«Sehr gern», sagte Egg.
Das Haus, das John Doe bewohnte, war eine neue Villa, die einsam am äußersten Ende einer neuen, noch nicht fertiggestellten Vorstadtstraße stand. Auf das Klingeln hin erschien Mrs. Doe – eine kleine, ängstlich blickende Frau mit wäßrigen Augen und der nervösen Angewohnheit, sich an den blassen Lippen zu zupfen. Maher-shalal-hashbaz wurde im Wohnzimmer, wo Mr. Doe, in einen Sessel zurückgelehnt, die Abendzeitung las, aus seinem Korb befreit. Der Kater beschnupperte den Mann argwöhnisch, aber unter Mrs. Does schüchternen Annäherungsversuchen besänftigte er sich und ließ sich kraulen.
«Nun, meine Liebe», sagte Doe, «paßt er dir? Du hast keine Einwände gegen die Farbe, wie?»
«Nein, nein. Er ist wirklich schön. Ich mag ihn sehr gern.»
«Gut. Dann nehmen wir ihn. Hier, Miss Maitland. Zehn Shilling. Bitte, unterschreiben Sie diese Quittung. Danke. Und lassen Sie's gut sein mit dem Rest von der halben Krone. Siehst du, meine Liebe, du hast deine Katze bekommen, und ich hoffe, wir werden nun keine Mäuse mehr hier sehen. Aber jetzt» – er blickte auf die Uhr – «müssen Sie leider Ihrem Kater rasch Lebewohl sagen, Miss Maitland; wir werden erwartet. Er ist bei uns gut aufgehoben.»
Während der letzten Worte zog sich Monty taktvoll in die Halle zurück. Und zweifellos veranlaßte ihn dasselbe Zartgefühl, von der Wohnzimmertür zum hinteren Teil des Hauses zu gehen; aber er hatte nur kurze Zeit gewartet, als Jean Maitland, gefolgt von Mrs. Doe, erschien und sich tapfer die Nase putzte.

«Sie lieben Ihren Kater sehr, nicht wahr, mein Kind? Ich hoffe, Sie sind nicht zu . . .»

«Nun laß schon, Flossie», sagte ihr Mann, der plötzlich hinter ihr auftauchte, «Miss Maitland weiß, daß für ihn gesorgt wird.» Er geleitete sie hinaus und schloß eilig die Tür hinter ihnen.

«Wenn es Ihnen schwerfällt», sagte Egg unsicher, «können wir ihn gleich wieder zurückholen.»

«Nein, es ist gut so», antwortete Jean. «Wenn es Ihnen nichts ausmacht, wollen wir rasch einsteigen und wegfahren – möglichst schnell.»

Als sie über die holprige Straße davonschaukelten, bemerkte Egg einen Burschen, der ihnen entgegenkam. In der einen Hand trug er einen Korb. Er pfiff laut.

«Sehen Sie», sagte Monty. «Einer unserer Rivalen. Wir sind ihm zuvorgekommen. ‹Mein Freund, bist du als erster hier, gehört der Auftrag sicher dir.› Verdammt», setzte er leise hinzu und trat auf den Gashebel. «Ich hoffe doch sehr, daß die Geschichte in Ordnung ist. Wenn ich's nur wüßte!»

Obwohl Egg sich tatkräftig eingesetzt hatte, um Maher-shalal-hashbaz einen guten Platz im Leben zu sichern, fühlte er sich nicht unbeschwert. Die Sache nagte so sehr an ihm, daß er am Samstag der folgenden Woche, nachdem er wieder daheim in London war, eine Expedition in die Gegend südlich der Themse unternahm, um Erkundigungen einzuziehen. Und als die Tür der Maitlands von Jean geöffnet wurde, erblickte er neben ihr, mit rundem Buckel und hocherhobenem Schwanz, Maher-shalal hashbaz.

«Ja», sagte das Mädchen, «er hat den Rückweg gefunden, der kluge Schatz! Genau heute vor einer Woche – und er war schrecklich dünn und schmutzig –, wie er es geschafft hat, weiß ich nicht. Aber wir konnten ihn einfach nicht wieder fortschikken, nicht wahr, Maggie?»

«Nein», sagte Mrs. Maitland. «Ich mag die Katze nicht, und ich habe sie nie gemocht, aber in diesem Fall! Ich glaube, sogar Katzen haben ihre Gefühle. Nur das mit dem Geld ist peinlich.»

«Ja», sagte Jean. «Wissen Sie, als er zurückkam und wir uns entschlossen, ihn zu behalten, schrieb ich an Mr. Doe und erklärte die Geschichte und schickte ihm eine Postanweisung über zehn Shilling. Heute morgen kam der Brief zurück mit dem Vermerk ‹Unbekannt›. Nun wissen wir nicht, was zu tun ist.»

«Ich habe nie an diesen Mr. John Doe geglaubt», sagte Monty. «Wenn Sie mich fragen, Miss Maitland, war er keiner von der guten Sorte, und ich würde mir nicht weiter den Kopf über ihn zerbrechen.»

Doch damit war das Mädchen nicht zufrieden, und kurz darauf fuhr der gefällige Egg nach Norden, um den mysteriösen John Doe zu suchen; die Postanweisung hatte er bei sich.

Die Tür der Villa wurde von einer sauber gekleideten älteren Frau geöffnet, die Egg noch nie gesehen hatte. Er fragte nach Mr. John Doe.

«Er wohnt nicht hier. Ich habe nie von ihm gehört.»

Monty erklärte, er wünsche den Herrn zu sprechen, der die Katze gekauft habe.

«Katze?» fragte die Frau. Ihr Gesichtsausdruck veränderte sich. «Treten Sie bitte ein.» Dann rief sie ins Haus hinein: «George! Hier ist ein Herr, der nach einer Katze fragt. Vielleicht möchtest du . . .» Das Ende des Satzes wurde einem Mann ins Ohr geflüstert, der aus dem Wohnzimmer auftauchte und der, wie sich herausstellte, ihr Ehemann war.

George betrachtete Egg sorgfältig von oben bis unten. «Ich kenne hier niemand mit Namen Doe», sagte er, «aber wenn Sie den früheren Mieter suchen, der ist ausgezogen. Packte zusammen und verschwand in aller Eile am Tag nach der Beerdigung des alten Mannes. Ich versorge das Haus für den Besitzer. Und wenn Sie eine Katze vermissen, kommen Sie vielleicht am besten mit mir und werfen einen Blick nach draußen.»

Er führte Monty durch das Haus zur Hintertür und in den Garten hinaus. In der Mitte eines der Blumenbeete war ein großes Loch, wie ein unregelmäßig geformtes flaches Grab. Ein Spaten steckte aufrecht in der lockeren Erde. Und daneben auf dem Rasen lagen in zwei traurigen Reihen die Kadaver vieler Katzen. Egg kam zu dem Schluß, es müßten nahezu fünfzig sein.

«Wenn eine davon Ihnen gehört», sagte George, «steht Sie Ihnen zur Verfügung. Aber sie sind in einem nicht gerade guten Zustand.»

«Lieber Gott!» rief Egg entsetzt, und er dachte mit Freude daran, wie ihn Maher-shalal-hashbaz mit erhobenem Schwanz auf der Schwelle der Maitlands begrüßt hatte. «Kommen Sie hier weg und erzählen Sie mir, was das bedeuten soll. Es ist – es ist unglaublich!»

Es stellte sich heraus, daß die früheren Mieter Proctor hießen. Die Familie bestand aus dem alten, gebrechlichen Mr. Proctor, seinem Neffen und dessen Frau.

«Sie hatten keine Bedienerin, die im Haus schlief. Die alte Mrs. Crabbe machte ihnen die Arbeit, sie kam jeden Tag her; und sie erzählte mir immer, der alte Herr könne keine Katzen ertragen. Sie machten ihn richtig krank. Ich habe solche Leute schon früher kennengelernt. Und man mußte natürlich vorsichtig sein, weil er doch so anfällig war und sein Herz so schwach, daß er jede Minute umfallen konnte. Wir dachten, als ich die ganzen begrabenen Katzen fand, wahrscheinlich hat der junge Proctor sie umgebracht, damit der alte Herr sie nicht sehen und keinen Schock bekommen sollte. Seltsam ist dabei bloß, daß es so aussieht, als ob alle Katzen ungefähr gleichzeitig umgebracht worden wären, und noch gar nicht so lang.»

Egg dachte an die Anzeige, an den falschen Namen und daran, daß die Leute, die ein Tier verkaufen wollten, zu einer anderen Tür hinauskomplimentiert wurden, so daß keiner von ihnen sagen konnte, wieviel Katzen erworben und bezahlt worden waren. Und daran, wie man ihnen genau eingeschärft hatte, die Katze Punkt sechs Uhr zu bringen, und an den pfeifenden Burschen, der mit seinem Korb etwa eine Viertelstunde nach ihnen auf dem Schauplatz erschienen war. Schließlich fiel ihm noch etwas ein – ein undeutliches Miauen, das an sein Ohr gedrungen war, als er in der Halle stand, während Jean sich von Maher-shalal-hashbaz verabschiedete, und der unruhige Ausdruck in Mrs. Proctors Gesicht, als sie fragte, ob Jean ihren Kater sehr liebe. Es sah so aus, als ob Mr. Proctor junior die Katzen zu einem recht finsteren Zweck gesammelt hätte. Aus jedem Stadtteil Londons gesammelt. Aus Stadtteilen, die möglichst weit entfernt waren – oder warum sonst legte er solchen Wert darauf, Namen und Adresse zu notieren?

«Woran starb denn der alte Herr?» fragte er.

«Ach», antwortete Mrs. George, «es war ein Herzschlag, wie

der Doktor sagte. Am letzten Dienstag vor einer Woche in der Nacht starb er, der Arme. Und Mistress Crabbe, die ihn ankleidete und aufbahrte, sagt, er hat furchtbar entsetzt ausgesehen. Doch der Doktor meinte, das sei nichts Ungewöhnliches, nicht bei seiner Krankheit. Was der Doktor aber nicht sah, weil er zu viel zu tun hatte, um herzukommen, waren die schrecklichen Kratzwunden auf seinem Gesicht und an den Armen. Er muß sich im Todeskampf regelrecht mit den Nägeln eingekrallt haben – ach Gott, ach Gott! Aber natürlich – wir wußten, daß er jeden Augenblick auslöschen konnte wie eine Kerze.»

«Das weiß ich schon, Sally», sagte ihr Mann, «aber wie steht es mit den Kratzern an der Schlafzimmertür? Erzähl mir nicht, daß die auch von ihm stammen. Und wenn – warum hörte ihn dann niemand und kam ihm zu Hilfe? Da kann Mr. Timbs – das ist der Hausbesitzer – lange sagen, es müßten nach dem Auszug der Proctors Landstreicher ins Haus gekommen sein, und uns hier hereinsetzen, damit wir nach dem Rechten sehen – aber warum sollten Landstreicher so einen sinnlosen Schaden anrichten?»

«Eine herzlose Sippschaft, diese Proctors, das sage ich», fuhr Mrs. George fort. «Schnarchen höchstwahrscheinlich fest und lassen ihren Onkel mutterseelenallein sterben. Und der Anwalt hat sich auch darüber aufgeregt! Kam am Morgen vorbei, um das Testament des alten Herrn zu machen, und dann starb er so plötzlich. Und wenn man bedenkt, daß sie schließlich sein ganzes Geld bekommen haben, sollte man meinen, sie hätten ihm ein besseres Begräbnis geben können. Filzig nenne ich so was – kaum eine Blume – nur einen Kranz für eine halbe Guinee – und nicht einmal einen Eichensarg, bloß Ulme, und ganz schäbige Beschläge. So ein Schund! Sie sollten sich schämen.»

Egg schwieg. Er war kein Mensch mit starker Vorstellungskraft, aber er sah ein grausiges Bild vor sich. Einen alten, kranken Mann, der schlief, Hände, die leise die Zimmertür öffneten und nacheinander Säcke hineinschleiften, Säcke, die sich bewegten und krümmten und miauten. Er sah die Säcke offen auf dem Boden, und er sah, wie die Tür sacht von außen geschlossen und versperrt wurde. Und dann im trüben Schein des Nachtlichts schattenhafte Gestalten, die mit langen Sätzen im Zimmer umherhuschten – schwarze und graue und gelbbraune –, auf lautlosen Sohlen umherschlichen, auf Samtpfoten von Tischen und Stühlen sprangen. Und dann ein Plumps auf das Bett – ein großer gelbbrauner Kater mit Bernsteinaugen – der Schläfer erwacht mit einem Schrei – und danach ein Alptraum aus Todesangst und Ekel hinter der versperrten Tür. Ein alter, kranker Mann, der stammelt und nach Atem ringt und mit Armen und Beinen nach den entsetzlichen Schatten schlägt, die ihn verfolgen und fliehen – und dann der letzte reißende Schmerz am Herzen, als ihn der Tod erlöst. Dann nichts als das Miauen der Katzen und ihr Kratzen an der Tür, und draußen der Lauscher, der gebückt das Ohr ans Schlüsselloch hält.

Egg wischte sich mit dem Taschentuch die Stirn; seine Vorstellungen gefielen ihm gar nicht. Aber er mußte sie weiter verfolgen: Er sah den Mörder morgens durch die Tür schlüpfen und eilends seine unschuldigen Komplicen einsammeln, bevor Mrs. Crabbe kam; er wußte sehr wohl, daß der Leichnam rasch in Ordnung gebracht werden mußte und daß kein böses Miauen Leute, die zufällig in der Nähe waren, befremden durfte. Die Katzen einfach frei laufen zu lassen, würde nicht genügen – möglicherweise lungerten sie um das Haus herum. Nein; die Wassertonne und dann die Grube im Garten.

Aber Maher-shalal-hashbaz – der tapfere Maher-shalal-hashbaz kämpfte um sein Leben. Er wollte sich nicht in irgendeiner Wassertonne ertränken lassen. Er strampelte sich frei (und ich hoffe, dachte Egg, er hat ihn zerkratzt wie der Teufel) und suchte sich mühsam den Heimweg durch London. Wenn nur Maher-shalal-hashbaz erzählen könnte, was er wußte! Aber auch Monty Egg wußte etwas, und er konnte reden.

«Und ich werde reden», sagte Monty zu sich, als er Namen und Adresse von Mr. Proctors Anwalt aufschrieb. Er hielt es für Mord, einen alten Mann zu Tode zu erschrecken; er war sich dessen nicht ganz sicher, aber er wollte es herausfinden. Er durchforschte sein Gedächtnis nach einem tröstlichen Spruch aus dem »Handbuch für Handlungsreisende«, doch zum erstenmal in seinem Leben konnte er nichts finden, was zu diesem Fall wirklich paßte.

Ich scheine regelrecht von meiner Branche abgeirrt zu sein, dachte er bedrückt; und doch, als Staatsbürger . . .
Und dann lächelte er, eingedenk des ersten und letzten Spruchs in seinem Lieblingsbuch:
«Und kostet's dich auch Überstunden, die erste Pflicht ist Dienst am Kunden.»

Wasserspiele

«Ja», erklärte Mr. Spiller mit zufriedener Miene, «ich muß sagen, mir gefällt ein bißchen dekorative Wasserkunst im Garten. Das gibt der Anlage den letzten Schliff.»
«Einen Anflug von Versailles», stimmte ihm Ronald Proudfoot zu.
Spiller blickte scharf zu ihm hinüber, als suche er argwöhnisch nach einem spöttischen Zucken in Proudfoots Gesicht. Doch die mageren Züge waren völlig ausdruckslos. Spiller fühlte sich nie ganz wohl in der Gesellschaft des Verlobten seiner Tochter, obgleich er stolz auf ihre Eroberung war. Ronald Proudfoot war, trotz seiner – in Spillers Augen – nicht sehr liebenswerten Eigenschaften, ein vollendeter Gentleman, und Betty betete ihn an.
«Das einzige, was noch fehlt», fuhr Spiller fort, «ist meiner Meinung nach ein wenig freier Raum ringsum. Daß man einen Durchblick hat. Mit dem Gebüsch auf allen Seiten bekommt man nicht den richtigen Eindruck.»
«Oh, ich weiß nicht, Mr. Spiller», wandte Mrs. Digby mit ihrer sanften Stimme ein. «Meinen Sie nicht, es wirkt so eher wie eine faszinierende Überraschung? Man kommt den schmalen Gartenweg entlang und denkt nicht im Traum daran, daß hinter diesen Fliederbüschen etwas sein könnte, dann biegt man um die Ecke und steht plötzlich davor. Als Sie mich heute nachmittag hinführten, verschlug es mir regelrecht den Atem.»
«So kann man's natürlich auch ansehen», gab Spiller zu. Es passierte ihm nicht zum erstenmal, daß er Mrs. Digbys silbergraue Erscheinung sehr anziehend fand. Sie war auch vornehm. Eine Witwe und ein Witwer im gesetzten Alter, beide mit ein bißchen Geld, konnten Dümmeres tun als sich zu heiraten und

in einem hübschen Haus mit großem Garten und Springbrunnen gemütlich ihre Tage zu verbringen.
«Und der Platz ist so schön einsam», fuhr Mrs. Digby fort, «mit den herrlichen Rhododendren. Sehen Sie nur, wie reizend sie sind, ganz von Wasser übersprüht – es glänzt wie Märchendiamanten – und die Steinbank mit den dunklen Zypressen im Hintergrund! Ganz italienisch! Und der Flieder duftet wunderbar.»
Spiller wußte, daß die Zypressen in Wahrheit Eiben waren, aber er berichtigte sie nicht. Ein bißchen Unwissenheit kleidete eine Frau sehr gut. Er blickte von dem Cotoneaster auf der einen Seite des Springbrunnens zu den Rhododendronbüschen auf der anderen; die regenbogenfarbenen Blütendolden blitzten von Wassertropfen.
«Ich wollte eigentlich weder die Rhododendren noch den Cotoneaster entfernen», sagte er. «Ich dachte bloß daran, eine Gasse durch die große Fliederhecke zu schlagen, damit man vom Haus aus einen freien Blick hat. Aber die Damen sollen immer das entscheidende Wort haben, nicht wahr – hm – Ronald?» Er brachte Proudfoots Vornamen nie ungezwungen heraus. «Wenn es Ihnen gefällt, so wie es ist, Mrs. Digby, gibt es keine Frage mehr. Der Flieder bleibt.»
«Sehr schmeichelhaft für mich», sagte Mrs. Digby, «aber Sie dürfen nicht meinetwegen Ihre Pläne ändern. Ich habe nicht das geringste Recht, Ihnen bei Ihrem schönen Garten dreinzureden.»
«O doch, das Recht haben Sie», antwortete Spiller. «Ich unterwerfe mich ganz Ihrem Geschmack. Sie haben für den Flieder gesprochen, und fortan ist er unantastbar.»
«Jetzt werde ich mich scheuen, noch irgendeine Meinung zu äußern», sagte Mrs. Digby kopfschüttelnd. «Aber wozu Sie sich auch entschließen, ich bin sicher, es wird reizend sein. Es war ein wunderbarer Einfall, den Springbrunnen hier anzulegen. Es gibt dem Garten ein ganz anderes Gesicht.»
Spiller dachte, sie habe völlig recht. Und tatsächlich – wenn man dem Springbrunnen auch eigentlich schmeichelte mit der Bezeichnung «Wasserkunst», da er nur aus einer Marmorschale über einem etwa einen Quadratmeter großen Becken bestand, so bot er doch ein prächtiges Schauspiel mit seinem tanzenden

Wasserstrahl, der sich über die kleineren Sträucher erhob und fast die großen Fliederbüsche an Höhe übertraf. Und das kühlende Plätschern und Rieseln tat dem Ohr wohl an diesem freundlichen Frühsommertag.

«Kostet 'ne Kleinigkeit, das Ding zu unterhalten, nicht?» fragte Mr. Gooch. Er hatte bis dahin geschwiegen, und Mrs. Digby fand, seine Bemerkung verrate eine recht gewöhnliche Anschauungsweise. Eigentlich hatte sie Gooch vom ersten Augenblick ihrer Bekanntschaft an als entschieden vulgär beurteilt und sich darüber gewundert, daß er mit ihrem Gastgeber auf so vertrautem Fuß stehen sollte.

«Nein, nein», erwiderte Spiller. «Es ist keineswegs teuer. Weißt du, er verwendet immer wieder dasselbe Wasser. Sehr geschickt konstruiert. Die Fontänen auf dem Trafalgar Square funktionieren nach dem gleichen Prinzip, glaube ich. Natürlich mußte ich ein bißchen was bezahlen für den Einbau, aber ich denke, die Anlage ist das Geld wert.»

«Das ist sie, in der Tat», meinte Mrs. Digby.

«Ich hab's ja immer gesagt, Spiller, du bist ein reicher Knopf.» Gooch ließ sein ordinäres Lachen hören. «Ich wollte, ich steckte in deinen Schuhen. Ein ruhiges und geschütztes Plätzchen ist das hier, wenn du mich fragst, das Haus und alles. Sehr ruhig und geschützt.»

«Ich bin kein Millionär», antwortete Spiller ziemlich kurz angebunden. «Aber die Dinge könnten schlechter stehen bei den heutigen Zeiten. Selbstverständlich», fügte er etwas freundlicher hinzu, «muß man auch haushalten. Ich drehe den Springbrunnen zum Beispiel nachts ab.»

«Das glaube ich dir aufs Wort, du elender alter Geizkragen», sagte Gooch angriffslustig.

Spiller wurde einer Antwort durch den Gong enthoben, der vom Haus herüberklang.

«Aha, das Essen», verkündete er mit einer gewissen Erleichterung. Die Gesellschaft schlenderte gemächlich den gewundenen Pfad zwischen den Fliederbüschen entlang und ging dann über den Plattenweg, vorbei an blühenden Rabatten und den beiden Beeten mit jungen, noch etikettierten Rosen, zu der eben gepriesenen Villa, die Spiller »Mon Plaisir« getauft hatte.

Mrs. Digby schien es, als herrsche beim Essen eine leicht gespannte Atmosphäre, obwohl Betty, bildhübsch und sehr verliebt in Ronald Proudfoot, ganz entzückend die Gastgeberin spielte. Der Mißton kam von Gooch. Er aß zu geräuschvoll, trank viel zu ungeniert, fiel Proudfoot auf die Nerven und benahm sich Spiller gegenüber mit einer versteckten Frechheit, die anzuhören peinlich und unangenehm war. Wieder fragte sie sich, wo er wohl herkam und warum Spiller sich von ihm soviel gefallen ließ. Sie wußte wenig über Gooch außer der Tatsache, daß er von Zeit zu Zeit in »Mon Plaisir« als Besucher auftauchte, gewöhnlich etwa einen Monat blieb und anscheinend gut bei Kasse war. Sie hatte die unbestimmte Vorstellung, als wäre er eine Art Kommissionär, konnte sich aber an keine genaue Angabe darüber erinnern. Spiller hatte sich vor ungefähr drei Jahren im Dorf niedergelassen, und er war ihr immer sehr sympathisch gewesen. Man konnte ihn zwar nicht in jeder Hinsicht kultiviert nennen, aber er war freundlich, großzügig und bescheiden, und seine Zuneigung für Betty hatte etwas sehr Liebenswertes. Gooch war ungefähr ein Jahr später zum erstenmal aufgetaucht. Mrs. Digby dachte bei sich, daß sie, sollte sie je in die Lage kommen, in «Mon Plaisir» schalten und walten zu können – und langsam hatte sie den Eindruck, daß die Dinge dahin tendierten –, ihren ganzen Einfluß aufwenden würde, um Gooch loszuwerden.

«Wie wäre es mit einer Partie Bridge?» schlug Ronald Proudfoot beim Kaffee vor. Hübsch, dachte Mrs. Digby, den Kaffee von einem Diener serviert zu bekommen. Masters war wirklich ein sehr gewandter Butler, obwohl er diesen Posten mit dem eines Chauffeurs verband. Man würde bequem und angenehm leben in »Mon Plaisir«. Vom Eßzimmerfenster aus konnte sie den sauberen Garagenbau erkennen, der im Erdgeschoß die Wolseley-Limousine beherbergte und darüber ein Zimmer für den Chauffeur; auf dem Dach glänzte im Licht der letzten Sonnenstrahlen eine vergoldete Wetterfahne. Eine gute Köchin, ein tüchtiges Stubenmädchen, und alles so geordnet, wie man es sich nur wünschen mochte – wenn sie Spiller heiraten sollte, würde sie sich zum erstenmal in ihrem Leben eine Zofe leisten können. Es wäre eine Menge Platz im Haus, und natürlich, wenn Betty erst geheiratet hatte . . .

Betty, dachte sie, schien nicht übertrieben erfreut, daß Ronald

Bridge vorgeschlagen hatte. Bridge war kein Spiel, das sich dazu eignete, zärtliche Gefühle auszudrücken, und vielleicht hätte es besser gewirkt, wenn Ronald Betty eingeladen hätte, mit ihm in der fliederduftenden Dämmerung unter den Eiben am Springbrunnen zu sitzen. Mrs. Digby fürchtete manchmal, daß Betty die Verliebtere von beiden sei. Aber wenn Ronald etwas wünschte, mußte es ihm selbstverständlich gewährt werden, und sie persönlich genoß nichts mehr als ein ruhiges Spielchen. Außerdem hatte diese Regelung den Vorzug, daß man Gooch loswurde. «Spiele nicht Bridge», pflegte er zu sagen. «Hatte nie Zeit, es zu lernen. Wo ich aufgezogen wurde, spielte man so was nicht.» Er wiederholte diese Bemerkung auch jetzt und begleitete sie mit einem an Spiller gerichteten verächtlichen Schnauben.

«Es ist nie zu spät, damit anzufangen», sagte dieser friedlich.

«Ich tu's nicht!» gab Gooch zurück. «Ich drehe lieber noch 'ne Runde im Garten. Wo ist dieser Masters? Sag ihm, er soll Whisky und Sodawasser an den Springbrunnen bringen. Die Karaffe, wohlgemerkt – ein Glas reicht nicht für deinen sehr ergebenen . . .» Er griff mit seiner dicken Hand in das Kistchen mit Coronas auf dem Seitentisch, nahm eine Handvoll Zigarren heraus und ging durch die Balkontür der Bibliothek auf die Terrasse hinaus. Spiller klingelte und gab Masters den Auftrag ohne nähere Erklärung weiter, und bald darauf sahen sie ihn den Plattenweg zwischen den Rosenbeeten und Blumenrabatten hinabgehen, Whisky und Sodawasser auf einem Tablett.

Die anderen vier spielten bis zehn Uhr dreißig; da – es war gerade ein Spiel zu Ende – stand Mrs. Digby auf und sagte, es sei Zeit, nach Hause zu gehen. Ihr Gastgeber bot ihr galant an, sie zu begleiten. «Die beiden jungen Leute können einen Augenblick allein auf sich aufpassen», setzte er mit einem vielsagenden Lächeln hinzu.

«Die Jungen können heutzutage besser auf sich aufpassen als die Alten.» Mrs. Digby lachte ein wenig schüchtern und erhob keine Einwände, als Spiller ihre Hand durch seinen Arm zog, während sie die paar hundert Meter zu ihrem Häuschen gingen. Sie zögerte einen Augenblick, ob sie ihn hineinbitten sollte, entschied dann aber, sanfte Wohlanständigkeit entspreche ihrem Stil am besten. Sie reichte ihm ihre weiche, beringte Hand über das niedrige weiße Gartentor. Er drückte sie lange – er hätte sie wohl geküßt, so verführerisch war der Duft des roten und weißen Hagedorns in Mrs. Digbys hübschem Garten, doch bevor er seinen Mut zusammennehmen konnte, hatte sie ihm die Hand entzogen und war gegangen.

Spiller öffnete die Vordertür seines Hauses in angenehmer Träumerei, als er auf Masters stieß.

«Nun, wo sind die Herrschaften, Masters?»

»Mr. Proudfoot ist vor fünf oder zehn Minuten gegangen, Sir, und Miss Elizabeth hat sich zurückgezogen.»

«Ach!» Spiller war etwas überrascht. Die junge Generation, dachte er betrübt, ist anders in der Liebe als die alte. Er hoffte, daß es zwischen den beiden keine Mißstimmung gegeben hatte. Ein anderer störender Gedanke drängte sich ihm auf:

«Ist Mr. Gooch zurückgekommen?»

«Ich könnte es nicht sagen. Soll ich gehen und nachsehen?»

«Nein, lassen Sie's nur.» Wenn Gooch sich seit dem Abendessen mit Whisky hatte vollaufen lassen, hielt man Masters besser von ihm fern. Man konnte nie wissen. Masters war einer von diesen sanft wirkenden Burschen. Besser man traute seinen Dienstboten nicht zu sehr – für alle Fälle.

«Sie können zu Bett gehen. Ich schließe ab.»

«Sehr wohl, Sir.»

«Ach, übrigens – ist der Springbrunnen abgestellt?»

«Ja, Sir. Ich habe es selbst getan, Sir, um halb elf Uhr, da ich sah, daß Sie beschäftigt waren.»

«Recht so. Gute Nacht, Masters.»

Er hörte den Mann zur Hintertür hinausgehen und den gepflasterten Hof vor der Garage überqueren. Nachdenklich verriegelte er beide Eingangstüren und kehrte in die Bibliothek zurück. Die Whiskykaraffe stand nicht an ihrem üblichen Platz – zweifellos war sie noch bei Gooch im Garten –, aber er mixte sich einen kleinen Brandy mit Soda und trank ihn aus. Er nahm an, daß er die wenig schöne Aufgabe vor sich habe, Gooch ins Bett zu befördern. Dann bemerkte er plötzlich, daß das Treffen hier und nicht im Garten stattfinden würde. Gooch kam durch die Balkontür. Er war betrunken, aber nicht sinnlos, wie Spiller erleichtert feststellte.

«Nun?» fragte Gooch.
«Nun?» gab Spiller zurück.
«Gut unterhalten mit der entgegenkommenden Witwe? Hübsch amüsiert? Glück muß man haben, wie, alter Schuft? Bist weich gebettet auf deine alten Tage, was?»
«Hör auf, jetzt reicht's», sagte Spiller.
«So, reicht es? Das ist gut. Das ist köstlich. Es reicht, he? Denkst wohl, ich bin Masters, daß du so mit mir redest?» Gooch kicherte heiser. «Nun, ich bin nicht Masters, ich bin der Herr hier. Schreib dir das hinter die Ohren. Ich bin der Herr, und du weißt das verdammt genau.»
«Gut», antwortete Spiller matt, «aber verschwinde jetzt ins Bett, alter Junge. Es ist spät, und ich bin müde.»
«Du wirst noch müder werden, bis ich mit dir fertig bin.» Gooch bohrte beide Hände in die Taschen und stand – eine massige, drohende Gestalt – ziemlich schwankend da. «Ich bin knapp bei Kasse», fuhr er fort. «Hatte 'ne schlechte Woche – bin völlig blank. Zeit, daß du'n bißchen mehr 'rausrückst.»
«Unsinn», sagte Spiller mit einiger Festigkeit. «Ich bezahle dir deine Rente, wie vereinbart, und lasse dich herkommen und hier bleiben, wann du nur willst, und das ist alles, was du von mir kriegst.»
«Ach, wirklich? Du wirst ein bißchen überheblich, was, verfluchte Nummer 413/2?»
«Schweig!» sagte Spiller und blickte sich hastig um, als ob die Möbel Ohren und Zungen hätten.
«Schweig! Schweig!» wiederholte Gooch höhnisch. «Du bist in der richtigen Position, um mir was vorzuschreiben, nicht wahr, 413/2? Schweig! Die Dienstboten könnten es hören! Betty könnte es hören! Bettys Verlobter könnte es hören! Ha! Bettys Verlobter – er wäre ganz besonders erfreut zu erfahren, daß ihr Vater ein entsprungener Zuchthäusler ist, nicht? Der jeden Augenblick abgeführt werden kann, um seine zehn Jahre Zwangsarbeit wegen Fälschung abzusitzen? Und wenn ich dran denke», fuhr Gooch fort, «daß ein Mann wie ich, der nur kurze Zeit saß und sie treu und brav abgearbeitet hat, abhängig ist von den milden Gaben – haha! – meines lieben Freundes 413/2, während er im Reichtum schwimmt ...»
«Ich schwimme nicht im Reichtum, Sam», sagte Spiller, «und

du weißt das verflixt gut. Aber ich will keine Schwierigkeiten. Ich werde tun, was ich kann, wenn du mir diesmal nachdrücklich versprichtst, daß du nicht mehr so große Summen von mir verlangst, denn mein Einkommen trägt das nicht.»

«Oh, das verspreche ich dir gern», stimmte Gooch freundlich zu. «Du gibt mir fünftausend auf die Hand . . .»

Spiller stieß einen erstickten Schrei aus.

«Fünftausend? Und wie, denkst du dir, soll ich fünftausend auf einmal beschaffen? Sei kein Idiot, Sam. Ich gebe dir einen Scheck über fünfhundert . . .»

«Fünftausend», beharrte Gooch, «oder die Bude geht hoch!»

«Aber ich habe sie nicht», wandte Spiller ein.

«Dann wäre es verdammt gut, wenn du sie auftreibst», gab Gooch zurück.

«Und wie soll ich das anstellen?»

«Das ist deine Sache. Du brauchst bloß nicht so verflucht verschwenderisch zu sein, dein gutes Geld 'rauszuwerfen – Geld, das du mir zu geben hast – für Springbrunnen und ähnliches Zeug. Es hat keinen Wert, wenn du bockst, mein ehrenwerter Mr. 413/2 – ich bin der Mann am längeren Hebelarm, und du bist erledigt, mein Lieber, wenn du nicht anständig für mich sorgst. Verstanden?»

Spiller verstand nur zu gut. Es war ihm schon seit einiger Zeit deutlich genug geworden: sein Freund Gooch hatte ihn vollständig in der Gewalt. Noch einmal erhob er kraftlos Protest, und Gooch antwortete mit einem Lachen und einer zweideutigen Anspielung auf Mrs. Digby.

Spiller war sich nicht bewußt, daß er sehr hart zugeschlagen hatte; er erinnerte sich kaum, überhaupt zugeschlagen zu haben. Er war der Meinung, er habe nur zum Schlag ausgeholt und Gooch sei ausgewichen und über das Tischbein gestolpert. Aber sein Kopf registrierte die Dinge nicht ganz klar – außer dem einen: Gooch war tot.

Er hatte keine Ohnmacht, er war nicht betäubt. Er war tot. Er mußte beim Fallen auf die Messingverzierung des Kamingitters aufgeschlagen sein. Blut war nicht zu sehen, doch als Spiller mit angstzitternden Fingern den leblosen Kopf untersuchte, fand er über der Schläfe eine Stelle, wo der Knochen nachgab wie eine zerbrochene Eierschale. Der Sturz hatte einen Riesenlärm ver-

ursacht. Spiller kniete auf dem Boden der Bibliothek und wartete auf das unvermeidliche Geschrei und die Schritte, die nun vom oberen Stockwerk herunterkommen würden.
Nichts geschah. Er erinnerte sich – mit Mühe, denn sein Verstand schien nur langsam und ungelenk zu arbeiten –, daß sich über der Bibliothek bloß der langgestreckte Salon befand und darüber das Fremdenzimmer und die Baderäume. Kein benütztes Schlafzimmer lag auf dieser Seite des Hauses.
Ein schwerfällig schleifendes, rasselndes Geräusch schreckte ihn auf. Hastig fuhr er herum. Die altmodische Uhr aus Großvätertagen setzte schnarrend ihren Hammer in Gang und schlug elf. Er wischte sich den Schweiß von der Stirn, stand auf und schenkte sich noch einen Brandy ein, unverdünnt diesmal.
Der Schnaps tat ihm wohl. Er schien die Hemmung von seinem Denkvermögen zu nehmen, die Rädchen schnurrten emsig. An die Stelle seiner vorherigen Verwirrung trat eine ungewöhnliche Klarheit.
Er hatte Gooch ermordet. Es war nicht eigentlich mit Absicht geschehen, aber er hatte es getan. Ihm war es nicht wie ein Mord vorgekommen, aber es bestand nicht der geringste Zweifel, wie die Polizei über die Sache urteilen würde. Und er war einmal in den Händen der Polizei gewesen – Spiller schauderte. Sicher würde man seine Fingerabdrücke abnehmen wollen und mit Überraschung einen alten Freund wiedererkennen.
Masters hatte ihn sagen hören, er wolle aufbleiben und auf Gooch warten. Masters wußte auch, daß alle anderen zu Bett gegangen waren. Masters würde bestimmt Verdacht schöpfen. Aber halt!
Konnte Masters beweisen, daß er selbst zu Bett gegangen war? Ja, wahrscheinlich. Irgend jemand hatte sicher gehört, daß er den Hof überquerte, und gesehen, daß über der Garage das Licht anging. Man konnte nicht hoffen, den Verdacht auf Masters zu lenken – außerdem verdiente der Mann das auch schwerlich. Aber der bloße Gedanke daran hatte Spillers Gehirn auf eine neue und fesselnde Fährte gebracht.
Was er wirklich brauchte, war ein Alibi. Wenn er nur die Polizei über den Zeitpunkt von Goochs Tod irreführen konnte ... Wenn man irgendwie den Eindruck erwecken konnte, daß Gooch noch am Leben war, nachdem ...

Er dachte an die Geschichte zurück, die er im Urlaub gelesen hatte und die genau dieses Problem behandelten: man verkleidete sich als das Opfer und spielt seine Rolle. Man telefonierte unter seinem Namen. Man sprach, so daß es der Butler hören mußte, mit dem Getöteten, als ob er noch am Leben wäre. Man machte eine Tonbandaufnahme von seiner Stimme und ließ sie ablaufen. Man versteckte die Leiche und schickte danach einen gefälschten Brief aus irgendeinem abgelegenen Ort. Er hielt einen Augenblick inne. Fälschung – aber er wollte das alte Spiel nicht wieder beginnen. Und all diese Möglichkeiten waren zu spitzfindig oder nicht durchführbar zu dieser Nachtzeit.
Und dann hatte er es plötzlich: er war ein Dummkopf, er mußte Gooch nicht länger leben, sondern früher sterben lassen. Gooch sollte vor zehn Uhr dreißig sterben, zu einer Zeit, da Spiller unter den Augen von drei Zeugen Bridge gespielt hatte. Soweit war der Einfall gut und – in groben Umrissen – sogar einleuchtend. Doch nun mußte man sich mit den Einzelheiten befassen. Wie konnte man die Zeit festlegen? Gab es irgend etwas, das um zehn Uhr dreißig geschehen war?
Er nahm noch einen Brandy, und dann, mit einemmal, wie von einem Scheinwerfer beleuchtet, sah er seinen ganzen Plan vor sich, scharf und deutlich, mit jedem Bindeglied und Winkelzug. Er warf einen Blick auf die Uhr; die Zeiger standen auf zwanzig nach elf. Er hatte die ganze Nacht vor sich.
Aus der Halle holte er eine Taschenlampe und trat dann ohne Scheu durch die Balkontür hinaus. Dicht neben der Tür, an der Außenmauer des Hauses, befanden sich zwei Leitungshähne, der eine zum Anschluß des Gartenschlauchs, der andere für den Springbrunnen ganz hinten im Garten. Diesen letzteren drehte er auf und ging dann, ohne seine Schritte zu dämpfen, den Plattenweg hinunter bis zur Fliederhecke und um das Beet mit dem Cotoneaster herum. Der Himmel war inzwischen, trotz des schönen, klaren Abends, sehr dunkel geworden, und er konnte über dem schwarzen Strauchwerk kaum die blasse Wassersäule erkennen, doch er hörte ihr tröstliches Plätschern und Rieseln; als er über das Gras beim Brunnen ging, spürte er den Wasserstaub auf seinem Gesicht. Der Lichtkegel der Taschenlampe zeigte ihm vor den Eiben die Gartenbank und darauf, wie er erwartet hatte, das Tablett. Die Whiskykaraffe war halb voll.

Er leerte den größten Teil ihres Inhalts in das Becken, wobei er den Hals der Karaffe mit seinem Taschentuch umwickelte um keine Fingerabdrücke zu hinterlassen. Dann kehrte er auf die andere Seite der Fliederhecke zurück und vergewisserte sich, daß der Strahl des Springbrunnens vom Haus oder Garten aus nicht zu sehen war.

Das, was nun getan werden mußte, tat er nicht gern. Es war riskant; es konnte gehört werden. Er wünschte sogar, daß es nötigenfalls gehört würde – aber es war ein Risiko. Er benetzte seine trockenen Lippen und rief den Namen des Toten:

«Gooch! Gooch!»

Keine Antwort, nur das Rauschen des Springbrunnens, das für seine angstvollen Ohren ungewöhnlich laut durch die Stille klang. Er blickte um sich, beinahe als wäre er gewärtig, daß die Leiche sich aus dem Dunkel an ihn heranschleichen würde, mit hängendem Kopf und klaffendem Mund, der den bleichen Schimmer des Gebisses sehen ließ. Dann riß sich Spiller zusammen und ging rasch über den Plattenweg zurück; als er das Haus wieder erreicht hatte, horchte er. Nirgends eine Bewegung, kein Laut außer dem Ticken der Uhren. Leise schloß er die Tür der Bibliothek. Von jetzt an durfte es kein Geräusch mehr geben.

In der Garderobe neben der Speisekammer stand ein Paar Gummigaloschen. Er zog sie an und glitt wie ein Schatten wieder zur Balkontür hinaus, dann um das Haus herum in den Hof. Er spähte an der Garage empor; es brannte kein Licht im oberen Stockwerk, und er stieß einen Seufzer der Erleichterung aus, denn Masters neigte manchmal zur Schlaflosigkeit. Während er tappend den Weg zu einem Nebengebäude suchte, knipste er die Taschenlampe an. Seine Frau war einige Jahre vor ihrem Tod sehr gebrechlich gewesen, und er hatte ihren Rollstuhl mit nach «Mon Plaisir» gebracht, weil ihn ein unbestimmtes sentimentales Widerstreben daran hinderte, das Ding zu verkaufen. Jetzt war er dankbar dafür, dankbar auch, daß er es von einem guten Handwerker gekauft hatte und daß der Stuhl so leicht und lautlos auf seinen Gummireifen rollte. Er fand die Fahrradpumpe und füllte die Reifen prall mit Luft; als weitere Vorsichtsmaßnahme ölte er auch da und dort die Lager und Verschraubungen. Dann schob er unendlich behutsam den

Stuhl zur Bibliothekstür hinüber. Wie gut, daß er überall hatte Fliesen und Steinplatten legen lassen, so daß keine Räderspuren sichtbar werden konnten.
Die Arbeit, die Leiche durch die Balkontür und in den Stuhl zu schaffen, setzte ihm stark zu. Gooch war ein schwerer Mann, und er selbst fühlte sich nicht sehr in Form. Aber schließlich hatte er es hinter sich. Er widerstand dem Drang zu laufen, sondern schob seine Last sacht und gleichmäßig über den schmalen Plattenstreifen. Er konnte den Weg nicht sehr gut erkennen und scheute sich, die Taschenlampe allzu oft anzuzünden. Ein Abgleiten in die Blumenrabatten würde verhängisvolle Folgen haben; er biß die Zähne zusammen und sah starr geradeaus. Er hatte das Gefühl, wenn er sich zurückwendete zum Haus, würde er an den oberen Fenstern dicht nebeneinander weiße, glotzende Gesichter erblicken. Der Zwang, den Kopf zu drehen, wurde beinahe übermächtig, doch er beherrschte sich. Endlich war er hinter den Fliederbüschen und vor Blicken vom Haus her gedeckt. Der Schweiß rann ihm übers Gesicht, und der heikelste Teil seiner Aufgabe lag noch vor ihm. Doch selbst wenn sein Herz schlappmachen sollte bei der Anstrengung, er mußte die Leiche über den Rasenfleck tragen. Für die Polizei durften keinerlei sichtbare Räder- oder Fuß- oder Schleifspuren zurückbleiben. Er nahm alle Kräfte zusammen.
Es war geschafft. Goochs Leiche lag neben dem Springbrunnen, die Beule über der Schläfe genau auf der scharfen Steinkante des Beckens, eine Hand hing ins Wasser, die Glieder waren so natürlich wie möglich zurechtgelegt, damit es aussah, als wäre der Mann gestolpert und hingefallen. Über die Leiche, von Kopf bis Fuß, sprühte das Wasser des Springbrunnens, das sich im Nachtwind wiegte und bog. Spiller betrachtete sein Werk und sah, daß es gut gelungen war. Der Rückweg machte keine Mühe. Als er das Gefährt im Schuppen versorgt hatte und das letzte Mal durch die Balkontür geschlüpft war, hatte er das Gefühl, die Last vieler Jahre sei von seinem Rücken genommen worden.
Sein Rücken! Er hatte vorsorglich sein Smokingjackett ausgezogen, während er sich unter den Wasserstrahl des Springbrunnens beugen mußte, und nur sein Hemd war durchnäßt. Das konnte er im Wäschekorb verschwinden lassen. Aber die Rück-

seite seiner Hose verursachte ihm Unbehagen. Er wischte und trocknete daran herum, so gut er es mit seinem Taschentuch konnte. Dann rechnete er nach. Wenn er den Springbrunnen etwa eine Stunde laufen ließ, würde sich, dachte er, die gewünschte Wirkung ergeben. Seine verzehrende Ungeduld bezähmend, setzte er sich und mixte einen letzten Brandy.
Um ein Uhr stand er auf, stellte den Springbrunnen ab, schloß die Balkontür nicht lauter und nicht leiser als gewöhnlich und ging festen Schrittes hinauf zu Bett.

Inspektor Frampton war, zu Spillers großer Freude, ein hochintelligenter Beamter. Er nahm die Fährten, die ihm geliefert wurden, mit dem Eifer eines braven Terriers auf. Der Tote war lebend zuletzt von Masters gesehen worden, nach dem Essen – acht Uhr dreißig – jawohl, ganz recht. Danach hatte die übrige Gesellschaft miteinader Bridge gespielt bis zehn Uhr dreißig. Dann war Mr. Spiller mit Mrs. Digby weggegangen. Kurz nachdem er das Haus verlassen hatte, stellte Masters den Springbrunnen ab. Mr. Proudfoot ging um zehn Uhr vierzig, und Miss Spiller und die Dienstmädchen zogen sich wenig später zurück. Mr. Spiller betrat das Haus wieder um zehn Uhr fünfundvierzig oder fünfzig und fragte nach Mr. Gooch. Ein paar Minuten danach ging Masters zur Garage hinüber und überließ es Mr. Spiller, das Haus zuzusperren. Später begab sich Mr. Spiller in den Garten hinab, um nach Mister Gooch zu sehen. Er ging nur bis zur Fliederhecke, rief dort nach ihm, und da er keine Antwort erhielt, nahm er an, sein Gast sei schon ins Haus gekommen und zu Bett gegangen. Das Hausmädchen glaubte, ihn nach Mr. Gooch rufen gehört zu haben. Sie schätzte, das sei etwa um elf Uhr dreißig gewesen – sicher nicht später. Mr. Spiller hatte danach lesend in der Bibliothek gesessen bis ein Uhr; dann hatte er die Balkontür geschlossen und war ebenfalls zu Bett gegangen.
Die Leiche war, als sie früh um sechs Uhr dreißig vom Gärtner gefunden worden war, noch naß gewesen vom Strahl des Springbrunnens, der auch das Gras darunter durchtränkt hatte. Da der Brunnen um zehn Uhr dreißig abgedreht worden war, bedeutete das, daß Gooch schon eine ziemlich lange Zeit vorher dagelegen haben mußte. In Anbetracht des großen Quantums

an Whisky, das er getrunken hatte, war es wahrscheinlich, daß er einen Herzanfall erlitten hatte, oder in der Trunkenheit gestolpert und im Fallen mit dem Kopf auf den Beckenrand aufgeschlagen war. Alle diese Überlegungen fixierten den Zeitpunkt des Todes auf die Spanne zwischen neun Uhr dreißig und zehn Uhr – eine Ansicht, mit der der Arzt übereinstimmte, wenn er sich auch einen Spielraum von etwa einer Stunde vorbehielt. Und so lautete der Spruch des Untersuchungsrichters auf «Tod durch Unglücksfall.»

Nur ein Mensch, der Jahre hindurch das hilflose Opfer einer Erpressung war, kann Spillers Empfindungen ganz ermessen. Gewissensbisse hatten keinen Raum darin – dafür war die Erleichterung viel zu groß. Die täglich neue Erbitterung über Goochs Gegenwart, die unersättlichen Geldforderungen, die ständige Bedrohung durch seine Säuferbosheiten los zu sein – diese Wohltat war einen Mord wert. Und, so betonte Spiller sich selbst gegenüber, als er sinnend auf der Steinbank beim Springbrunnen saß, es war gar kein wirklicher Mord gewesen. Er beschloß, heute nachmittag bei Mrs. Digby vorzusprechen. Jetzt konnte er sie bitten, ihn zu heiraten, ohne quälende Angst vor der Zukunft. Der Fliederduft war berauschend.

«Entschuldigen Sie, Sir», sagte Masters.

Spiller wandte seinen nachdenklichen Blick von dem sprudelnden Wasser ab und sah fragend den Diener an, der in respektvoller Haltung neben ihm stand.

«Wenn es Ihnen recht ist, Sir, hätte ich gern ein anderes Schlafzimmer. Ich würde lieber im Haus schlafen.»

«Ach», sagte Spiller. «Warum das, Masters?»

«Ich neige zu einem leichten Schlaf, Sir, schon seit dem Krieg, und ich finde das Knarren der Wetterfahne sehr störend.»

«Sie knarrt?»

«Ja, Sir. In der Nacht, als Mr. Gooch seinen traurigen Unfall erlitt, drehte der Wind um Viertel nach elf. Das Knarren weckte mich aus meinem ersten Schlaf und störte mich sehr.»

Eine kalte Hand griff nach Spillers Magengrube. Die Augen des Dieners erinnerten ihn in diesem Moment merkwürdig an Gooch. Er hatte nie zuvor eine Ähnlichkeit bemerkt.

«Es ist seltsam, Sir, wenn ich so sagen darf, daß Mr. Goochs Leiche bei der Änderung der Windrichtung, wie sie um elf Uhr fünfzehn eintrat, vom Springbrunnen durchnäßt worden sein soll. Bis elf Uhr fünfzehn fiel der Strahl nach der anderen Seite, Sir. Es sah fast so aus, als ob die Leiche nach elf Uhr fünfzehn dorthin gebracht und der Springbrunnen wieder aufgedreht worden wäre.»

«Sehr seltsam», sagte Spiller. Von jenseits der Hecke hörte er die Stimmen von Betty und Ronald Proudfoot, die zwischen den Rabatten auf und ab gingen und plauderten. Das ganze Haus schien fröhlicher, nun da Gooch nicht mehr da war.

«In der Tat sehr seltsam, Sir. Ich darf hinzufügen, Sir, daß ich, nachdem ich die Äußerungen des Inspektors gehört hatte, vorsorglich Ihre Smokinghose aus dem Wäscheschrank im Badezimmer trocknete.»

«Ja», sagte Spiller.

«Ich werde natürlich die Änderung der Windrichtung den Behörden gegenüber nicht erwähnen, Sir; und nun, da die gerichtliche Untersuchung vorüber ist, besteht wenig Wahrscheinlichkeit, daß es noch jemand einfällt, es sei denn, ihre Aufmerksamkeit wird darauf gelenkt. Ich denke Sir, wenn man alles in Erwägung zieht, könnten Sie es wohl der Mühe wert finden, mich auf Lebenszeit in Ihrem Dienst zu behalten, bei — sagen wir — doppeltem Lohn — für den Anfang wenigstens?»

Spiller öffnete den Mund, um zu sagen: «Geh zum Teufel!» Aber die Stimme versagte ihm. Er neigte den Kopf.

«Ich bin Ihnen sehr verpflichtet, Sir», sagte Masters und zog sich auf lautlosen Sohlen zurück.

Spiller sah auf den Springbrunnen, der seinen hohen Wasserstrahl im Wind flimmern und tanzen ließ.

«Sehr geschickt konstruiert», murmelte er mechanisch, «und es kostet gar nichts, ihn in Betrieb zu halten. Er verwendet immer wieder dasselbe Wasser.»

Das Perlenhalsband

Sir Septimus Shale pflege seine Autorität einmal — und nur einmal — im Jahr geltend zu machen. Er ließ seine junge, elegante Frau das Haus mit geometrischen Stahlrohrmöbeln anfüllen, sie konnte avantgardistische Maler und alogische Dich-

ter sammeln, an Cocktails und Relativitätstheorie glauben und sich so extravagant kleiden, wie sie Lust hatte; aber er bestand darauf, daß Weihnachten auf altmodische Weise gefeiert wurde. Er hatte ein schlichtes Gemüt, an Plumpudding und Knallbonbonsprüchen wirklich Freude, und es erschien ihm unmöglich, daß diese Dinge anderen «im Grunde» nicht ebensogut gefielen. So zog er sich zu Weihnachten unweigerlich auf sein Landhaus in Essex zurück; die Dienstboten mußten Stechpalmen- und Mistelzweige an die kubistischen Beleuchtungskörper hängen, er selbst belud das Stahlrohrbüfett mit Delikatessen und Naschwerk, drapierte Strümpfe über das Kopfteil der polierten Nußbaumbetten und ließ sogar für dies eine Mal die elektrischen Heizanlagen aus den Kaminen entfernen, damit man Holzfeuer und einen Julklotz anzünden konnte. Dann versammelte er seine Familie und seine Freunde um sich und stopfte sie mit so viel guten Dingen voll, wie er ihnen nur aufzunötigen vermochte. Nach dem Weihnachtsschmaus dirigierte er sie in den Salon, um sie mit Scharaden und anderen Gesellschaftsspielen, etwa «Tier, Pflanze, Mineral», zu unterhalten; auch Versteckspielen im ganzen Haus gehörte zu den gebotenen Vergnügungen. Weil Sir Septimus ein sehr reicher Mann war, stimmten seine Gäste diesem stets gleichen Programm zu, und wenn sie sich dabei langweilten, ließen sie doch nichts davon verlauten.
Ein weiterer reizender Brauch, an dem er festhielt, war, daß er seiner Tochter Margharita zu jedem Geburtstag eine Perle schenkte – und dieser Geburtstag fiel mit dem Heiligen Abend zusammen. Inzwischen waren es zwanzig Perlen geworden, und die Kollektion erfreute sich allmählich einer gewissen Berühmtheit; verschiedene Gesellschaftsblätter hatten eine Abbildung gebracht. Obwohl die Perlen nicht ungewöhnlich groß waren – jede etwa wie eine Erbse –, besaßen sie doch beträchtlichen Wert. Sie hatten eine erlesen schöne Farbe, waren vollendet geformt und paßten haargenau zueinander. An diesem besonderen Weihnachtsabend hatte die Überreichung der einundzwanzigsten Perle Anlaß zu außergewöhnlichen Feierlichkeiten geboten. Man tanzte, und es wurden Reden gehalten Am folgenden Abend fand die Feier im engeren Familienkreis bei Truthahn und viktorianischen Gesellschaftsspielen statt. Es

waren elf Gäste, die mit Sir Septimus und Lady Shale und ihrer Tochter zusammensaßen, fast alle mit ihnen verwandt oder sonstwie verbunden: John Shale, ein Bruder, mit seiner Frau, seinem Sohn Henry und seiner Tochter Betty; Bettys Verlobter Oswald Truegood, ein junger Mann mit parlamentarischen Ambitionen; George Camphrey, ein Vetter von Lady Shale, etwa dreißigjährig und als Lebemann bekannt; Lavinia Prescott, Georges wegen eingeladen; Joyce Trivett, Henry Shales wegen eingeladen; Richard und Beryl Dennison, entfernte Verwandte von Lady Shale, die in der Stadt ein recht munteres und teures Leben führten, von dem niemand so recht wußte, wie sie es finanzierten; und schließlich Lord Peter Wimsey, der – eine geradezu rührend törichte Hoffnung – um Margharitas willen hergebeten worden war. Außerdem waren natürlich William Norgate, der Sekretär von Sir Septimus, und Miss Tomkins, die Sekretärin Lady Shales, anwesend; sie mußten dabeisein, weil ohne ihr Wirken im Hintergrund das Weihnachtsprogramm nicht hätte durchgeführt werden können.

Das Essen war vorüber – eine scheinbar endlose Folge von Suppe, Fisch, Truthahn, Roastbeef, Plumpudding, glasierten Früchten, Nüssen und fünferlei Wein, präsidiert von Sir Septimus, ganz lächelnde Freundlichkeit, neben ihm Lady Shale, ganz mokante Geringschätzung, und Margharita, hübsch und gelangweilt, mit der Kette aus einundzwanzig Perlen, die sanft an ihrem schlanken Hals schimmerten.

Die Gesellschaft, die, mit vollem Magen, einzig nach horizontaler Lage verlangte, wurde in den Salon geführt, wo man «musikalische Stühle» (Miss Tomkins am Klavier), «Hasch den Pantoffel» (Pantoffel von Miss Tomkins und Mr. William Norgate) spielte. Der hintere Salon – Sir Septimus hing an solch altmodischen Bezeichnungen – gab das Umkleidezimmer ab; Flügeltüren trennten ihn vom großen Hauptraum, wo das Publikum auf Leichtmetallstühlen saß und in der furchterregenden Helle des Lampenlichts, das von der Metalldecke zurückgeworfen wurde, unbehaglich auf dem schwarzspiegelnden Fußboden scharrte.

William Norgate regte nach einer kurzen Prüfung der Stimmungskurve bei Lady Sahle an, etwas weniger Turbulentes zu spielen. Lady Shale war sogleich einverstanden und schlug, wie

gewöhnlich, Bridge vor. Sir Septimus tat diesen Vorschlag, wie gewöhnlich, mit einer Handbewegung ab.
«Bridge? Unsinn! Spielt Bridge an jedem Abend eures Lebens. Aber heute ist Weihnachten. Etwas, das wir alle miteinander spielen können — wie wär's mit ‹Tier, Pflanze, Mineral›?»
Dieser intellektuelle Zeitvertreib stand bei Sir Septimus hoch in Gunst; er war recht geschickt, wenn es darauf ankam, bedeutungsschwere Fragen zu stellen. Nach kurzer Diskussion wurde es offensichtlich, daß dieses Spiel ein unvermeidlicher Programmpunkt war. Die Gesellschaft stimmte also zu, und Sir Septimus ging als erster vor die Tür, um die Sache in Schwung zu bringen.
Kurz darauf hatten sie unter anderem die Fotografie von Miss Tomkins' Mutter geraten, dann eine Schallplatte mit «Ich möchte glücklich sein» (es brauchte dazu wissenschaftliche Forschungen über die genaue Zusammensetzung der Platten, von William Norgate aus der Encyclopaedia Britannica beigesteuert), dann den kleinsten Stichling im Bach am Ende des Gartens, außerdem den Planeten Pluto, den neuen Schal, den Mrs. Dennison trug (sehr schwierig, denn er war nicht aus Seide, was tierisch, oder Kunstseide, was pflanzlich gewesen wäre, sondern aus gesponnenem Glas, also mineralisch — ein sehr gescheit gewähltes Objekt); versagt hatten sie beim Erraten der Radioansprache des Premierministers, die etwas unfair klassifiziert wurde, da man sich nicht schlüssig werden konnte, ob sie als tierisch angesehen werden müsse oder als eine Art Gas. Schließlich kam man überein, noch eine weitere Runde zu spielen und dann auf Verstecken überzugehen. Oswald Truegood verschwand im hinteren Salon und schloß die Tür. Während die anderen über das nächste Wort verhandelten, unterbrach plötzlich Sir Septimus das Hin und Her. «Margy», rief er seiner Tochter zu, «was hast du mit deiner Halskette gemacht?»
«Ich habe sie abgenommen, Papa, weil ich dachte, sie könnte bei der Scharade entzweigehen. Sie liegt drüben auf dem Tisch. Nein, da ist sie nicht. Hast du sie weggenommen, Mutter?»
«Nein. Aber wenn sie mir unter die Augen gekommen wäre, dann hätte ich's getan. Du bist ein unachtsames Kind.»
«Ich glaube, du selbst hast sie genommen, Papa. Du willst mich ärgern.»

Sir Septimus wies diese Beschuldigung energisch zurück. Alles geriet nun in Bewegung und begann herumzusuchen. Es gab in dem kahlen, blanken Raum nicht viele Stellen, an denen sich eine Halskette verstecken konnte. Nach zehn Minuten fruchtloser Jagd sah Richard Dennison, der am nächsten vom Tisch gesessen hatte, ziemlich unbehaglich drein.

«Peinlich, nicht wahr?» bemerkte er zu Wimsey.

In diesem Augenblick streckte Oswald Truegood den Kopf durch die Flügeltür und fragte, ob sie sich nicht endlich auf etwas geinigt hätten, er werde nämlich langsam nervös.

Das lenkte die Aufmerksamkeit der Suchenden auf den hinteren Raum. Margharita mußte sich irren: sie hatte die Kette dorthin mitgenommen, und nun waren die Perlen irgendwie unter die Scharadenkostüme geraten. Das Zimmer wurde durchstöbert, jedes nur mögliche Ding hochgehoben und geschüttelt. Allmählich sah die Sache ernst aus. Nach einer halben Stunde verzweifelter Bemühungen wurden allen klar, daß die Perlen nirgends zu finden waren.

«Sie müssen irgendwo in diesen beiden Räumen sein», sagte Wimsey.

«Der hintere Salon hat keine Tür nach außen, und aus dem vorderen Salon konnte sich niemand entfernen, ohne gesehen zu werden. Die Fenster allerdings ...»

Nein. Die Fenster waren alle an der Außenseite durch schwere Läden geschützt, zu deren Öffnen und Schließen zwei Diener benötigt wurden. Auf diesem Weg waren die Perlen nicht verschwunden. Eigentlich war überhaupt die Vorstellung, sie seien nicht mehr im Salon, sehr unangenehm. Denn ... denn ...

William Norgate, tüchtig wie immer, sah der Konsequenz solcher Überlegung kühl und kühn ins Gesicht.

«Ich glaube, Sir Septimus, es wäre für alle Anwesenden eine Erleichterung, wenn wir durchsucht werden könnten.»

Sir Septimus war entsetzt. Doch die Gäste stellten sich hinter Norgate. Die Tür wurde verschlossen und die Suchaktion durchgeführt – für die Damen im hinteren, für die Herren im vorderen Salon.

Sie erbrachte kein Resultat, ausgenommen ein paar sehr interessante Informationen über die Besitztümer, die der Durchschnittsmann und die Durchschnittsfrau gewöhnlich mit sich herumtragen. Es schien noch natürlich, daß Lord Peter Wimsey eine Zange besaß, eine Taschenlupe und einen kleinen zusammenlegbaren Zollstock – war er nicht der Sherlock Holmes der vornehmen Welt? Aber daß Oswald Truegood zwei Leberpillen in einem Papiertütchen bei sich hatte und Henry Shale eine kleine Ausgabe der Oden des Horaz, das kam überraschend. Und warum füllte John Shale die Taschen seines Gesellschaftsanzuges mit einem Klumpen roten Siegellacks, einem häßlichen kleinen Talisman und einem Fünfshillingstück? George Comphrey hatte eine zusammenlegbare Schere und drei eingewickelte Zuckerstücke, wie sie in Restaurants und Speisewagen serviert werden – Beweis für eine nicht ungewöhnliche Form der Kleptomanie –, aber daß der ordentliche, penible Norgate sich mit einer Rolle weißen Zwirns, drei verschieden langen Stücken Bindfaden und zwölf Sicherheitsnadeln auf einem Kärtchen ausstaffierte, schien wirklich bemerkenswert, bis jemand sich daran erinnerte, daß er das Anbringen der Weihnachtsdekorationen beaufsichtigt hatte. Richard Dennison brachte unter verlegenem Lachen ein Damenstrumpfband, ein Döschen Compactpuder und eine halbe Kartoffel zutage; die letztere, sagte er, sei ein Vorbeugungsmittel gegen Rheumatismus (an dem er litt), die anderen Sachen gehörten seiner Frau. Bei den Damen waren die eindrucksvollsten Fundstücke ein Büchlein über Chiromantie, drei durchsichtige Haarnadeln und ein Babyfoto (Miss Tomkins), eine chinesische Zigarettendose mit Geheimfach (Beryl Dennison); ein sehr privater Brief und ein Instrument zum Aufnehmen von Laufmaschen (Lavinia Prescott), und schließlich eine Augenbrauenpinzette und ein Päckchen weißes Pulver, angeblich gegen Kopfschmerzen (Betty Shale). Ein paar aufregende Augenblicke folgten, als Joyce Trivett aus ihrer Handtasche eine dünne Perlenschnur herauszog – aber dann erinnerte man sich prompt, daß diese Perlen aus einem Knallbonbon stammten, und sie waren denn auch tatsächlich synthetisch. Kurzum, mit der allgemeinen Durchsuchung hatte man nichts erreicht als genierte Gesichter und das Unbehagen, das immer entsteht, wenn man sich zu ungewohnter Tageszeit hastig aus- und ankleiden muß.

Irgendwer ließ nun, widerwillig und zögernd, das schreckliche Wort «Polizei» fallen. Sir Septimus war natürlich außer sich über diese Idee. Er fand sie abscheulich. Nie würde er das erlauben. Die Perlen mußten irgendwo sein. Man brauchte nur die beiden Räume noch einmal zu durchsuchen. Und könnte nicht Lord Peter Wimsey, bei seiner Erfahrung mit – hm – mysteriösen Ereignissen, ihnen irgendwie behilflich sein?

«Wie?» fragte Seine Lordschaft. «Oh ja, beim Himmel, gewiß, gewiß. Das heißt, vorausgesetzt, daß niemand meint – äh, nicht wahr? – ich will sagen, Sie wissen doch nicht, ob ich nicht selbst verdächtig bin, wie?»

Lady Shale schaltete sich nachdrücklich ein. «Wir glauben nicht, daß irgend jemand verdächtigt werden sollte», sagte sie. «Aber wenn wir schon solche Gedanken hätten, wüßten wir, daß Sie es nicht sein können. Sie wissen viel zuviel von Verbrechen, als daß Sie Lust dazu hätten, selbst eins zu begehen.»

«Schön», antwortete Wimsey. «Aber nach dem, wie die Räumlichkeiten durchwühlt worden sind ...» Er zuckte mit den Achseln.

«Ja, ich fürchte, Sie werden keinerlei Fußspuren finden können», sagte Margharita. «Doch vielleicht haben wir etwas übersehen.»

Wimsey nickte.

«Ich will's versuchen. Bitte, bleiben Sie alle hier auf Ihren Stühlen im vorderen Salon sitzen. Alle bis auf einen von Ihnen – ich hätte lieber einen Zeugen für das, was ich tue oder finde. Sir Septimus – Sie sind der geeignetste, denke ich.»

Er dirigierte sie an ihre Plätze und begann einen langsamen Rundgang durch die beiden Räume; er untersuchte jede Möbelfläche, betrachtete die glattglänzende Metalldecke und kroch auf allen vieren in der bewährten Manier kreuz und quer über den schwarzen, spiegelnden Fußboden. Sir Septimus folgte ihm, er starrte mit, wenn Wimsey etwas anstarrte, er stützte die Hände auf die Knie, wenn Wimsey sich bückte, und schnaufte von Zeit zu Zeit laut vor Erstaunen und Kummer. So rückten sie langsam weiter wie ein Mann, der einen eifrig schnuppernden jungen Hund gemächlich auf der Gasse ausführt. Glücklicherweise erleichterte Lady Shales innenarchitektonischer Geschmack die Untersuchung; es gab kaum Winkel oder Ecken, in denen etwas versteckt sein konnte.

Sie kamen in den hinteren Salon, und hier wurden die Schara-

denkostüme noch einmal peinlich genau inspiziert, doch ohne Ergebnis. Schließlich legte sich Wimsey flach auf den Bauch, um unter einen Schrank zu spähen, eines der wenigen Möbelstücke, die kurze Beine hatten. Irgend etwas schien dort seine Aufmerksamkeit zu fesseln. Er krempelte den Ärmel hoch und streckte den Arm in den Spalt, zappelte krampfhaft im Bemühen, weiter zu reichen, als es menschenmöglich war, holte dann aus seiner Tasche den zusammenlegbaren Zollstock und fischte mit ihm unter dem Schrank herum. Schließlich glückte es ihm, hervorzuholen, was er gesucht hatte.
Es war etwas sehr Kleines – ein Nagel, ein Stift. Kein gewöhnlicher, sondern einer, wie ihn etwa die Entomologen benützen, um besonders kleine Schmetterlinge für ihre Sammlung aufzuspießen. Er war ungefähr zwei Zentimeter lang und so dünn wie eine sehr feine Nadel; er hatte eine scharfe Spitze und einen winzig kleinen Kopf.
«Meiner Seel!» sagte Sir Septimus. «Was ist das?»
«Sammelt hier zufällig jemand Schmetterlinge oder Käfer oder sonst was?» fragte Wimsey, während er, auf den Schenkeln hockend, den Stift besah.
«Ich bin ziemlich sicher: nein», erwiderte Sir Septimus. «Aber ich will sie fragen.»
«Tun Sie's nicht.» Wimsey neigte den Kopf und starrte auf den Boden, von dem ihm sein eigenes Gesicht nachdenklich entgegenblickte.
«Ich hab's», sagte Wimsey. «So ist es ausgeführt worden. Alles in Ordnung, Sir Septimus. Ich weiß, wo die Perlen sind, aber ich weiß nicht, wer sie genommen hat. Vielleicht wäre es ganz gut – zur allgemeinen Beruhigung –, das noch herauszufinden. Erzählen Sie niemand, daß wir diesen Stift da gefunden oder überhaupt etwas entdeckt haben. Schicken Sie alle zu Bett. Verschließen Sie die Salontür und nehmen Sie den Schlüssel an sich; wir werden unseren Mann – oder unsere Frau – zur Frühstückszeit erwischen.»
«Du meine Güte», sagte Sir Septimus äußerst verwirrt.
Lord Peter Wimsey überwachte in dieser Nacht sorgfältig die Salontür. Doch niemand näherte sich ihr. Entweder vermutete der Dieb eine Falle, oder er glaubte sicher, er könne die Perlen jederzeit wieder an sich nehmen. Wimsey aber hatte nicht den

Eindruck, er vertue beim Warten seine Zeit. Er legte sich eine Liste der Leute an, die während des Spiels «Tier, Pflanze, Mineral» allein im hinteren Raum gewesen waren. Diese Liste lautete folgendermaßen:
Sir Septimus Shale
Lavinia Prescott
William Norgate
Joyce Trivett und Henry Shale (zusammen, weil sie behaupteten, sie seien ohne Hilfe unfähig zu raten»
Mrs. Dennison
Betty Shale
George Comphrey
Richard Dennison
Miss Tomkins
Oswald Truegood
Desgleichen machte er eine Liste der Leute, denen Perlen nützlich oder wünschenswert sein mochten. Leider stimmte diese zweite Liste fast ganz mit der ersten überein (Sir Septimus stets ausgenommen), und so half sie nicht viel weiter. Der Sekretär und die Sekretärin waren beide mit guten Referenzen engagiert worden, aber genau die hätten sie sich auch besorgt, wenn sie mit Hintergedanken hierhergekommen wären. Die Dennisons, das war bekannt, lebten von der Hand in den Mund. Betty Shale hatte mysteriöse weiße Pulver in der Handtasche, und man wußte, daß sie in der Stadt mit einer ziemlich fragwürdigen Clique verkehrte. Henry war ein harmloser Bursche, aber Joyce Trivett konnte ihn um den kleinen Finger wickeln, und sie war, was Jane Austen «kostspielig und liederlich» zu nennen beliebte. Comphrey spekulierte. Oswald Truegood erschien ziemlich regelmäßig in Epsom und Newmarket. Die Suche nach Motiven war nur allzu leicht.

Als ein Hausmädchen und ein Diener zum Saubermachen im Flur auftauchten, gab Wimsey seinen Beobachterposten auf, kam aber zeitig zum Frühstück. Sir Septimus mit Frau und Tochter waren noch vor ihm da, und eine gewisse Spannung lag in der Luft. Wimsey, der vor dem Kamin stand, machte Konversation über Wetter und Politik.

Nach und nach fand sich die ganze Gesellschaft ein, aber wie auf Verabredung wurde nichts von Perlen gesprochen, bis nach

dem Frühstück Oswald Truegood den Stier bei den Hörnern packte.
«Nun», sagte er, «wie kommt unser Detektiv voran? Haben Sie Ihren Mann erwischt, Wimsey?»
«Noch nicht», antwortete dieser leichthin.
Sir Septimus sah Wimsey an, als erwarte er sein Stichwort, räusperte sich dann und griff in das Gespräch ein.
«Alles sehr unangenehm», sagte er, «sehr unerfreulich. Hm. Bleibt nur die Polizei, fürchte ich. Ausgerechnet zu Weihnachten. Hm. Das ganze Fest verdorben. Kann das Zeug hier nicht mehr sehen» – er machte eine Handbewegung zu den Grüngirlanden und dem bunten Papierschmuck an den Wänden. «Wir nehmen alles herunter, hm, nicht wahr? Kein Herz mehr darin. Hm. Verbrennen das Ganze.»
«Wie schade, wir haben uns so viel Arbeit damit gemacht», sagte Joyce.
«Ach, laß es, Onkel», sagte Henry Shale. «Du regst dich zuviel auf über die Perlen. Ich bin sicher, sie kommen wieder zum Vorschein.»
«Soll ich nach James klingeln?» fragte William Norgate.
«Nein», unterbrach Comphrey, «wir wollen es selbst tun. Das gibt uns Beschäftigung und lenkt von unangenehmen Gedanken ab.»
«Das stimmt», sagte Sir Septimus. «Fangen Sie nur gleich an. Der Anblick ist mir zuwider.»
Wütend zerrte er einen großen Stechpalmenzweig vom Kaminsims und warf ihn in die aufprasselnden Flammen.
«Das ist das Richtige», sagte Richard Dennison, «macht ein hübsches Feuerchen.» Er sprang vom Tisch auf und riß das Mistelgrün vom Kronleuchter. «Los also! Noch einen Kuß für jemand, bevor es zu spät ist!»
«Bringt es nicht Unglück, wenn man die Zweige vor Neujahr herunternimmt?» gab Miss Tomkins zu bedenken.
«Unglück hin oder her! Wir räumen alles ab. Auch von den Treppen und im Salon. Jemand soll den Kram einsammeln.»
«Ist der Salon nicht zugesperrt?» fragte Oswald.
«Nein. Lord Peter sagt, die Perlen seien weiß der Himmel wo, aber nicht dort; so ist die Tür nicht mehr verschlossen. Stimmt's, Wimsey?»

«Gewiß. Die Perlen sind aus den beiden Räumen verschwunden. Ich kann noch nicht sagen wie, aber ich bin dessen ganz sicher. Ich wette meinen guten Namen, daß sie – wo immer sie auch sein mögen – dort oben nicht mehr sind.»
«Gut», antwortete Comphrey, «dann also los! Kommen Sie, Lavinia, Sie und Dennison bearbeiten den Salon, und ich übernehme den hinteren Raum. Mal sehen, wer schneller ist!»
«Aber wenn die Polizei kommt», sagte Dennison, «sollte dann nicht alles so bleiben, wie es ist?»
«Zum Teufel mit der Polizei!» donnerte Sir Septimus. «Die legt keinen Wert auf Grünzeug!»
Oswald und Margharita entfernten schon mit lautem Gelächter die Stechpalmenzweige und Efeuranken im Treppenhaus. Die Gesellschaft verstreute sich. Wimsey ging rasch die Treppe hinauf und in den Salon, wo das Zerstörungswerk mit großer Geschwindigkeit fortschritt; George hatte mit den anderen beiden zehn Shilling gegen ein Sixpencestück gewettet, daß sie mit ihrer Arbeit nicht vor ihm fertig wären.
«Sie dürfen nicht helfen», sagte Lavinia lachend zu Wimsey, «das wäre unfair.»
Wimsey erwiderte nichts, aber er wartete, bis der Salon leer war. Dann folgte er den anderen in die Halle hinunter, wo im Kamin das Feuer loderte und Funken versprühte. Er flüsterte mit Sir Septimus, der sich daraufhin in Bewegung setzte und Comphrey eine Hand auf die Schulter legte.
«Lord Peter möchte mit Ihnen sprechen, mein Junge», sagte er. Comphrey ging etwas widerstrebend, wie es schien, mit ihm.
«Mr. Comphrey», sagte Wimsey, «ich denke, das hier dürfte Ihnen gehören.» Er hielt ihm die Handfläche entgegen, auf der zweiundzwanzig feine Stifte mit kleinen Köpfen lagen.

«Geistvoll», sagte Wimsey, «aber etwas weniger Geistvolles hätte seinen Zwecken besser gedient. Es war sehr ungünstig, Sir Septimus, daß Sie die Perlen gerade zu diesem Zeitpunkt erwähnten. Selbstverständlich hoffte er, daß der Verlust erst entdeckt würde, nachdem wir mit den Ratespielen aufgehört hatten. Beim Verstecken hätten die Perlen irgendwo im Haus verlorengegangen sein können, die Salontür wäre nicht zugesperrt worden, und er hätte seine Beute im gegebenen Augenblick wieder an sich nehmen können. Offensichtlich dachte er schon an die Möglichkeit eines Diebstahls, als er hierherkam, deshalb brachte er die Stifte mit; daß Miss Shale die Kette abnahm zum Scharadespielen, bot ihm die erwünschte Gelegenheit.

Er hatte schon früher hier Weihnachten gefeiert und wußte genau, daß ‹Tier, Pflanze, Mineral› zum Unterhaltungsprogramm gehören würde. Er brauchte nur die Halskette vom Tisch zu nehmen, als er an der Reihe war, in den hinteren Salon zu gehen, und er wußte auch, daß er mit mindestens fünf Minuten Alleinsein rechnen konnte, während wir alle über die Wahl des nächsten Wortes debattierten. So mußte er bloß die Perlen mit seinem Taschenscherchen von der Schnur schneiden, die Schnur im Kamin verbrennen und die Perlen mit den dünnen Stiften an dem Mistelzweig befestigen. Der Zweig hing oben am Kronleuchter, hübsch hoch, aber er konnte ihn leicht erreichen, wenn er auf den Glastisch stieg, der keinerlei Fußspuren verraten würde; und es war nahezu gewiß, daß niemand daran dachte, die Misteln nach ungewöhnlichen Beeren abzusuchen. Auch ich wäre nicht auf den Gedanken gekommen, wenn ich nicht diesen Stift gefunden hätte, der ihm hinuntergefallen war. Das brachte mich auf die Idee, daß die Perlen von der Schnur gelöst worden waren, und das übrige ergab sich dann leicht. Ich nahm die Perlen während der Nacht herunter; auch das Schloß war da, zwischen den Stechpalmenblättern festgesteckt. Hier ist alles. Comphrey muß heute morgen grausam erschrocken sein. Ich wußte, daß er unser Mann sei, als er vorschlug, die Gäste sollten selbst den Weihnachtsschmuck abräumen, und er wolle den hinteren Salon übernehmen – aber ich hätte gern sein Gesicht gesehen, als er zu dem Mistelzweig kam und die Perlen nicht mehr fand.»

«Und all das reimten Sie sich zusammen, als Sie den Metallstift fanden?» fragte Sir Septimus.

«Ja, da wußte ich, wohin die Perlen gewandert waren.»

«Aber Sie warfen nie auch nur einen Blick auf den Mistelzweig.»

«Ich sah sein Spiegelbild in dem schwarzglänzenden Fußboden, und es fiel mir auf, wie sehr die Mistelbeeren Perlen glichen.»

«Dich, o du Karobube», sagte Mark Sambourne, vorwurfsvoll den Kopf schüttelnd, «dich kenne ich schon lange.» Er fingerte in den weißen Satinfalten seines Kostüms herum, das, mit großen schwarzen, weiß gepunkteten Rechtecken besetzt, ein Dominospiel darstellen sollte. «Zum Kuckuck mit dieser verrückten Ausstaffierung! Wo, verdammt noch mal, hat der Bursche die Taschen hingenäht? Sie plündern mir die Tasche aus, sie plündern mir die Ta-hasche, mein Silber und mein Go-hold! Wieviel macht es?» Er zog einen Füllfederhalter und ein Scheckbuch heraus.
«Fünf Pfund, siebzehn Shilling, sechs Pence», sagte Lord Peter Wimsey. «So war es doch, nicht wahr?» Seine bauschigen, blau und scharlachrot gestreiften Ärmel raschelten, als er sich zu seiner Spielpartnerin, Lady Hermione Creethorpe, wandte, die in ihrem Kostüm als Kreuzdame sehr nach gestrenger Jungfrau aussah, was sie auch wirklich war.
«Ja, genau», antwortete die alte Dame, «und ich finde das recht wenig.»
«Wir haben nicht lange gespielt», sagte Wimsey. «Es hätte mehr sein können, Tantchen», bemerkte Mrs. Wrayburn, «wenn du nicht so habgierig gewesen wärst. Du hättest meine vier Pik nicht erhöhen sollen.»
Lady Hermione schnaufte, und Wimsey schaltete sich eilig ein: «Jammerschade, daß wir aufhören müssen, aber Deverill würde es uns nie verzeihen, wenn wir uns um den ‹Sir Roger› drükken wollten. Er ist darin sehr empfindlich. Wie spät haben wir? Zwanzig nach eins. Der ‹Sir Roger› soll genau um halb zwei anfangen. Ich denke, es ist besser, wir trollen uns in den Ballsaal zurück.»
«Ich glaube auch», stimmte ihm Mrs. Wrayburn zu. Sie stand auf und breitete den weiten Rock ihres Kostüms aus, das über und über mit den roten und schwarzen Feldern eines Puffspielbretts bedeckt war. «Es ist sehr nett von Ihnen», fügte sie hinzu, als Lady Hermiones voluminöse Robe vor ihnen her durch die Halle rauschte, «daß Sie das Tanzen aufgaben, damit Tantchen zu ihrem Bridge kommen konnte. Sie entbehrt es so ungern.»

«Aber nein, es war ein Vergnügen für mich. Und außerdem habe ich mich über die Ruhepause gefreut. Diese Kostüme sind verflixt warm zum Tanzen.»
«Sie geben aber einen glänzenden Karobuben ab. Es war doch eine gute Idee von Lady Deverill, daß wir alle als irgendein Spiel kommen sollten. Das erspart einem die üblichen langweiligen Pierrots und Kolumbinen.» Sie gingen um die südliche Ecke des Ballsaals herum und betraten dann den südlichen Säulengang, der von einer vierfarbigen großen Hängelaterne gespenstisch erleuchtet war. Unter den Arkaden blieben sie stehen und beobachteten die Tanzfläche, wo die Gäste Sir Charles Deverills zu den heiteren Klängen der Kapelle auf der Musikgalerie Foxtrott tanzten. «Hallo, Giles», sagte Mrs. Wrayburn, «du siehst erhitzt aus.»
«Mir ist auch sehr warm», erwiderte Giles Pomfret. «Wäre ich bloß nicht so geistreich gewesen, mir dieses gräßliche Kostüm auszusuchen. Es ist ein wunderschöner Billardtisch, aber ich kann mich darin nicht setzen.» Er wischte sich die heiße Stirn, über der ein eleganter grüner Lampenschirm thronte. «Ausruhen kann ich höchstens, wenn ich mein Hinterteil auf einen Heizkörper stütze, und da sie alle unter Volldampf stehen, wirkt eine solche Rast nicht eben kühlend. Gott sei Dank kann ich die verdammten Pappdeckel zum Vorwand nehmen, mich vom Tanzen zurückzuziehen.» Er lehnte sich mit Duldermiene gegen die nächste Säule.
«Nina Hartford hat es am besten», sagte Mrs. Wrayburn. «Wasserpolo – sehr vernünftig – bloß ein Badeanzug und ein Ball; wenn ich auch gestehen muß, daß das besser aussehen würde an einer weniger barocken Figur. Ihr Spielkarten seid ziemlich die hübschesten, und gleich nach euch kommen die Schachfiguren, glaube ich. Da tanzt Gerda Bellingham mit ihrem Mann – sieht sie nicht wunderbar aus mit ihrer roten Perücke? Und die Turnüre und alles – mein Lieber, wirklich bezaubernd. Charmian Grayle ist die reizendste Weiße Schachkönigin – wo ist sie übrigens?»
«Ich mag diese junge Frau nicht», sagte Lady Hermione. «Sie ist liederlich.»
«Aber meine Liebe!»
«Ich zweifle nicht daran, daß ihr mich für altmodisch haltet. Na

schön, das bin ich gern. Ich sage, sie ist liederlich und – schlimmer als das – herzlos. Ich habe sie vor dem Essen beobachtet, und Tony Lee tut mir leid. Sie hat überaus heftig mit Harry Vibart geflirtet – um es milde auszudrücken; und auch Jim Playfaier hat sie eingefangen. Nicht einmal Frank Bellingham kann sie in Frieden lassen, obwohl sie in seinem Haus wohnt.»

«Oh, ich muß schon sagen, Lady Hermione», protestierte Sambourne, «Sie gehen ein bißchen hart um mit Miss Grayle. Ich finde, sie ist ein flottes junges Ding, oder wie Sie's nennen wollen.»

«Ich hasse dieses Wort ‹flott›», sagte Lady Hermione barsch. «Heutzutage bedeutet es bloß, daß man trinkt und alles mögliche Verbotene tut. Und sie ist auch kein so junges Ding mehr. In drei Jahren wird sie eine häßliche alte Hexe sein, wenn sie so weitermacht.»

«Liebe Lady Hermione», sagte Wimsey, «wir können nicht alle von der Zeit so unberührt bleiben wie Sie.»

«Das könntet ihr wohl», gab die alte Dame zurück, «wenn ihr auf euren Magen und eure Sitten achten würdet. Da kommt Frank Bellingham – er sucht sicher nach einem Drink. Die heutigen jungen Leute scheinen alle in Gin eingelegt zu sein.»

Der Tanz war zu Ende, und der Rote Schachkönig wand sich durch eine Schar applaudierender Paare mühsam zu ihnen hindurch.

«Hallo, Bellingham», rief Wimsey. «Ihre Krone ist verrutscht. Darf ich?» Mit geschickten Fingern rückte er Perücke und Kopfschmuck zurecht. «Nicht daß ich Sie deshalb tadeln würde. Welche Krone sitzt schon fest heutzutage?»

«Danke schön», sagte Bellingham. «Aber ich möchte jetzt unbedingt etwas trinken.»

«Was habe ich Ihnen gesagt?» bemerkte Lady Hermione.

«Dann beeilen Sie sich, alter Junge», meinte Wimsey. «Sie haben vier Minuten Zeit. Denken Sie daran, daß Sie rechtzeitig zum ‹Sir Roger› wieder auftauchen.»

«O ja, sicher. Übrigens tanze ich den mit Gerda. Wenn Sie sie sehen, sagen Sie ihr, bitte, wohin ich gegangen bin.»

«Das werden wir tun. Lady Hermione, Sie geben mir doch die Ehre?»

«Unsinn! Erwarten Sie etwa, daß ich in meinen Jahren tanze?

Die alte Jungfer hat das Mauerblümchen zu spielen.»
«Nichts dergleichen. Hätte ich nur das Glück gehabt, früher geboren zu sein, Sie und ich wären Seite an Seite aufgetreten – als Ehepaar. Natürlich tanzen Sie den ‹Sir Roger› mit mir, außer Sie lassen mich für einen von diesen Jünglingen stehen.»
«Ich habe keine Verwendung für Jüngline», antwortete Lady Hermione. «Ohne Saft und Kraft. Spindelbeine.» Sie warf einen flüchtigen Blick auf Wimseys scharlachfarbene Strumpfhose. «Sie haben wenigstens eine Spur von Waden. Mit Ihnen kann ich auf die Tanzfläche gehen, ohne für Sie rot zu werden.»
Wimsey neigte Barett und Lockenperücke in einer tiefen Verbeugung über die knorrige Hand, die sich ihm entgegenstreckte. «Sie machen mich zum glücklichsten aller Männer. Wir werden es den anderen zeigen, wie das getanzt wird. Rechte Hand, linke Hand, beide Hände über Kreuz, Rücken an Rücken, im Kreis herum und wieder in die Mitte! Da geht schon Deverill, um der Kapelle zu sagen, daß sie anfangen soll. Pünktlicher Bursche, wie? Gerade noch zwei Minuten ... Was gibt's, Miss Carstairs? Den Partner verloren?»
«Ja – haben Sie Tony Lee irgendwo gesehen?»
«Den Weißen Schachkönig? Keine Spur von ihm. Auch von der Weißen Königin nicht. Sie werden irgendwo zusammen hingegangen sein.»
«Wahrscheinlich. Der arme Jimmie Playfair sitzt geduldig im nördlichen Säulengang und sieht aus wie Casabianca.»
«Vielleicht gehen Sie besser hin und trösten ihn», sagte Wimsey lachend.
Joan Carstairs zog ein Gesicht und verschwand in Richtung auf das Büfett, als Sir Charles Deverill, der Gastgeber, geschäftig zu Wimsey und seiner Gruppe trat. Er prangte in einem chinesischen Kostüm, geschmückt mit roten und grünen Drachen, mit Bambus, Kreisen und Schriftzeichen, und trug auf der Schulter einen ausgestopften Vogel mit riesigem Schweif.
«Nun, nun», rief er, «es geht los! Alles bereit für den ‹Sir Roger›! Haben Sie Ihre Partnerin gewählt, Wimsey? Ach ja, Lady Hermione – großartig. Sie müssen gleich neben Ihrer lieben Mutter und mir antreten, Wimsey. Verspäten Sie sich nicht! Wir wollen den ganzen Tanz von Anfang bis Ende mit allen

Figuren tanzen. Die Weihnachtssänger fangen um zwei Uhr an — ich hoffe, sie kommen zur Zeit. Du lieber Himmel, warum ist das Personal noch nicht hier? Ich habe doch Watson gesagt — ich muß mal nach ihm sehen.»

Er stürzte davon, und Wimsey führte seine Partnerin lachend an das obere Ende des Saals, wo seine Mutter, die verwitwete Duchess of Denver, stand, eine prächtige Pikdame.

«Ach, da bist du ja», sagte die Duchess freundlich. «Der gute Sir Charles — er wurde ganz aufgeregt. So ein pünktlicher Mensch — er hätte eine Königliche Hoheit werden sollen! Ein reizender Ball, nicht wahr, Hermione? ‹Sir Roger› und Weihnachtssänger — ganz mittelalterlich — und in der Halle ein Julklotz, trotz Zentralheizung und so weiter — überwältigend!»

«Dumdi, dumdi, dideldi, dumdi, dumdi, dideldi», sang Lord Peter, als die Kapelle die alte Weise anstimmte. «Ich liebe diese Musik! Zierlich setzt den Fuß zum Tanz — oh, da ist Gerda Bellingham! Einen Augenblick! Mrs. Bellingham — Euer königlicher Gemahl erwartet Eurer Hoheit Befehle beim Büfett. Scheuchen Sie ihn auf! Er hat nur noch eine halbe Minute Zeit.»

Die Rote Schachkönigin lächelte ihn an, ihr blasses Gesicht und die schwarzen Augen schimmerten erregt unter der roten Perücke und der Krone.

«Ich werde ihn schon richtig an den Start bringen», erwiderte sie und ging lachend weiter.

«Und so wird's geschehen», sagte die Duchess. «In Kürze werden wir diesen jungen Mann als Kabinettsmitglied sehen. Wirklich ein hübsches Paar auf einer Rednertribüne — und sehr tüchtig, heißt es, in der Schweinezucht — das ist wichtig, so wie der britische Frühstückstisch nun einmal ist.»

Sir Charles Deverill, etwas erhitzt aussehend, kam eilig zurück und nahm seinen Platz an der Spitze der Gästedoppelreihe ein, die sich nun über drei Viertel der Saallänge erstreckte. Am unteren Ende des Ballsaals, unmittelbar vor der Musikantengalerie, hatte sich das Personal versammelt, um einen zweiten «Sir Roger» zu tanzen, im rechten Winkel zur Hauptreihe. Die Uhr schlug die halbe Stunde. Sir Charles, nervös den Hals rekkend, zählte die Tänzer.

«Achtzehn Paare. Wir sind zwei Paare zu wenig. Wie ärgerlich! Wer fehlt denn?»

«Die Bellinghams?» fragte Wimsey. «Nein, sie sind da. Der Weiße König und die Weiße Königin, Badminton und Diabolo fehlen noch.»

«Hier ist das Badminton!» rief Mrs. Wrayburn, ungestüm winkend. «Jim! Jim! Verflixt – jetzt ist er wieder weggegangen. Er wartet auf Charmian Grayle.»

«Nun, wir können nicht länger warten», sagte Sir Charles verdrießlich. «Duchess, wollen Sie den Anfang machen?»

Die Duchess legte sich gehorsam ihre schwarze Samtschleppe über den Arm und tanzte hüpfend zur Mitte, wobei sie ein Paar ausnehmend hübscher rotbestrumpfter Fesseln sehen ließ. Die beiden Tänzerreihen fielen nun ebenfalls in den Hopserschritt des Volkstanzes ein und bewegten sich munter im gleichen Rhythmus, und am unteren Saalende folgten die Bediensteten, schwarz-weiß gekleidet oder in Livree, respektvoll ihrem Beispiel. Sir Charles Deverill, der feierlich hinter der Duchess hertanzte, faßte Nina Hartford vom unteren Ende der Reihe an der Hand. Dumdi, dumdi, dideldi, dumdi, dumdi, dideldi... das erste Paar wandte sich nach außen und führte die Tänzer saalabwärts. Wimsey ergriff Lady Hermiones Hand, bückte sich unter den Bogen, den die erhobenen Arme der anderen Tänzer bildeten, und erreichte durch die Gasse aus raschelndem Atlas und Satin siegreich wieder das obere Ende des Saals. «Meine Liebste», seufzte Wimsey, «war gekleidet in schwarzen Samt und ich in Karmesin.» Die alte Dame klopfte ihm mit ihrem vergoldeten Zepter amüsiert auf die Finger. Hände klatschten fröhlich ineinander.

«Und noch einmal saalabwärts», sagte Wimsey, während die Kreuzdame und der Kaiser der großen Mahjong-Dynastie zur Mitte wirbelten und hüpften. Die Pikdame tanzte auf ihren Karobuben zu. «Bézique», sagte Wimsey, «double Bézique», als er der Duchess beide Hände reichte. Dumdi, dumdi, dideldi. Er faßte wieder die Hände der Kreuzdame und führte sie ans andere Saalende. Unter ihren erhobenen Armen tanzten die übrigen siebzehn Paare hindurch. Dann folgte ihnen Lady Deverill mit ihrem Partner ans untere Ende des Ballsaals, und nochmals fünf Paare.

«Wir arbeiten hübsch pünktlich», sagte Sir Charles mit einem Blick auf die Uhr. «Ich habe zwei Minuten pro Paar berechnet.

Ah, hier ist eins von den fehlenden Paaren.» Er winkte aufgeregt. «Kommen Sie in die Mitte — hierher — hier herein!»
Ein Mann, dessen Kopf ein riesiger Federball zierte, und Joan Carstairs, als Diabolo kostümiert, waren aus dem nördlichen Säulengang aufgetaucht. Sir Charles trieb und schob die beiden, wie ein geschäftiger Hahn erschreckte Hennen, zwischen zwei Tanzpaare, die ihr «Hände über Kreuz» noch nicht absolviert hatten, und stieß dann einen Seufzer der Erleichterung aus. Es hätte ihn bekümmert, wenn sie um ihre Tour gekommen wären. Die Uhr schlug dreiviertel zwei.
«Hören Sie, Playfair, haben Sie Charmian Grayle oder Tony Lee irgendwo gesehen?» fragte Giles Pomfret, das Badmintonkostüm. «Sir Charles ist ganz aufgeregt, weil wir nicht vollzählig sind.»
«Keine Spur von beiden. Ich sollte den ‹Sir Roger› mit Charmian tanzen, aber sie ist nach oben verschwunden und nicht wiedergekommen. Dann rannte Joan daher und suchte nach Tony, und wir dachten, wir würden uns besser zusammentun.»
«Da sind die Weihnachtssänger», unterbrach ihn Joan Carstairs. «Sind sie nicht entzückend? So echt ländlich!»
Zwischen den Säulen auf der Nordseite des Ballsaals sah man, wie die Weihnachtssänger unter dem Kommando des Pfarrers ihre Plätze einnahmen. Der «Sir Roger» ging weiter, die Paare tanzten bis zur Erschöpfung, Hände über Kreuz. Hinunter durch die Mitte und wieder nach oben. Giles Pomfret strampelte sich mühsam und stöhnend in seinem Billardtischkostüm ab, um zum fünfzehnten Male unter dem langen Bogen erhobener Arme hindurchzukommen. Dumdi, dideldi. Das neunzehnte Paar tanzte seine Figur zu Ende. Wieder standen Sir Charles und die Duchess, beide frisch und ohne jede Spur von Ermüdung, am Kopfende des Saales. Wieder klatschte man laut in die Hände; die Musik verstummte, die Gästereihe löste sich in Gruppen auf. Die Uhr schlug zwei, der Pfarrer hielt auf einen Wink von Sir Charles seine Stimmgabel ans Ohr und ließ ein klangvolles A ertönen. Die Weihnachtssänger fielen gellend in die ersten Takte des Liedes vom «Guten König Wenzeslaus» ein.
Gerade als die Nacht dunkler wurde und der Wind stärker blies, drängte sich eine Gestalt durch die Reihen der Sänger

und hastete durch den Saal zu Sir Charles: Tony Lee – das Gesicht so weiß wie sein Kostüm.
«Charmian ... im Gobelinzimmer ... erwürgt.»

Superintendent Johnson saß in der Bibliothek und protokollierte die Aussagen der verstörten Nachtschwärmer, die einer nach dem andern vorgeführt wurden. Als erster Tony Lee, mit verstörten Augen, die wie schwarze Löcher in einer grauen Papiermaske starrten «Miss Grayle hatte versprochen, den letzten Tanz vor dem ‹Sir Roger› mit mir zu tanzen; es war ein Foxtrott. Ich wartete auf sie im Durchgang unter der Musikantengalerie. Sie kam nicht. Ich suchte nach ihr, ich sah sie auch mit niemand anders tanzen. Als der Foxtrott beinahe zu Ende war, ging ich in den Garten hinaus, und zwar durch die Dienertür unter der Treppe zur Musikantengalerie. Ich blieb im Garten, bis der ‹Sir Roger› vorüber war ...»
«War irgendwer bei Ihnen, Sir?»
«Nein, niemand.»
«Sie blieben also allein im Garten von – ja, von ein Uhr zwanzig bis zwei Uhr. Ziemlich ungemütlich, nicht wahr, Sir, bei dem Schnee, der draußen liegt?» Der Superintendent sandte einen scharfen Blick in Tonys gespanntes Gesicht.
«Ich bemerkte es nicht. Im Saal war es heiß – ich hatte Bedürfnis nach frischer Luft. Ich sah, wie die Weihnachtssänger ankamen, etwa um ein Uhr vierzig – ich glaube wohl, daß sie mich bemerkten. Kurz nach zwei Uhr kam ich zurück.»
«Wieder durch die Dienertür, Sir?»
«Nein, durch die Gartentür auf der anderen Seite des Hauses, am Ende des Ganges, der am Gobelinzimmer vorbeiführt. Ich hörte, wie im Ballsaal gesungen wurde, und sah zwei Männer in der kleinen Nische am Fuß des Treppenaufgangs auf der linken Seite des Ganges sitzen. Ich glaube, der eine war der Gärtner. Ich ging ins Gobelinzimmer.»
«Mit irgendeiner bestimmten Absicht, Sir?»
«Nein, außer daß ich nicht darauf erpicht war, wieder zu der Gesellschaft zu gehen. Ich wollte Ruhe haben.» Er verstummte; der Superintendent sagte nichts. «Ich ging also in das Gobelinzimmer. Das Licht war ausgedreht. Ich knipste es an und sah – Miss Grayle. Sie lag dicht bei der Heizung. Zuerst dachte ich,

sie sei ohnmächtig geworden. Ich trat zu ihr und merkte, daß sie – tot war. Ich blieb nur so lange, bis ich ganz sicher war, dann ging ich in den Ballsaal und schlug Alarm.»

«Ich danke Ihnen, Sir. Darf ich Sie noch fragen, welcher Art Ihre Beziehungen zu Miss Grayle waren?»

«Ich – ich verehrte sie sehr.»

«Waren Sie mit ihr verlobt, Sir?»

«Nein, nicht direkt.»

«Kein Zank – Mißverständnis – oder dergleichen?»

«O nein!»

Superintendent Johnson sah ihn wieder schweigend an, aber seine Erfahrung sagte ihm: Er lügt.

Laut jedoch bedankte er sich nur noch ein zweites Mal und entließ Tony. Der Weiße König stolperte benommen hinaus, und der Rote König nahm seinen Platz ein.

«Miss Grayle», sagte Frank Bellingham, «ist mit meiner Frau und mir befreundet; sie wohnte bei uns. Auch Mister Lee ist unser Gast. Wir kamen alle zusammen hierher. Ich glaube, zwischen Miss Grayle und Mr. Lee herrschte ein gewisses Einverständnis – daß sie richtig verlobt waren, glaube ich nicht. Sie war ein sehr heiteres, lebhaftes, beliebtes Mädchen. Ich kenne sie seit etwa sechs Jahren, und meine Frau kennt sie seit unserer Heirat. Ich weiß niemand, der gegen Miss Grayle einen Groll gehegt haben könnte. Ich tanzte mit ihr den vorvorletzten Tanz – es war ein Walzer. Danach kam ein Foxtrott und dann der ‹Sir Roger›. Sie verließ mich, als der Walzer zu Ende war; ich glaube, sie sagte, sie wolle nach oben gehen, um sich frisch zu machen. Wenn ich mich recht erinnere, ging sie zu der Tür am oberen Ende des Ballsaals hinaus. Ich sah sie nicht wieder. Die Damengarderobe befindet sich im zweiten Stock, neben der Gemäldegalerie. Man erreicht sie über die Treppe, die vom Gartenzugang nach oben führt. Dabei muß man an der Tür zum Gobelinzimmer vorbei. Der einzige andere Weg zur Garderobe geht über die Treppe am östlichen Ende des Ballsaals, die in die Gemäldegalerie führt. Dann muß man die Gemäldegalerie durchqueren, um in die Garderobe zu kommen. Ich kenne das Haus gut; meine Frau und ich waren oft hier.»

Als nächste war Lady Hermione an der Reihe; ihre sehr eingehende Aussage lief auf folgendes hinaus:

«Charmian Grayle war ein *sehr* munteres Mädchen, und sie bedeutet für niemand einen Verlust. Es wundert mich nicht, daß sie einer erwürgt hat. Frauen wie sie sollten erwürgt werden. Ich hätte es selbst mit Wonne getan. Sie hat Tony Lee die letzten sechs Wochen das Leben reichlich sauer gemacht. Ich sah, wie sie heute abend mit Mr. Vibart flirtete, damit Mr. Lee eifersüchtig werden sollte. Sie machte Mr. Bellingham Augen und Mr. Playfair. Sie machte allen Männern Augen. Ich könnte mir immer ein lächerliches Steckenpferd in der Hand hielt, sagte, er Gründe hatten, ihren Tod zu wünschen.»
Vibart, der in einem grellbunten Polokostüm auftrat und noch immer ein lächerliches Steckenpferd in der Hand hielt, sagte, er habe an diesem Abend verschiedentlich mit Miss Grayle getanzt. Sie sei ein verflixt flottes Mädchen gewesen, verflixt amüsant. Vielleicht ein bißchen scharf im Rangehen, aber zum Henker — das arme Kind sei ja nun tot. Er habe sie wohl auch geküßt, ein- oder zweimal, aber völlig harmlos. Es mochte sein, daß der arme Lee das ein wenig tragisch nahm. Miss Grayle habe Tony gern zum besten gehabt. Er selbst sei von Miss Grayle recht angetan gewesen und völlig niedergeschmettert von der ganzen scheußlichen Geschichte.
Mrs. Bellingham bestätigte die Aussage ihres Mannes. Miss Grayle sei ihr Gast gewesen, und sie hätten alle in bestem Einvernehmen miteinander gelebt. Sie habe das sichere Gefühl gehabt, Mr. Lee und Miss Grayle seien sehr ineinander verliebt. Miss Grayle habe sie während der letzten drei Tänze nicht gesehen, dieser Tatsache jedoch keine Bedeutung beigelegt. Wenn sie sich überhaupt darüber Gedanken gemacht hätte, wäre sie wahrscheinlich zu dem Schluß gekommen, Miss Grayle sitze mit jemand draußen. Sie selbst sei ungefähr seit Mitternacht nicht mehr in der Garderobe gewesen, und sie habe auch Miss Grayle nicht hinausgehen sehen. Erst als sich alle zum «Sir Roger» aufstellten, habe sie Miss Grayle vermißt.
Mrs. Wrayburn erklärte, sie habe geshen, wie Miss Carstairs im Ballsaal nach Mr. Lee suchte, eben als Sir Charles Deverill der Kapelle Bescheid sagen ging. Da habe Miss Carstairs erwähnt, daß Playfair im nördlichen Säulengang auf Miss Grayle warte. Sie könne mit Bestimmtheit angeben, daß dies um ein Uhr achtundzwanzig gewesen sei. Mr. Playfair habe sie um ein

Uhr dreißig gesehen. Er habe vom Säulengang aus auf die Tanzfläche geschaut und sei dann wieder gegangen. Die ganze Ballgesellschaft habe sich da schon versammelt gehabt, ausgenommen Miss Grayle, Miss Carstairs, Mr. Lee und Mr. Playfair. Sie wisse das, weil Sir Charles die Paare gezählt habe.

Dann kam Jim Playfair, und er hatte etwas sehr Wichtiges auszusagen.

«Miss Grayle hatte mir den ‹Sir Roger› versprochen. Ich ging hinaus, sobald der vorhergehende Tanz zu Ende war, und wartete auf sie im nördlichen Säulengang. Das war um ein Uhr fünfundzwanzig. Ich saß auf der Polsterbank im östlichen Teil des Ganges. Ich sah, wie Sir Charles zur Kapelle ging. Ganz kurz danach sah ich Miss Grayle aus dem Durchgang unter der Musikantengalerie hervorkommen und die Treppe am Ende des Säulengangs hinaufgehen. Ich rief ihr nach: ‹Schnell, schnell! Sie fangen gerade an!› Aber ich glaube nicht, daß sie mich gehört hat; sie antwortete nicht. Ich weiß ganz bestimmt, daß sie es war. Die Treppe hat ein durchbrochenes Geländer. Es ist zwar kein Licht in dieser Ecke außer dem, das die Hängelaterne unten im Gang verbreitet, aber das ist sehr stark. Ich konnte mich nicht irren wegen des Kostüms. Ich wartete auf Miss Grayle, bis der Tanz halb vorüber war; dann tat ich mich mit Miss Carstairs zusammen, die ebenfalls ihren Partner verloren hatte.»

Als nächste wurde das Mädchen vernommen, das in der Garderobe Dienst getan hatte. Sie und der Gärtner waren die beiden einzigen Bediensteten, die den «Sir Roger» nicht mitgetanzt hatten. Seit dem Abendessen war sie nicht aus dem Raum gegangen, höchstens einmal bis zur Tür. Miss Grayle habe die Garderobe während der letzten Stunden des Balls ganz bestimmt nicht betreten.

Der Pfarrer, sehr bekümmert und niedergedrückt, sagte, seine Sänger seien um ein Uhr vierzig bei der Gartentür angelangt. Er habe im Garten einen Mann in weißem Kostüm bemerkt, der dort eine Zigarette rauchte. Im Durchgang zum Garten hätten die Sänger ihre Mäntel abgelegt und seien dann hineingegangen, um sich im nördlichen Säulengang aufzustellen. Niemand sei vorbeigekommen, bis Mister Lee die traurige Nachricht brachte.

Mr. Ephraim Dodd, der Küster, lieferte zu dieser Aussage eine bedeutsame Ergänzung. Der alte Mann gehörte, wie er gestand, eigentlich nicht zu den Sängern, aber er ging gewöhnlich mit ihnen herum, um ihnen die Laterne und die Sammelbüchse zu tragen. Er hatte sich im Durchgang zum Garten niedergesetzt, «um die armen Füße auszuruhen». Da hatte er einen Herrn vom Garten hereinkommen sehen, «ganz in Weiß, mit einer Krone auf dem Kopf». Der Chor sang gerade «Bringt mir Fleisch und bringt mir Wein». Der Herr sah sich um, «zog ein Gesicht, sozusagen», und ging in das Zimmer am Fuß der Treppe. Er war «nicht mehr als eine Minute» weggewesen, als er «herauskam, schneller, als er hineingegangen war», und auf dem schnellsten Weg zum Ballsaal eilte.

Zu all dem kam selbstverständlich die Aussage von Doktor Pattison. Er war ebenfalls Ballgast und hatte, gleich nachdem er die Unglücksbotschaft erfuhr, die Leiche Miss Grayles untersucht. Seiner Meinung nach war sie brutal erwürgt worden von jemand, der ihr gegenüberstand. Da sie ein großes, starkes Mädchen war, glaubte er, es sei die Kraft eines Mannes nötig gewesen, um sie zu überwältigen. Als er sie fünf Minuten nach zwei Uhr zu Gesicht bekam, mußte sie innerhalb der letzten Stunde getötet worden sein, aber nicht etwa während der letzten fünf Minuten. Der Körper war zwar noch warm, doch da er dicht bei der Heizung lag, konnte man auf dieses Indiz nicht allzuviel geben.

Superintendent Johnson kratzte sich nachdenklich hinterm Ohr und wandte sich zu Lord Peter Wimsey, der viele der vorausgegangenen Aussagen bestätigen konnte, vor allem was die Zeitangaben zu den verschiedenen Nebenumständen betraf. Der Superintendent kannte Wimsey gut und trug keine Bedenken, ihn ins Vertrauen zu ziehen.

«Sie sehen, wie es steht, Mylord. Wenn die arme junge Dame in der von Doktor Pattison angenommenen Zeit getötet wurde, läßt sich die Spanne ziemlich eng begrenzen. Miss Grayle wurde zuletzt im Ballsaal gesehen, als sie mit Mr. Bellingham tanzte – sagen wir um ein Uhr zwanzig. Um zwei Uhr war sie tot. Das sind vierzig Minuten. Wenn wir aber Mr. Playfair glauben wollen, schrumpft die Zeit noch mehr zusammen. Er sagt, er habe sie lebend gesehen, gerade nachdem Sir Charles zur Kapelle gegangen war, um ihr Bescheid zu geben – was Sie auf ein Uhr achtundzwanzig festsetzten. Das heißt, daß nur fünf Personen es getan haben können, denn alle anderen waren nach diesem Zeitpunkt im Ballsaal und tanzten den ‹Sir Roger›. Da ist einmal das Mädchen in der Garderobe; unter uns gesagt, Sir, ich denke, wir können sie aus dem Spiel lassen. Sie ist ein kleines, schmächtiges Ding, und es läßt sich kaum vorstellen, was für ein Motiv sie gehabt haben könnte. Außerdem kenne ich sie seit ihrer Kindheit, sie ist nicht von der Art, die so etwas tut. Dann der Gärtner; ich habe ihn noch nicht vernommen, aber auch er ist ein Mann, den ich genau kenne, und geradesogut könnte ich mich selbst verdächtigen. Nun also – dann sind da noch Mr. Tony Lee, Miss Carstairs und Mr. Playfair. Das Mädchen kommt am wenigsten in Betracht – aus physischen Gründen –, und zudem ist Erwürgen kein weibliches Verbrechen, in der Regel jedenfalls nicht. Aber Mr. Lee – das ist eine merkwürdige Geschichte, wenn Sie gestatten. Was hat er die ganze Zeit allein draußen im Garten getan?»

«Ich habe den Eindruck», antwortete Wimsey, «Miss Grayle hat ihm den Abschied gegeben, und er ist in den Garten gegangen, um an seinem Kummer zu kauen.»

«Genau so, Mylord. Und daher könnte auch sein Motiv stammen.»

«Es könnte», erwiderte Wimsey, «aber sehen Sie: Es liegt einiger Schnee draußen. Wenn Sie feststellen können, wann er hinausging, müßten Sie auch an seinen Spuren ablesen können, ob er wieder ins Haus kam, bevor Ephraim Dodd ihn sah. Und ebenso, wo er in der Zwischenzeit umherspazierte und ob er allein war.»

«Das ist eine gute Idee, Mylord. Ich werde das von meinem Sergeant überprüfen lassen.»

«Dann ist da Mr. Bellingham. Angenommen, er hat sie nach dem Walzer mit ihr ermordet. Ist er von jemand gesehen worden in der Zeit zwischen dem Schluß des Walzers und dem Beginn des Foxtrotts?»

«Ganz richtig, Mylord, daran habe ich auch gedacht. Aber Sie sehen, wohin das führt: Es würde bedeuten, daß Mr. Playfair mit ihm im Komplott war. Und nach allem, was wir hören, ist das nicht eben wahrscheinlich.»

«Wirklich nicht. Ich weiß zufällig, daß Mr. Bellingham und Mr. Playfair nicht eben auf bestem Fuß miteinander stehen. Diese Möglichkeit können Sie streichen.»
«Ich glaube auch, Mylord. Und das bringt uns auf Mr. Playfair. Seine Aussage ist wichtig der Zeit wegen. Wir haben niemand gefunden, der Miss Grayle während des Tanzes vor dem ‹Sir Roger› sah – das war der Foxtrott. Hätte er die Tat nicht da begehen können? Warten Sie einmal – was sagte er selbst aus? Er habe den Foxtrott mit der Duchess of Denver getanzt.» Der Superintendent machte ein langes Gesicht, rasch überflog er nochmals seine Notizen. «Sie bestätigt das, sagt, sie sei während der Tanzpause mit ihm zusammen gewesen und habe den ganzen Tanz mit ihm getanzt. Nun, Mylord, ich denke, wir können uns auf das Wort Ihrer Durchlaucht verlassen.»
«Ich glaube schon», sagte Wimsey lächelnd. «Ich kenne meine Mutter sozusagen seit meiner Geburt und habe sie immer sehr zuverlässig gefunden.»
«Ja, Mylord. Damit wären wir also am Ende des Foxtrotts. Danach sah Miss Carstairs Mr. Playfair im nördlichen Säulengang warten. Sie sagt, sie habe ihn während der Tanzpause mehrere Male gesehen und gesprochen. Und Mrs. Wrayburn sah ihn ebenfalls dort gegen ein Uhr dreißig. Um ein Uhr fünfundvierzig kamen dann er und Miss Carstairs wieder zur Gesellschaft. Gibt es jemand, der all diese Punkte überprüfen kann? Das ist das nächste, was wir feststellen müssen.»
Innerhalb weniger Minuten wurde diese Bestätigung mehr als ausreichend geliefert. Mervyn Bunter, Lord Peters Diener, sagte aus, er habe geholfen, Erfrischungen ans Büfett zu bringen. Während der Pause zwischen dem Walzer und dem Foxtrott habe Mr. Lee bei der Dienertür unter der Musikantengalerie gestanden, und als der Foxtrott halb vorüber war, habe er ihn durch die Dienerhalle in den Garten hinausgehen sehen. Der Polizeisergeant hatte die Spuren im Schnee untersucht und herausgefunden, daß Mr. Lee von niemand begleitet worden war und daß es nur die eine Fußspur gab, die bei der Dienerhalle begann und an der Gartentür neben dem Gobelinzimmer endete. Es gab auch verschiedene Personen, die Mr. Bellingham in der Pause zwischen dem Walzer und dem Foxtrott gesehen hatten und die bezeugen konnten, daß er den ganzen Foxtrott hin-

durch mit Mrs. Bellingham getanzt hatte. Auch Joan Carstairs war während Walzer und Foxtrott, in der darauffolgenden Tanzpause und zu Beginn des «Sir Roger» gesehen worden. Außerdem sagten die Bediensteten, die am unteren Ende des Saales getanzt hatten, übereinstimmend aus, Mr. Playfair habe von ein Uhr neunundzwanzig bis ein Uhr fünfundvierzig ununterbrochen auf der Polsterbank im nördlichen Säulengang gesessen, ausgenommen die zwei Sekunden, während der er in den Ballsaal schaute. Sie waren auch sicher, daß in dieser Zeit niemand die Treppe am unteren Ende des Ganges hinaufging, während Mr. Dodd ebenso bestimmt versicherte, daß nach ein Uhr vierzig niemand außer Mr. Lee den Durchgang oder das Gobelinzimmer betrat.

Schließlich wurde der Kreis geschlossen durch William Hoggarty, den Gärtner. Er behauptete glaubwürdig, daß er von ein Uhr dreißig bis ein Uhr vierzig im Durchgang zum Garten gestanden habe, um die Weihnachtssänger zu empfangen und an ihre Plätze zu geleiten. Während dieser Zeit sei niemand die Treppe von der Gemäldegalerie heruntergekommen oder ins Gobelinzimmer gegangen. Von ein Uhr vierzig an habe er neben Mr. Dodd gesessen, und niemand, außer Mr. Lee, habe den Durchgang passiert.

Nachdem diese Dinge feststanden, gab es keinen Grund mehr, an der Aussage Jim Playfairs zu zweifeln, denn seine Partner konnten seinen Aufenthalt während des Walzers, des Foxtrotts und der Tanzpause nachweisen. Um ein Uhr achtundzwanzig oder gleich danach hatte er Charmian Grayle lebend gesehen. Um zwei Uhr zwei war sie tot im Gobelinzimmer aufgefunden worden. In der Zwischenzeit hatte man niemand diesen Raum betreten sehen, und jeder Anwesende war darüber verhört worden.

Um sechs Uhr früh erhielten die erschöpften Gäste die Erlaubnis, in ihre Zimmer zu gehen; für die, welche wie die Bellinghams von auswärts gekommen waren, hatte man ebenfalls Unterkunft geschafft, denn der Superintendent wollte sie alle später am Tag von neuem vernehmen.

Auch dieses Verhör brachte kein Ergebnis. Lord Peter Wimsey nahm nicht daran teil. Er und Bunter (der ein ausgezeichneter Fotograf war) machten Aufnahmen vom Ballsaal und den angrenzenden Räumlichkeiten aus jeder nur denkbaren Perspektive, denn, wie Lord Peter sagte, «man weiß nie, was sich als bedeutsam herausstellt». Am späten Nachmittag zogen sie sich in den Keller zurück, wo sie mit den vom örtlichen Drogisten eilig beschafften Gefäßen, Chemikalien und Rotlichtbirnen die Platten entwickelten.

«Das ist alles, Mylord», bemerkte Bunter endlich, während er die letzte Platte ins Wasser tauchte und sie dann ins Fixierbad legte. «Sie können jetzt das Licht anknipsen, Mylord.»

Wimsey tat es; er blinzelte in der plötzlichen weißen Helle. «Ein hübsches Stück Arbeit», sagte er. «Nanu, was ist denn das für eine Schüssel voll Blut, die Sie da hingestellt haben?»

«Das ist die rote Deckschicht, die man auf die Platten bringt, Mylord, um Lichtflecke zu verhüten. Vielleicht haben Sie beobachtet, daß ich sie abwusch, bevor ich die Platten in den Entwickler legte. Lichtflecke, Mylord, sind ein Phänomen . . .»

Wimsey hörte nicht zu.

«Aber warum habe ich das nicht schon vorher bemerkt?» fragte er. «Die Flüssigkeit schien mir ganz wie klares Wasser auszusehen.»

«Das tut sie immer bei der roten Dunkelkammerbeleuchtung. Die Erscheinung rührt daher», fuhr Bunter lehrhaft fort, «daß *alles* verfügbare Licht reflektiert wird. Wenn das verfügbare Licht rot ist, können Rot und Weiß selbstverständlich nicht unterschieden werden. Ebenso bei grünem Licht . . .»

«Großer Gott!» sagte Wimsey. «Warten Sie einen Augenblick, Bunter, ich muß das zu Ende denken . . . Zum Kuckuck mit diesen Platten – lassen Sie sie liegen. Ich brauche Sie oben.»

Er ging eilig voran zum Ballsaal, der nun im Dunkel lag; die Fenstervorhänge im südlichen Säulengang waren schon zugezogen, und nur das Dämmerlicht des Dezemberabends sickerte durch die hohen Fenster über den Arkaden. Wimsey drehte zuerst das Licht in den drei großen Kronleuchtern im Ballsaal selbst an. Infolge der schweren Eichentäfelung, die an beiden Enden und allen vier Ecken des Raumes bis zur Decke reichte, warfen die Leuchter überhaupt keine Helle auf die Treppe am unteren Ende des nördlichen Säulengangs. Dann knipste Wimsey die vierseitige Hängelaterne an, die im nördlichen Säulengang über und zwischen den beiden Polsterbänken hing. Ein glänzender Streifen grünen Lichtes floß sogleich über die untere Hälfte des Ganges und über die Treppe; die obere Hälfte lag in starkem Bernsteingelb, während die beiden anderen Seiten der Laterne in Richtung auf den Ballsaal rotes und gegen die Korridorwand blaues Licht ausstrahlten.

Wimsey schüttelte den Kopf.

«Nicht viel Moglichkeit, sich hier zu irren. Es sei denn – ich hab's! Laufen Sie, Bunter, und bitten Sie Miss Carstairs und Mr. Playfair, einen Augenblick herzukommen.»

Während Bunters Abwesenheit lieh sich Wimsey in der Küche eine Trittleiter aus und untersuchte sorgfältig die Befestigung der Laterne. Es war keine sehr solide Sache; sie hing an einem Haken, der in einen Balken geschraubt war; der Strom kam durch eine Zuleitungsschnur aus einer Steckdose an der normalen elektrischen Leitung.

«Nun», sagte Wimsey, als die beiden Gäste ankamen, «ich möchte ein kleines Experiment machen. Würden Sie sich bitte auf diese Bank setzen, Playfair, so wie heute nacht. Und Sie, Miss Carstairs – ich bat Sie, mir zu helfen, weil Sie ein weißes Kleid tragen. Würden Sie bitte die Treppe da hinten hinaufgehen wie Miss Grayle. Ich möchte wissen, ob es für Mr. Playfair ebenso aussieht wie heute nacht.»

Er beobachtete die beiden, als sie seine Anweisung ausführten. Jim Playfair machte ein verdutztes Gesicht.

«Irgendwie sieht es nicht ganz so aus. Ich weiß nicht, was den Unterschied ausmacht, aber es *ist* ein Unterschied.»

Joan, die zurückkam, stimmte ihm zu.

«Ich saß eine Zeitlang auf der anderen Bank hier», sagte sie, «es sieht jetzt anders aus. Ich glaube, es ist dunkler.»

«Heller», meinte Jim.

«Gut», antwortete Wimsey. «Das wollte ich von Ihnen hören. Jetzt, Bunter, drehen Sie die Laterne um ein Viertel nach links.»

In dem Augenblick, als das geschehen war, stieß Joan einen kleinen Schrei aus.

«So stimmt es! So stimmt es! Blaues Licht! Jetzt erinnere ich mich auch, daß ich dachte, wie blaugefroren die Gesichter der armen Weihnachtssänger seien, als sie hereinkamen.»

«Und Sie, Playfair?»

«So stimmt es», antwortete Jim befriedigt. «Das Licht auf mei-

ner Seite war rot heute nacht. *Ich* erinnere mich, daß ich dachte, wie warm und behaglich es doch aussehe.»
Wimsey lachte.
«Jetzt haben wir es gleich, Bunter. Wie lautet die Schachbrettregel? Die Königin steht auf einem Feld ihrer eigenen Farbe! Suchen Sie das Mädchen, das in der Garderobe Dienst tat, und fragen Sie sie, ob Mrs. Bellingham letzte Nacht zwischen Foxtrott und ‹Sir Roger› bei ihr war!»
Fünf Minuten später war Bunter zurück und berichtete:
«Das Mädchen sagt, Mylord, Mrs. Bellingham sei um diese Zeit nicht in die Garderobe gekommen. Aber sie habe sie aus der Gemäldegalerie kommen und die Treppe hinunterrennen sehen, in Richtung auf das Gobelinzimmer, gerade als die Musik mit dem ‹Sir Roger› anfing.»
«Und das», sagte Wimsey, «war um ein Uhr neunundzwanzig.»
«Mrs. Bellingham?» fragte Jim. «Aber Sie sagten doch, Sie selbst hätten Sie vor ein Uhr dreißig im Ballsaal gesehen. Keinesfalls hätte sie genug Zeit gehabt, den Mord zu begehen.»
«Nein, sie hätte keine Zeit gehabt», bestätigte Wimsey. «Aber zu dieser Zeit war Charmian Grayle schon tot. Sie sahen die Rote, nicht die Weiße Königin auf der Treppe. Nun bleibt noch herauszufinden, warum Mrs. Bellingham bei ihrer Vernehmung log, und dann werden wir die Wahrheit wissen.»

«Eine sehr traurige Sache, Mylord», sagte Superintendent Johnson ein paar Stunden später. «Mr. Bellingham benahm sich wie ein Gentleman, sobald wir ihm sagten, wir verfügten über Beweise gegen seine Frau. Es scheint, daß Miss Grayle bestimmte Dinge über ihn wußte, die seiner politischen Karriere sehr geschadet hätten. Sie hat ihn seit Jahren erpreßt. An dem Ballabend überraschte sie ihn mit neuen Geldforderungen. Während des letzten Walzers, den sie miteinander tanzten, zogen sie sich ins Gobelinzimmer zurück, und dort gerieten sie in Streit. Er verlor die Beherrschung und packte sie. Wie er sagte, wollte er ihr keinesfalls ernstlich Schaden zufügen, aber sie fing an zu schreien, und er griff nach ihrer Kehle, um sie zum Schweigen zu bringen; dabei erdrosselte er sie – ein Unglücksfall, sozusagen. Als er bemerkte, was er getan hatte, ließ er sie einfach liegen und rannte davon; er habe sich ganz wirr und betäubt gefühlt, sagte er. Den nächsten Tanz tanzte er mit seiner Frau. Er erzählte ihr, was geschehen war, und entdeckte dann, daß er sein kleines Zepter bei der Leiche vergessen hatte. Mrs. Bellingham — sie ist eine tapfere Frau — nahm es auf sich, das Ding zurückzuholen. Sie schlüpfte durch den dunklen Gang unter der Musikantengalerie — der leer war — und huschte die Treppe zur Gemäldegalerie hinauf. Sie hörte nicht, daß Mr. Playfair ihr etwas zurief. Sie lief durch die Gemäldegalerie und dann die andere Treppe hinunter, brachte das Zepter in Sicherheit und vesteckte es unter ihrem Kostüm. Später hörte sie von Mr. Playfair, was er gesehen hatte, und merkte, daß er sie in dem roten Licht irrtümlich für die Weiße Königin gehalten hatte. Heute in den frühen Morgenstunden schlich sie die Treppe hinab und drehte die Hängelaterne um ein Viertel. Selbstverständlich ist sie dem reinen Tatbestand nach der Beihilfe schuldig, aber sie ist eine Ehefrau, wie sie jeder Mann gern haben möchte. Ich hoffe, man läßt sie glimpflich davonkommen.»

«Amen!» sagte Lord Peter Wimsey.

Die geheimnisvolle Entführung

«Das Haus, Señor?» sagte der Wirt der kleinen Posada. «Das Haus gehört dem amerikanischen Doktor, dessen Frau — alle Heiligen mögen uns beschützen — verhext ist.» Er bekreuzigte sich, und seine Frau und seine Tochter taten es ihm nach.

«Verhext, wirklich?» antwortete Langley freundlich. Er war Professor für Ethnologie und nicht zum erstenmal in den Pyrenäen. Doch nie zuvor war er bis zu einem so abgelegenen Ort wie diesem winzigen Weiler vorgedrungen, der sich wie eine Felsenpflanze hoch oben auf den narbigen Granitschultern des Berges festklammerte. Hier witterte er Material für sein Buch über baskische Volkskunde. Wenn er taktvoll vorging, konnte er vielleicht den alten Mann dazu bringen, seine Geschichte zu erzählen.

«Und in welcher Weise», fragte er, «ist die Dame verhext?»

«Wer weiß es?» erwiderte der Wirt achselzuckend. «‹Der Mann, der am Freitag Fragen stellte, wurde am Samstag begraben.› Will Euer Gnaden jetzt zu Abend essen?»

Langley verstand den Wink. Wenn er jetzt weiter drängte mit Fragen, würde er nur auf hartnäckiges Schweigen stoßen. Später, wenn sie ihn besser kannten, vielleicht...

Das Essen wurde ihm am Familientisch serviert – mit Öl zubereitetes, scharf gewürztes Schmorfleisch, das ihm so vertraut war, und herber roter Landwein. Seine Wirtsleute plauderten ungezwungen mit ihm in ihrem angestammten Baskisch, jener seltsamen Sprache, die auf der ganzen Erde kein Gegenstück besitzt und von der einige Leute behaupten, sie sei von unseren Ureltern im Paradies gesprochen worden. Sie redeten von dem schlimmen Winter und vom jungen Esteban Arramandy, der so stark und flink beim Pelota-Spiel gewesen war, von einem Felsbrocken getroffen wurde und sich nun an Krücken herumschleppte. Sie erzählten von drei wertvollen Ziegen, die ein Bär geholt hatte, von Wolkenbrüchen, die nach einem trockenen Sommer die nackten Steinflanken des Gebirges freischwemmten.

Draußen regnete es jetzt, und der Wind heulte ungemütlich. Langley störte das nicht; er kannte und liebte dies spukerfüllte, unergründliche Land zu jeder Tages- und Jahreszeit. Hier, in der primitiven baskischen Bauernherberge, dachte er lächelnd an die eichengetäfelte Halle seines College in Cambridge, und hinter dem professoralen Zwicker glänzten seine Augen glücklich. Er war noch ein junger Mann, trotz seines Lehrstuhls und der Titelreihe vor seinem Namen. Seinen Kollegen an der Universität erschien es seltsam, daß dieser korrekte, steife, älter wirkende Mann seinen Urlaub damit zubrachte, Knoblauch zu essen und auf Maultierrücken steile Gebirgspfade hochzuklettern. «Man würde es nie für möglich halten», sagten sie, «wenn man ihn ansieht.»

Es wurde an die Tür geklopft.

«Das ist Martha», sagte die Wirtin.

Sie zog den Riegel zurück, Wind und Regen peitschten durch die Tür, daß die Kerze flackerte und tropfte. Eine kleine alte Frau wurde aus dem Nachtdunkel hereingeweht, ihr graues Haar quoll in Strähnen unter dem Kopftuch hervor.

«Komm herein, Martha, und ruh dich aus. Es ist eine schlimme

Nacht. Da ist das Paket. Dominique hat es heute morgen aus der Stadt mitgebracht. Du mußt ein Glas Wein oder Milch trinken, bevor du wieder zurückgehst.»
Die alte Frau dankte und setzte sich schnaufend nieder.»
«Und wie läuft alles im Haus? Dem Doktor geht's gut?»
«Ihm geht es gut.»
«Und *ihr*?»
Die Tochter fragte es flüsternd, und der Wirt schüttelte stirnrunzelnd den Kopf über sie.
«Wie immer zu dieser Zeit des Jahres. Es ist jetzt nur noch ein Monat bis zum Tag der Toten. Jesus Maria! Das ist ein arger Kummer für den Mann, aber er ist immer geduldig.»
«Er ist ein guter Mensch», sagte Dominique, «und ein geschickter Doktor, doch ein Übel wie dies kann er nicht heilen. Du fürchtest dich nicht, Martha?»
«Warum sollte ich mich fürchten? Mir kann der Böse nichts zuleide tun. Ich habe weder Schönheit noch Klugheit noch Kraft, die ihn zum Neid reizen würden. Und die heilige Reliquie beschützt mich.»
Ihre runzligen Finger berührten etwas, das sie unterm Kleid auf der Brust trug.
«Ihr kommt von dem Haus da drüben?» fragte Langley.
Die Frau musterte ihn mißtrauisch.
«Der Señor stammt nicht aus unserem Land?»
«Der Señor ist unser Gast, Martha», erwiderte eilig der Wirt. «Ein gelehrter Herr aus England. Er kennt unser Land und spricht unsere Sprache, das hörst du ja. Er hat viele Reisen in fremde Länder gemacht, wie der amerikanische Doktor, dein Dienstherr.»
«Wie heißt denn Euer Dienstherr?» fragte Langley. Es kam ihm der Gedanke, ein amerikanischer Doktor, der sich in diesem verlassenen Winkel Europas begrub, müßte etwas Besonderes sein. Vielleicht war auch er ethnologisch interessiert. Wenn ja, konnten sie am Ende manche Dinge gemeinsam klären.
«Er heißt Wetherall.» Sie mußte den Namen mehrmals aussprechen, bevor Langley ihn richtig verstand.
«Wetherall? Doch nicht Standish Wetherall?»
Eine ungewöhnliche Erregung hatte ihn gepackt.
Der Wirt kam ihm zu Hilfe.

«Das Päckchen hier ist für ihn», sagte er. «Sicher steht sein Name darauf.»

Es war ein kleines, sauber versiegeltes Paket, das den Firmenstempel einer Londoner Apotheke trug und an Herrn Dr. med. Standish Wetherall adressiert war.

«Lieber Himmel!» rief Langley, «das ist aber seltsam! Fast ein Wunder! Ich kenne diesen Mann. Und ich kannte auch seine Frau ...»

Er brach ab. Wieder bekreuzigten sich alle.

«Erzählt mir», bat er aufgeregt, alle Vorsicht vergessend. «Ihr sagt, seine Frau sei verhext – leidend –, wie steht es damit? Ist das dieselbe Frau, die ich kenne? Beschreibt sie mir. Sie war groß, schön, hatte goldblondes Haar und blaue Augen wie die Madonna. Ist sie das?»

Zuerst schwiegen alle. Dann schüttelte die alte Frau den Kopf und sagte etwas Unverständliches; die Tochter aber flüsterte:

«Ja – es ist wahr. Einmal haben wir sie so gesehen, wie der Herr es schildert ...»

«Sei still», sagte ihr Vater.

«Señor», Martha stand auf und schlug ihr Tuch um sich, «wir stehen alle in Gottes Hand.»

«Einen Augenblick», sagte Langley. Er zog sein Notizbuch und kritzelte ein paar Zeilen auf einen Zettel. «Würdet Ihr diesen Brief Eurem Dienstherrn mitnehmen? Ich will ihm nur mitteilen, daß ich hier bin, ein alter Freund von früher, und ihn fragen, ob ich ihn besuchen darf. Das ist alles.»

«Euer Gnaden wollen doch nicht in dieses Haus gehen?» raunte der Wirt ängstlich.

«Wenn er mich nicht dort haben will, kommt er vielleicht zu mir hierher.» Langley fügte noch einen Satz hinzu und holte dann ein Geldstück aus der Tasche. «Wollt Ihr meine Botschaft überbringen?»

«Gern, gern. Aber der Señor wird vorsichtig sein? Vielleicht gehört Ihr, auch wenn Ihr Ausländer seid, zum rechten Glauben?»

«Ich bin ein Christ», antwortete Langley.

Das schien sie zu befriedigen. Sie nahm den Brief und das Geld und verstaute beides mit dem Päckchen in einer Tasche ihres Kleides. Dann ging sie zur Tür, festen, raschen Schrittes trotz der gebeugten Schultern und ihres hohen Alters.

Langley blieb in Gedanken versunken zurück. Nichts hätte ihn mehr erstaunen können, als dem Namen Standish Wetherall hier an diesem Ort zu begegnen. Er hatte geglaubt, die Episode von damals, vor mehr als drei Jahren, sei beendet und abgetan. Ausgerechnet dieser glänzende Arzt auf dem Höhepunkt seines Lebens und seines Rufes und Alice Wetherall, diese schöne, goldblonde Frau, in diesen verlorenen Erdenwinkel verbannt? Sein Herz schlug ein wenig schneller bei dem Gedanken, daß er sie wiedersehen sollte. Vor drei Jahren hatte er gefunden, daß es wohl klüger sei, wenn er ihre porzellanzarte Lieblichkeit nicht allzuviel anschaue. Diese Torheit lag nun hinter ihm — aber immer noch konnte er sie sich nicht anders denken als vor dem Hintergrund des großen weißen Hauses in Riverside Drive, mit den Pfauen und dem Swimmingpool und dem goldglänzenden Turm mit dem Dachgarten. Wetherall war ein reicher Mann, der Sohn des alten Automobilmagnaten Hiram Wetherall. Was tat er hier?

Langley versuchte, sich an alles zu erinnern. Hiram Wetherall, so wußte er, war gestorben, und alles Geld gehörte Standish, denn der Alte hatte sonst keine Kinder gehabt. Es hatte Schwierigkeiten gegeben, als der einzige Sohn ein Mädchen ohne Familie oder Karriere heiratete, ein Mädchen, das er «irgendwo aus dem Westen» mitgebracht hatte. Man erzählte sich auch eine Geschichte, wie er sie Jahre zuvor als vernachlässigtes Waisenkind aufgefunden und von irgend etwas gerettet oder geheilt habe und dann für ihre Erziehung aufgekommen sei. Schließlich, als er ein Mann von vierzig und sie ein siebzehnjähriges Mädchen war, hatte er sie heimgebracht und geheiratet.

Und nun hatte er sein Haus und sein Geld und seine glänzende Spezialarztpraxis in New York aufgegeben und war ins Baskenland gekommen, lebte in einem Winkel, der so abseits lag, daß die Menschen noch an Schwarze Magie glaubten und höchstens ein paar Brocken schlechtes Französisch oder Spanisch sprachen, einem Winkel, der sogar im Vergleich zu den primitiven Verhältnissen der Umgebung wild und archaisch war. Langley bedauerte fast, daß er Wetherall geschrieben hatte. Es konnte ihm übelgenommen werden.

Der Wirt und seine Frau waren hinausgegangen, um nach dem

Vieh zu sehen. Die Tochter saß nahe beim Feuer und besserte ein Kleid aus. Sie schaute ihn nicht an, aber er hatte das Gefühl, sie würde gern mit ihm sprechen.
«Erzähl mir, mein Kind», begann er, «was ist das für ein Unglück, das die Leute betroffen hat, die vermutlich alte Freunde von mir sind?»
«Oh» – sie blickte rasch auf und beugte sich zu ihm hinüber, die Arme über die Näherei in ihrem Schoß vorgestreckt. «Señor, seid gewarnt! Geht nicht da hinauf! Niemand bleibt in diesem Haus zu dieser Zeit des Jahres, nur Tomaso, der nicht alle fünf Sinne beisammen hat, und die alte Martha, die ...»
«Was?»
«Die eine Heilige ist – oder etwas anderes», sagte sie hastig.
«Kind», fing Langley wieder an, «diese Dame, als ich sie kannte ...»
«Ich will es Euch erzählen», sagte das Mädchen, «aber mein Vater darf nichts davon wissen. Der gute Doktor brachte sie im Juni vor drei Jahren hierher, und damals war sie so, wie Ihr sagt. Sie war schön, sie lachte und redete in ihrer Sprache – Spanisch oder Baskisch konnte sie nicht. Doch in der Nacht der Toten ...»
Sie bekreuzigte sich.
«... in der Nacht vor Allerheiligen ...», sagte Langley freundlich.
«Ja. Ich weiß nicht, was da geschah. Aber sie fiel in die Gewalt der Finsternis. Sie veränderte sich. Man hörte entsetzliche Schreie – ich kann es nicht erzählen. Und nach und nach wurde sie das, was sie jetzt ist. Niemand bekommt sie zu Gesicht außer Martha, und die will nicht sprechen. Aber die Leute sagen, es ist keine Frau mehr, was jetzt da oben lebt.»
«Wahnsinnig?» fragte Langley.
«Es ist kein Wahnsinn. Es ist – Zauber ... Am Ostertag vor zwei Jahren – kommt da mein Vater?»
«Nein, nein.»
«Die Sonne schien, und der Wind wehte vom Tal herauf. Wir hörten die Kirchenglocken den ganzen Tag. Am späten Abend klopfte es an die Tür. Mein Vater öffnete, und draußen stand jemand wie Unsere Liebe Frau selber, sehr blaß, wie das Bild in der Kirche, und mit einem blauen Tuch über dem Haar. Sie

sprach, aber wir konnten nicht verstehen, was sie sagte. Sie weinte und rang die Hände und deutete auf den Pfad ins Tal, und mein Vater ging in den Stall und sattelte das Maultier. Ich dachte an die Flucht vor dem bösen König Herodes. Aber dann – kam der amerikanische Doktor. Er war schnell gerannt und ganz außer Atem. Und sie schrie, als sie ihn sah.»

Eine Welle von Entrüstung überschwemmte Langley. Wenn dieser Mensch brutal mit seiner Frau umging, mußte sofort etwas getan werden. Das Mädchen sprach rasch weiter.

«Er sagte – Jesus Maria! –, er sagte, seine Frau ist verhext. Um Ostern ist die Macht des Bösen gebrochen, sagt er, und dann versucht sie zu fliehen. Aber sobald die heilige Zeit vorüber ist, fällt der Bann wieder über sie, sagte er, und deshalb ist es gefährlich, sie gehen zu lassen. Meine Eltern waren erschrocken, daß sie etwas Verhextes berührt hatten. Sie holten Weihwasser und besprengten das Maultier, aber die Bosheit war in das arme Tier gefahren, und es trat meinen Vater, daß er einen Monat lang hinkte. Der Amerikaner nahm seine Frau mit sich fort, und wir sahen sie nie wieder. Sogar die alte Martha sieht sie nicht immer. Aber jedes Jahr wächst und schwindet die Macht des Bösen – am stärksten ist sie um Allerheiligen, und zu Ostern ist sie aufgehoben. Geht nicht in dies Haus, Señor, wenn Euch Eure Seele lieb ist! Pst! Sie kommen zurück!»

Langley hätte gern mehr gefragt, aber der Wirt warf einen raschen, argwöhnischen Blick auf das Mädchen. So nahm er seine Kerze und ging zu Bett.

Der nächste Tag brachte die Antwort auf seinen Brief:

«Lieber Langley,

ja, ich bin es, und natürlich erinnere ich mich gut an Sie. Ich bin hocherfreut, wenn Sie kommen und unser Exil ein wenig aufheitern. Sie werden Alice etwas verändert finden, fürchte ich, aber ich will Ihnen die Schicksalsschläge, die uns getroffen haben, erklären, wenn wir uns sehen. Unser Haushalt ist beschränkt infolge einer gewissen abergläubischen Scheu vor der Leidenden, doch wenn Sie um halb acht Uhr heute abend kommen, können wir Ihnen mit einer guten Mahlzeit aufwarten. Martha wird Ihnen den Weg zeigen.

Herzlich
Ihr Standish Wetherall»

Das Haus des Doktors war klein und alt. Es klebte auf halber Höhe am Berg, auf einer Art Felsenterrasse. Langley folgte seiner Führerin in den düsteren Raum mit einem großen Kamin am einen Ende; dicht vor das Feuer gerückt stand ein ausladender Ohrensessel. Martha murmelte eine Entschuldigung, humpelte davon und ließ ihn im Halbdunkel stehen. Die züngelnden Flammen des Holzfeuers erhellten da und dort ein wenig, und als Langleys Augen sich an die Beleuchtung gewöhnt hatten, sah er, daß in der Mitte des Raumes ein gedeckter Tisch stand und an den Wänden Bilder hingen. Eines davon schien ihm vertraut. Er trat näher und erkannte ein Porträt von Alice Wetherall, das er zuletzt in New York gesehen hatte. Es war von Sargent in einer seiner besten Stunden gemalt.
Plötzlich barst im Kamin ein Klotz und fiel funkensprühend zusammen. Als habe das Geräusch und der Lichtschein etwas aufgestört, vernahm er mit einemmal – oder bildete er es sich ein? – eine Bewegung in dem großen Lehnstuhl vor dem Feuer. Er ging ein paar Schritte darauf zu, dann blieb er stehen. Nichts war zu sehen, nur ein neues Geräusch, eine Art leises, tierhaftes Murmeln zu hören. Es konnte nicht von einem Hund oder einer Katze stammen, dessen war er sicher. Es klang saugend oder schmatzend und wirkte auf ihn sonderbar ekelerregend. Dann folgte ein kurzes Grunzen oder Kreischen, und danach wurde es still.
Langley bewegte sich rückwärts auf die Tür zu. Er wußte bestimmt, daß irgend etwas mit ihm in diesem Raum war, dem zu begegnen er keine Lust verspürte. Der alberne Wunsch überkam ihn, einfach davonzulaufen. Das Eintreten Marthas hinderte ihn daran; sie trug eine große altmodische Lampe, und hinter ihr erschien Wetherall, der ihn liebenswürdig begrüßte. Die vertrauten amerikanischen Laute vertrieben die unbehagliche Atmosphäre, die Langley empfunden hatte. Er streckte herzlich die Hand aus.
«So eine Überraschung, *Sie* hier zu treffen!» sagte er.
«Die Welt ist sehr klein», antwortete Wetherall. «Ich fürchte, das ist ein immer wieder strapazierter Gemeinplatz, aber ich freue mich wirklich, Sie zu sehen», setzte er mit einigem Nachdruck hinzu.
Die alte Frau hatte die Lampe auf den Tisch gestellt und fragte

nun, ob sie das Essen bringen solle. Wetherall bejahte und fügte noch ein paar Worte in einem Gemisch aus Spanisch und Baskisch hinzu, das sie ganz gut zu verstehen schien.
«Ich wußte nicht, daß Sie im Baskischen bewandert sind», sagte Langley.
«Ach, man schnappt es auf. Die Leute sprechen ja nichts anderes. Aber natürlich, Baskisch ist Ihre Spezialität, nicht wahr?»
«O ja.»
«Ich nehme an, man hat Ihnen einige eigenartige Dinge über uns erzählt. Aber darauf kommen wir später. Ich habe es fertiggebracht, das Haus hier einigermaßen behaglich zu machen, wenn ich auch noch ein paar moderne Annehmlichkeiten brauchen könnte. Aber immerhin, es sagt uns zu.»
Langley ergriff die Gelegenheit und murmelte eine Frage nach Mrs. Wetherall.
«Alice? Ach ja, ich vergaß – Sie haben sie noch nicht gesehen.» Er blickte Langley scharf an, dabei lag ein schwaches Lächeln auf seinem Gesicht. «Ich hätte Sie warnen sollen. Sie waren ... ein ziemlicher Bewunderer meiner Frau in alten Zeiten.»
«Wie jedermann», sagte Langley.
«Sicher. Nicht weiter erstaunlich, nicht wahr? Und hier kommt das Essen. Stell es hin, Martha, wir klingeln, wenn wir fertig sind.»
Die alte Frau setzte ein Tablett auf dem mit Gläsern und Silber hübsch gedeckten Tisch ab und ging hinaus. Wetherall trat auf den Kamin zu, die Augen sonderbar starr auf Langley geheftet. Dann sagte er, zum Lehnsessel gewandt:
«Alice, steh auf, meine Liebe, und begrüße einen alten Verehrer. Komm. Ihr werdet beide euren Spaß daran haben. Steh auf.»
Etwas scharrte und winselte zwischen den Polstern. Wetherall verbeugte sich mit übertriebcn höflicher Miene und stellte das Etwas auf die Beine. Und dann trat es Langley im Lampenlicht gegenüber.
Es trug ein kostbares Kleid aus goldfarbener Seide und Spitze, das zerknüllt und faltig um den dicken, schlaffen Körper hing. Das Gesicht war weiß und gedunsen, der Blick leer, der Mund stand töricht offen, kleine Speicheltropfen rannen aus den Winkeln herab. Eine trockene rostfarbene Strähne klebte auf dem

kahlen Schädel wie die toten Haarbüschel auf dem Kopf einer Mumie.

«Komm, mein Liebes, sag Mr. Langley guten Tag.»

Das Wesen blinzelte und stieß ein paar unmenschliche Laute aus. Wetherall schob seine Hand unter den Arm des Geschöpfes, und es streckte langsam eine leblose, tierähnliche Klaue aus.

«Da, sie erkennt Sie. Ich dachte es mir. Gib ihm die Hand, meine Liebe.»

Langley wurde von Übelkeit gewürgt, als er die schlaffe Hand erfaßte. Sie fühlte sich feuchtkalt und rauh an und erwiderte seinen Druck nicht. Er ließ sie los; einen Augenblick tappte sie unsicher ins Leere, dann fiel sie herab.

«Ich fürchtete, Sie würden aus der Fassung geraten», sagte Wetherall, der ihn aufmerksam beobachtete. «Ich habe mich daran gewöhnt, und es berührt mich nicht mehr so wie einen Außenstehenden. Zwar sind Sie kein Außenstehender – alles andere als das – nicht? Vorzeitige Senilität ist, glaube ich, die laienhafte Bezeichnung für dieses Phänomen. Erschütternd, natürlich, wenn man es nie zuvor gesehen hat. Sie brauchen im übrigen nicht darauf zu achten, was Sie sprechen. Sie versteht nichts.»

«Wie ist das geschehen?»

«Ich weiß es nicht genau. Es kam nach und nach. Ich zog selbstverständlich die besten Ärzte zu Rate, aber es war nichts zu machen. So kamen wir hierher. Ich legte keinen Wert darauf, daß sich das alles zu Hause abspielte, wo uns jeder kennt. Und der Gedanke an einen Sanatoriumaufenthalt sagte mir nicht zu. Alice ist meine Frau, wissen Sie – in kranken und gesunden Tagen, in Freud und Leid und wie es sonst noch heißt. Aber kommen Sie, das Essen wird kalt.»

Er ging zum Tisch, seine Frau wie ein Kind führend. Ihre trüben Augen schienen beim Anblick der vollen Schüsseln ein wenig aufzuleuchten.

«Setz dich, meine Liebe, und iß hübsch zu Abend. Sie versteht mich, sehen Sie? Sie entschuldigen wohl ihre Tischmanieren; sie sind nicht schön, aber man gewöhnt sich daran.»

Er knotete dem Wesen eine Serviette um den Hals und schöpfte ihm Essen in einen tiefen Napf, der vor ihm stand. Sie fiel

hungrig darüber her, sabbernd und gierig scharrte sie es mit den Fingern zusammen und beschmierte sich Gesicht und Hände mit der fettigen Sauce.
Wetherall nötigte seinen Gast auf den Stuhl gegenüber seiner Frau. Ihr Anblick erfüllte Langley mit einer Mischung aus Abscheu und Faszination.
Das Essen – eine Art Wildragout – war köstlich zubereitet, aber Langley verspürte keinen Appetit. Das Ganze war ein Frevel, an der armen Frau und an ihm. Sie saß direkt unter dem Sargent-Porträt, und seine Augen wanderten hilflos von dem Bild zu ihr und wieder zurück.
«Ja», sagte Wetherall, der seinem Blick gefolgt war, «das ist ein Unterschied, nicht wahr?» Er selbst aß herzhaft und schien sein Abendbrot sichtlich zu genießen. «Die Natur spielt uns üble Streiche.»
«Ist es immer so wie jetzt?»
«Nein, heute hat sie einen ihrer schlechten Tage. Zuzeiten ist sie – beinahe menschlich. Natürlich wissen die Leute hier nicht, was sie von all dem halten sollen. Sie machen sich für dieses sehr einfache medizinische Phänomen ihre eigene Erklärung zurecht.»
«Gibt es irgendwelche Hoffnung auf eine Genesung?»
«Ich fürchte, nein – nicht auf eine dauerhafte Heilung. Aber Sie essen ja nichts.»
«Ich – nun, Wetherall, es war doch ein Schlag für mich.»
«Selbstverständlich. Versuchen Sie ein Glas Burgunder. Ich hätte Sie nicht herbitten sollen, aber – ich gestehe – der Gedanke, wieder einmal mit einem gebildeten Mitmenschen zu sprechen, verlockte mich.»
«Es muß schrecklich sein für Sie.»
«Ich habe mich damit abgefunden. Ah, unartiges Kind!» Die Schwachsinnige hatte den halben Napfinhalt über den Tisch gegossen. Wetherall versuchte geduldig, das Unheil wieder gutzumachen. Dann fuhr er fort:
«Ich kann es hier besser ertragen, in dieser wilden Gegend, wo alles möglich und nichts unnatürlich erscheint. Meine Angehörigen sind alle tot, so hinderte mich nichts daran, die Dinge zu regeln, wie ich es wollte.»

«Und was ist mit Ihrem Besitz in den Vereinigten Staaten?»
«Oh, von Zeit zu Zeit fahre ich hinüber, um nach dem Rechten zu sehen. Nächsten Monat muß ich wieder hin. Ich bin froh, daß Sie mich angetroffen haben. Niemand drüben weiß natürlich, wie es um uns steht. Sie wissen nur, daß wir in Europa leben.»
«Haben Sie einen amerikanischen Arzt konsultiert?»
«Nein. Wir waren in Paris, als sich die ersten Symptome bemerkbar machten. Das war kurz nach Ihrem Besuch bei uns.»
Eine plötzliche Gefühlsregung, die Langley nicht benennen konnte, verlieh den Augen des Doktors vorübergehend einen unheimlichen Ausdruck. «Der beste Spezialist auf dem Kontinent bestätigte meine eigene Diagnose. So kamen wir hierher.»
Er klingelte nach Martha; sie räumte das Ragout ab und stellte einen Pudding auf den Tisch.
«Martha ist meine rechte Hand», bemerkte Wetherall. «Ich weiß nicht, was wir ohne sie tun sollten. Wenn ich fort bin, sorgt sie für Alice wie eine Mutter. Nicht daß man viel für sie tun könnte, außer daß man sie ernährt und warm und sauber hält — und das letztere ist wahrhaftig eine Aufgabe!»
Sein Ton wirkte auf Langley verletzend. Wetherall spürte seine Zurückhaltung und sagte:
«Ich will Ihnen nicht verhehlen, daß es mir manchmal auf die Nerven geht. Aber ich kann es nicht ändern. Erzählen Sie mir von sich. Worüber haben Sie zuletzt gearbeitet?»
Langley antwortete so ungezwungen, wie er konnte, und sie sprachen über gleichgültige Dinge, bis das bedauernswerte Wesen, das einst Alice Wetherall gewesen war, ärgerlich zu murren und zu greinen begann und von seinem Stuhl kroch.
«Sie friert», sagte Wetherall. «Geh zurück ans Feuer, meine Liebe.»
Er beförderte sie munter zum Kamin, und sie sank wieder in in ihren Lehnsessel, kauerte sich zusammen, wimmerte leise und hielt die Hände ans Feuer. Wetherall brachte Brandy und eine Kiste Zigarren.
«Es gelingt mir immer noch, mit der Welt in Kontakt zu bleiben, wie Sie sehen», sagte er. «Das wird mir aus London geschickt. Und ich bekomme die neuesten medizinischen Zeitschriften und Forschungsberichte. Ich sitze an einem Buch, wissen Sie, über mein Fachgebiet; so vegetiere ich nicht nur. Ich

kann auch experimentieren – Platz genug für ein Laboratorium ist da, und es gibt keine Gesetze gegen Vivisektion, die einen stören. Ein angenehmes Land zum Arbeiten. Bleiben Sie länger hier?»

«Ich glaube, nicht sehr lange.»

«Oh, wenn Sie länger hiergeblieben wären, hätte ich Ihnen mein Haus angeboten, solange ich weg bin. Sie hätten es hier bequemer als in der Posada, und es würde mich nicht beunruhigen, wenn ich Sie mit meiner Frau allein wüßte – unter diesen besonderen Umständen.»

Er betonte die letzten Worte und lachte. Langley wußte kaum, was er sagen sollte. «Wirklich, Wetherall ...»

«Obwohl diese Aussicht *Sie* früher mehr und *mich* weniger gefreut hätte. Ich glaube, Langley, es gab eine Zeit, da wären Sie bis an die Decke gesprungen bei der Vorstellung, allein mit – meiner Frau zu leben.»

Langley fuhr hoch.

«Was zum Teufel wollen Sie damit sagen?»

«Nichts, nichts. Ich dachte nur gerade an den Nachmittag, als Sie mit ihr zu einem Picknick davonwanderten und sich verirrten. Sie erinnern sich? Ja, ich dachte es mir.»

«Das ist ungeheuerlich», gab Langley scharf zurück. «Wie können Sie es wagen, solche Dinge zu sagen – vor diesem armen Geschöpf, das hier sitzt!»

«Ja, ein armes Geschöpf. Du bist jetzt armselig anzusehen, nicht wahr, mein Kätzchen?»

«Sie Teufel!» rief Langley. «Sie fürchtet sich vor Ihnen. Was haben Sie ihr getan? Wie kam sie in diesen Zustand? Ich verlange Auskunft!»

«Sachte!» antwortete Wetherall. «Ich kann Ihnen Ihre natürliche Erregung, daß Sie sie in diesem Zustand fanden, zugute halten, aber ich kann nicht dulden, daß Sie zwischen mich und meine Frau treten. Was sind Sie für ein treuer Anbeter, Langley! Ich glaube, Sie möchten sie immer noch haben – so wie einst, als Sie dachten, ich sei dumm und blind. Nun, haben Sie Absichten auf meine Frau, Langley? Möchten Sie sie küssen, streicheln, mit ihr ins Bett gehen – mit meiner schönen Frau?»

Langley sah rot. Ungeschickt schlug er mit der geballten Faust in das höhnische Gesicht. Wetherall faßte seinen Arm, doch er riß sich los, Panik ergriff ihn. Er stolperte gegen Möbelstücke und stürzte hinaus. Hinter sich hörte er Wetherall leise lachen.

Der Zug nach Paris war voll. Langley, der im letzten Augenblick aufgesprungen war, fand sich dazu verurteilt, im Gang zu reisen. Er setzte sich auf einen Koffer und versuchte nachzudenken. Auf seiner wilden Flucht war er unfähig gewesen, seine Gedanken zu sammeln. Selbst jetzt wußte er nicht genau, wovor er geflohen war. Er vergrub das Gesicht in den Händen.
«Entschuldigen Sie», sagte eine höfliche Stimme.
Langley blickte auf. Ein sympathischer Mann im grauen Anzug sah durch ein Monokel auf ihn herab.
«Tut mir schrecklich leid, daß ich Sie störe», fuhr der sympathische Mann fort. «Ich versuche bloß, in mein famoses Standquartier zurückzutorkeln. Gräßlich voll hier, nicht? Kann mich nicht erinnern, wann ich meinen Mitmenschen weniger zugetan gewesen wäre. Ich finde, Sie sehen auch nicht gerade sehr mobil aus. Würden Sie nicht auf etwas anderem bequemer sitzen?»
Langley erklärte, daß er keinen Sitzplatz mehr bekommen habe. Der sympathische Mann musterte einen Augenblick sein angegriffenes Gesicht und sagte dann:
«Hören Sie, warum kommen Sie nicht mit mir und legen sich ein bißchen hin in meinem Abteil? Haben Sie schon etwas im Magen? Nein? Das ist ein Fehler. Los, kommen Sie mit mir, dann wollen wir einen Löffel Suppe und was dazugehört ergattern. Entschuldigen Sie, wenn ich davon spreche, aber Sie sehen aus, als wäre Ihnen etwas in die Quere gekommen. Geht mich natürlich nichts an, aber Sie sollten etwas essen.»
Langley fühlte sich zu schwach und elend, um zu protestieren. Gehorsam stolperte er den Gang entlang, bis er in ein Schlafwagenabteil erster Klasse geschoben wurde, wo ein äußerst korrekt wirkender Diener einen malvenfarbenen Seidenschlafanzug und silberne Toilettenutensilien auspackte.
«Dieser Herr fühlt sich ein wenig flau, Bunter», sagte der Mann mit dem Monokel. «Deshalb habe ich ihn mitgenommen, damit er sein Haupt an Ihrer Brust ausruht. Schnappen Sie sich den Küchenbullen und lassen Sie eine Terrine Suppe und eine Flasche mit etwas Trinkbarem anschwirren.»

«Sehr wohl, Mylord.»
Langley ließ sich erschöpft aufs Bett fallen, doch als das Essen erschien, aß und trank er gierig. Er konnte sich nicht erinnern, wann er zuletzt etwas zu sich genommen hatte.
«Wirklich», sagte er, «das hat mir gefehlt. Es ist riesig nett von Ihnen, und es tut mir leid, daß ich so verstört erscheine. Aber ich habe eine Art Schock hinter mir.»
«Erzählen Sie es mir», sagte der Fremde liebenswürdig.
Er sah nicht besonders intelligent aus, aber er schien freundlich und, vor allem, normal zu sein. Langley fragte sich, wie seine Geschichte wohl klingen würde.
«Ich bin Ihnen völlig fremd», begann er.
«Und ich Ihnen», sagte der sympathische Mann. «Der Hauptvorzug fremder Leute liegt darin, daß man ihnen manches leichter erzählen kann. Finden Sie nicht auch?»
«Ich möchte ...», begann Langley von neuem. «Um die Wahrheit zu sagen: ich bin vor etwas davongelaufen. Es ist eine seltsame Geschichte – es ist – aber was hat es für einen Sinn, wenn ich Sie damit behellige?»
Der sympathische Mann setzte sich neben ihn und legte seine schmale Hand auf Langleys Arm.
«Einen Augenblick», sagte er. «Erzählen Sie mir nichts, wenn Sie es lieber nicht möchten. Aber mein Name ist Wimsey – Lord Peter Wimsey –, und ich interessiere mich für seltsame Geschichten.»
Es war Mitte November, als ein seltsamer Mann ins Dorf kam. Er war dünn, blaß und schweigsam, eine große schwarze Kapuze hing ihm übers Gesicht, und von Anfang an umgab ihn etwas Geheimnisvolles. Er nahm nicht in der Dorfherberge Wohnung, sondern in einer verfallenen Hütte hoch oben am Berg; fünf Maultierladungen mysteriöser Gepäckstücke und einen Diener brachte er mit. Der Diener wirkte fast ebenso unheimlich wie sein Herr. Er war Spanier und konnte genug Baskisch, um, wenn nötig, seinem Brotgeber als Dolmetscher zu dienen. Aber er sprach wenig, sah düster und streng drein, und die kurzen Informationen, zu denen er sich herabließ, erregten größte Unruhe. Sein Herr, so sagte er, sei ein Weiser, er verbringe seine Zeit mit Bücherlesen, esse kein Fleisch, komme aus einem unbekannten Land, spreche die Sprache der Apostel

und habe mit dem heiligen Lazarus nach seiner Rückkehr aus dem Grab geredet; und wenn er nachts allein in seinem Zimmer sitze, kämen die Engel Gottes und unterhielten sich mit ihm in himmlischen Wohllauten.
Das waren erschreckende Neuigkeiten. Die paar Dutzend Dörfler mieden die kleine Hütte, vor allem zur Nachtzeit, und wenn der blasse Fremde in seinem faltigen schwarzen Gewand, eins seiner Zauberbücher unter dem Arm, auf dem Bergpfad gesichtet wurde, schubsten die Mütter ihre Kinder ins Haus und bekreuzigten sich.
Dennoch war es ein Kind, das als erstes die persönliche Bekanntschaft des Zauberers machte. Der kleine Sohn der Witwe Etcheverry, ein unerschrockener, neugieriger Junge, wagte sich eines Abends in die unheimliche Gegend. Zwei Stunden lang war er verschwunden; während dieser Zeit hatte seine Mutter, halb von Sinnen vor Angst, die Nachbarn zusammengerufen und nach dem Priester geschickt, der aber unglücklicherweise in der Stadt war. Plötzlich tauchte das Kind wieder auf und wußte eine wunderbare Geschichte zu erzählen.
Der Junge war bis dicht an das Haus des Zauberers geschlichen und auf einen Baum geklettert, um den Fremden zu belauschen. Und er sah Licht im Fenster und merkwürdige Gestalten und Schatten im Zimmer kommen und gehen. Und dann ertönte Musik, so hinreißend schön, als ob alle Sterne auf einmal singen würden. Dann ging die Tür der Hütte auf und der Hexenmeister kam heraus und mit ihm eine ganze Schar Hausgeister. Einer davon hatte Flügel wie ein Seraph und sprach in einer unbekannten Zunge, und ein anderer sah aus wie ein winziger Mensch; er hatte ein schwarzes Gesicht und einen weißen Bart und saß dem Zauberer auf den Schultern und flüsterte ihm ins Ohr. Und die himmlische Musik erklang immer lauter und lauter. Und der Hexenmeister trug mit einemmal eine blasse Flamme um den Kopf wie die Bilder der Heiligen. Darüber erschrak der Junge sehr und wünschte, er wäre nicht hierhergekommen, aber der kleine Zwergengeist hatte ihn entdeckt und sprang ihm nach in den Baum. Der Junge wollte höher hinauf, aber der Zwerg kletterte hinter ihm her, und da rutschte der Junge aus und fiel hinunter.
Dann war der Hexenmeister gekommen und hatte ihn auf-

gehoben und fremdartige Worte zu ihm gesprochen, und die schmerzenden Stellen, wo er sich gestoßen hatte, taten sofort nicht mehr weh, und dann nahm ihn der Zauberer mit ins Haus. Drinnen war es wie im Himmel, alles Gold und Glanz. Und die Hausgeister setzten sich neben das Feuer – es waren neun an der Zahl –, und die Musik hatte aufgehört. Aber der Diener des Hexenmeisters brachte ihm wunderbare Früchte auf einer silbernen Schale – wie Paradiesfrüchte waren sie, sehr süß und köstlich, und er aß sie und trank ein seltsames Getränk aus einem mit roten und blauen Edelsteinen besetzten Kelch. O ja – und an der Wand war ein großes Kruzifix, ganz groß, und davor brannte eine Lampe, und es roch eigentümlich süß, wie zu Ostern in der Kirche.

Und dann fragte ihn der Diener über sich und seine Familie aus, und er erzählte ihm vom Tod der schwarzen Geiß und vom Freund seiner Schwester, der sie sitzengelassen hatte, weil sie nicht so reich war wie die Tochter des Krämers. Daraufhin sprachen der Hexenmeister und sein Diener miteinander und lachten, und der Diener sagte: «Mein Herr läßt deiner Schwester ausrichten: wo keine Liebe ist, ist auch kein Wohlstand, aber wer mutig ist zu bitten, wird Gold empfangen.» Und damit streckte der Zauberer seine Hand aus und nahm aus der Luft – ja, einfach aus der leeren Luft – eins, zwei, drei, vier, fünf Goldstücke und gab sie ihm. Und er hatte Angst, sie zu nehmen, bis der Mann das Kreuzzeichen darüber gemacht hatte, und als sie dann nicht verschwanden oder sich in feurige Schlangen verwandelten, nahm er sie, und hier war das Geld!

Die Goldstücke wurden untersucht und bewundert, mit Furcht und Zittern, und schließlich, auf den Rat des Großvaters, unter die Füße des Bildes Unserer Lieben Frau gelegt, nachdem man sie mit Weihwasser besprengt hatte. Am nächsten Morgen waren sie noch immer da, und so zeigte man sie dem Priester, der – verspätet und aufgeregt dem Ruf des gestrigen Abends folgend – zu den Etcheverrys kam. Er erklärte, es handle sich um echte Münzen, und wenn man eins der Geldstücke der Kirche geweiht habe, könne der Rest ohne Gefahr für die Seele weltlichen Zwecken zugeführt werden. Worauf der Padre sich eiligst auf den Weg machte zur Hütte des Hexenmeisters und nach einer Stunde voll guter Nachrichten zurückkehrte.

«Nein, meine Kinder», sagte er, «das ist kein böser Zauberer, sondern ein christlicher Mann, der die Sprache des rechten Glaubens spricht. Er und ich haben miteinander recht erbaulich geredet. Überdies hat er einen sehr guten Wein und ist überhaupt eine sehr würdige Persönlichkeit. Ich konnte auch keine Hausgeister oder Feuererscheinungen bemerken, aber es stimmt, daß ein Kruzifix an der Wand hängt, und er hat ein sehr hübsches Neues Testament mit Bildern in Gold und allen möglichen Farben. Benedicite, meine Kinder. Das ist ein guter und gelehrter Mann.»

Damit machte er sich wieder auf den Weg zum Pfarrhaus. Und in diesem Winter bekam die Kapelle Unserer Lieben Frau eine neue Altardecke.

Von da an drängte sich jeden Abend ein Schwarm Leute in sicherer Entfernung, um die Musik zu hören, die aus den Fenstern des Zauberers tönte, und von Zeit zu Zeit schlichen sich ein paar Beherzte so dicht heran, daß sie durch die Ritzen der Läden spähen und einen Blick auf die Wunder im Innern der Hütte werfen konnten.

Der Hexenmeister wohnte etwa einen Monat im Dorf, als er eines Abends beim Essen saß und sich mit seinem Diener unterhielt. Die schwarze Kapuze war zurückgeschlagen und enthüllte einen schmalen Kopf mit blondem Haar und humorvolle graue Augen unter schweren Lidern. Neben ihm auf dem Tisch stand ein Glas Cockburn 1908, und von der Lehne seines Stuhls starrte ein rot-grüner Papagei unbeweglich ins Feuer.

«Die Zeit vergeht, Juan», sagte der Zauberer. «Das ist alles recht vergnüglich – aber hat es irgendeine Wirkung auf die alte Dame?»

«Ich denke schon, Mylord. Ich habe hier und da ein Wort fallen lassen über Wunderheilungen. Ich glaube, sie wird kommen. Vielleicht sogar heute abend.»

«Gott sei Dank! Ich will die Sache erledigen, bevor Wetherall zurückkommt, sonst könnten wir in Schwierigkeiten geraten. Sie wissen, wir brauchen ein paar Wochen, bis wir reisen können. Verdammt, was ist das?»

Juan stand auf und ging in den Nebenraum; gleich darauf kam er mit einem Maki-Äffchen zurück.

«Micky hat mit Ihren Haarbürsten gespielt», sagte er nachsichtig. «Unartige Micky, sei still! Sind Sie für ein kleines Training bereit, Mylord?»

«O ja, gern! Ich werde langsam schon ein richtiger Fachmann in diesem Geschäft. Wenn alles andere schiefgeht, bewerbe ich mich um ein Engagement in einem Varieté.»

Juan lachte und zeigte die weißen Zähne. Er brachte eine Anzahl Billardkugeln, Münzen und andere Zauberkünstlerutensilien zum Vorschein; elegant ließ er sie im Gehen unsichtbar werden oder sich vervielfachen. Der andere übernahm sie von ihm, und die Trainingsstunde begann.

«Pst!» sagte der Hexenmeister, als er eben eine Kugel wieder einfing, die ihm beim Verschwindenlassen aus den Fingern geglitten war. «Es kommt jemand den Pfad herauf.»

Er zog sich die Kapuze ins Gesicht und schlüpfte leise in den Nebenraum. Juan grinste, nahm Karaffe und Gläser vom Tisch und löschte die Lampe. Im Schein des Kaminfeuers leuchteten die Augen des Äffchens, das sich an der Rücklehne des Stuhls festklammerte. Juan zog einen dicken Folianten aus dem Regal, legte ein Räucherstäbchen in ein seltsam geformtes Kupfergefäß und schob einen schweren Eisenkessel aufs Feuer. Da klopfte es. Er öffnete, das Äffchen folgte ihm auf den Fersen.

«Wen sucht Ihr, Mutter?» fragte er auf baskisch.

«Ist der Weise zu Hause?»

«Sein Leib ist zu Hause, Mutter, sein Geist pflegt Umgang mit dem Unsichtbaren. Kommt herein. Was wollt Ihr von uns?»

«Ich bin gekommen, wie ich gesagt habe – oh, Maria! Ist das ein Geist?»

«Gott schuf Geister und auch Leiber. Kommt herein und fürchtet Euch nicht.»

Die alte Frau trat zitternd näher.

«Habt Ihr mit Ihm gesprochen über das, was ich Euch erzählte?»

«Ich habe es getan. Ich legte ihm die Krankheit Eurer Herrin dar, die Leiden ihres Gatten – alles.»

«Was sagte er?»

«Nichts; er las in seinem Buch.»

«Meint Ihr, er kann sie heilen?»

«Ich weiß es nicht. Es ist ein starker Zauber; aber mein Herr ist mächtig.»

«Wird er mich empfangen?»
«Ich will ihn fragen. Bleibt hier, und hütet Euch, Furcht zu zeigen, was sich auch ereignen mag.»
«Ich werde tapfer sein», sagte die alte Frau und tastete nach ihrem Rosenkranz.
Juan entfernte sich. Das Warten spannte die Nerven bis zum Zerreißen. Das Äffchen war wieder auf die Stuhllehne geklettert und schaukelte zähnefletschend zwischen den tanzenden Schatten. Der Papagei reckte den Kopf und krächzte aus seiner Ecke ein paar Worte. Ein duftender Dampf begann aus dem Kessel aufzusteigen. Dann tauchten langsam, verstohlen, in dem rötlichen Licht drei, vier, sieben weiße Gestalten auf und setzten sich im Kreis um die Feuerstelle nieder. Und eine feine Musik erklang, die meilenweit herzukommen schien. Die Flammen flackerten und fielen zusammen. An der Wand stand ein hoher Kasten mit Goldfiguren, die sich in dem wechselnden Feuerschein zu bewegen schienen.
Und dann sang aus dem Dunkel eine fremde Stimme in unirdischen Lauten, die schluchzten und drohten.
Marthas Knie gaben nach. Sie sank nieder. Die sieben weißen Katzen standen auf, streckten sich und schlichen sacht an sie heran. Sie sah auf und erblickte den Hexenmeister, der vor ihr stand, in der einen Hand ein Buch, in der anderen einen silbernen Stab. Der obere Teil seines Gesichts war verborgen, doch sie sah, wie sich seine blassen Lippen bewegten, und schon sprach er mit tiefer, rauher Stimme, die feierlich in dem düsteren Raum widerklang:

«ὦ πέπον, εἰ μὲν γάρ, πόλεμον περὶ τόνδε φυγόντε,
αἰεὶ δὴ μέλλοιμεν ἀγήρω τ' ἀθανάτω τε
ἔσσεθ', οὔτε κεν αὐτὸς ἐνὶ πρώτοισι μαχοίμην,
οὔτε κέ σο στέλλοιμι μάχην ἐς κυδιάνειραν . . .»

Die Rhythmen rollten dahin. Dann hielt der Hexenmeister inne und fügte in freundlicherem Tonfall hinzu:
«Große Sache, dieser Homer! ‹Er donnert, als ob er Teufel beschwöre.› Was tue ich jetzt?»
Der Diener war zurückgekommen und flüsterte Martha ins Ohr:

«Sprecht! Der Meister ist bereit, Euch zu helfen.»
Stammelnd brachte Martha ihr Anliegen vor. Sie sei gekommen, den weisen Mann zu bitten, daß er ihrer Herrin helfen möge, die unter einem Zauberbann stehe. Sie habe auch ein Geschenk mitgebracht – das Beste, was sie habe finden können, denn sie habe nichts von ihres Herrn Eigentum wegnehmen wollen, während er fort sei. Aber hier habe sie einen Silberpfennig, einen Haferkuchen und eine Flasche Wein.
Der Weise legte sein Buch beiseite, nahm den Silberpfennig feierlich entgegen, verwandelte ihn in sechs Goldstücke und tat die Gabe auf den Tisch. Bei dem Haferkuchen und dem Wein zeigte er eine leichte Unschlüssigkeit, doch schließlich murmelte er:
«Ergo omnis longo solvit se Teucria luctu» (eine Zeile, die für ihr ernstes, spondeisches Silbenmaß allgemein bekannt ist). Dabei verwandelte er das eine in ein Taubenpaar, das andere in einen seltsamen kleinen Kristallbaum in einem Metalltopf und stellte beides neben die Münzen. Martha fielen fast die Augen aus dem Kopf, doch Juan flüsterte aufmunternd:
«Die gute Absicht gibt dem Geschenk Wert. Der Meister ist erfreut. Pst!»
Die Musik endete mit einem langen Akkord. Der Zauberer trug mit schöner Akkuratesse noch etwa eine Seite aus Homers Schiffskatalog vor, hob dann die lange weiße, mit antiken Ringen beladene Hand aus den Falten seines Gewandes und holte aus der Luft eine kleine Schachtel aus glänzendem Metall, die er der Bittstellerin reichte.
«Der Meister sagt», erläuterte ihr leise der Diener, «Ihr sollt diese Schachtel nehmen und Eurer Herrin zu jeder Mahlzeit eine der Oblaten geben, die in der Schachtel sind. Wenn sie alle aufgebraucht sind, kommt wieder hierher. Und vergeßt nicht, morgens und abends drei Ave und drei Paternoster zu beten für die Heilung Eurer Herrin. So mag die Kur, durch Glauben und Sorgfalt, zum guten Ende geführt werden.«
Martha nahm die Schachtel mit zitternden Händen.
«Tendebantque manus repae ulterioris amore», sagte der Hexenmeister mit großem Nachdruck. *«Polyphloisboio Thalasses. Ne plus ultra. Valete, Plaudite.»*
Er schritt ins Dunkel davon, und die Audienz war vorüber.

«Wirkt es?» fragte der Zauberer fünf Wochen später Juan. Inzwischen waren fünf weitere Lieferungen von Zauberoblaten in das finstere Haus am Berg gewandert.
«Es wirkt», antwortete Juan. «Die Intelligenz kehrt zurück, der Körper kräftigt sich, und das Haar wächst wieder.»
«Gott sei Dank! Es war ein Schuß ins Dunkel, Juan, und selbst jetzt kann ich kaum glauben, daß irgendein Mensch auf der Welt sich solch einen teuflischen Streich ausdenken konnte. Wann kommt Wetherall zurück?»
«In drei Wochen etwa.«
«Dann wollen wir unser großes Finale für heute in vierzehn Tagen festsetzen. Sorgen Sie dafür, daß die Maultiere bereitstehen, und gehen Sie in die Stadt hinunter und senden Sie Nachricht an die Jacht.»
«Ja, Mylord.»
«So haben Sie dann eine Woche Zeit, um mit der Menagerie und dem Gepäck zurechtzukommen. Und — wie steht's mit Martha? Meinen Sie, es ist gefährlich, sie zurückzulassen?»
«Ich will versuchen, sie zu überreden, daß sie mitkommt.«
«Tun Sie das. Es wäre mir arg, wenn ihr etwas zustieße. Der Mann ist ein krimineller Irrer. Oh, mein Gott, wie werde ich froh sein, wenn das vorbei ist! Ich möchte wieder einmal saubere Kleider anziehen. Was würde Bunter sagen, wenn er das hier sehen könnte . . .»
Der Hexenmeister lachte und schaltete das Grammophon ein.

Der letzte Akt ging ordnungsgemäß vierzehn Tage später über die Bühne.
Es hatte einige Schwierigkeiten verursacht, Martha davon zu überzeugen, daß sie ihre Herrin in das Haus des Hexenmeisters bringen müsse. Der Weise war sogar gezwungen gewesen, furchtbaren Zorn zu entfalten und zwei ganze Chorlieder des Euripides zu deklamieren, bevor er sich durchsetzte. Was den Schrecknissen jenes Abends die letzte Vollendung gab, war die Demonstration der geisterhaften Effekte einer Natriumflamme, die dem menschlichen Gesicht ein leichenähnliches Aussehen verleiht, besonders in einer einsamen Hütte bei finsterer Nacht und begleitet von Beschwörungsformeln und Saint-Saëns' *Danse Macabre*.

Am Ende wurde der Hexenmeister jedenfalls mit einem Versprechen besänftigt, und Martha ging davon mit einem Zauber, auf Pergament geschrieben, den ihre Herrin lesen und danach in einem Seidenbeutel um den Hals hängen sollte.
Als magische Formel betrachtet, war das Schriftstück vielleicht nicht sehr eindrucksvoll in seiner Sprache, aber sein Sinn war auch von einem Kind zu verstehen. Es war in Englisch geschrieben und lautete:

«Sie waren krank und in Not, aber Ihre Freunde sind bereit, Ihnen zu helfen. Fürchten Sie sich nicht, sondern tun Sie alles, was Martha Ihnen sagt, und Sie werden bald wieder ganz wohl und glücklich sein.»

«Und selbst wenn sie es nicht versteht», sagte der Zauberer zu seinem Diener, «kann es unmöglich etwas schaden.»

Die Ereignisse dieser schrecklichen Nacht sind im Dorf zur Legende geworden. Man erzählt mit stockendem Atem an den Herdfeuern, wie Martha die seltsame fremde Dame zum Haus des Hexenmeisters brachte, damit sie ganz und für immer von der Macht des Bösen befreit werde.
Der Dame ging es schon viel besser durch den Zauber des Hexenmeisters, und sie folgte Martha wie ein kleines Kind auf diesem sonderbaren, geheimnisvollen Ausflug. Sie waren sehr leise aus dem Haus geschlichen, um der Wachsamkeit des alten Tomaso zu entgehen, der vom Doktor strengen Befehl hatte, die Dame nie einen Schritt vor die Tür zu lassen. Tomaso schwor später, er sei in einen Zauberschlaf versenkt worden – aber wer weiß? Vielleicht hatte es auch nur allzuviel Wein getan. Martha war ein schlaues Weib und, wie manche sagten, kaum besser als eine Hexe.
Martha und die Dame kamen also an jenem Abend in die Hütte, und der Hexenmeister redete viel in einer seltsamen Sprache, und die Dame antwortete ebenso. Ja – sie, die so lange nur wie ein Tier gegrunzt hatte, sprach mit dem Zauberer und antwortete ihm. Dann malte er merkwürdige Zeichen auf dem Boden, rund um die Dame und sich selbst. Und als die Lampe erlosch, leuchteten die Zeichen in einem schreck-

lichen bleichen Licht. Der Hexenmeister zeichnete auch um Martha herum einen Kreis und warnte sie, ja nicht herauszutreten. Alsbald hörten sie ein Sausen, wie von großen, flatternden Flügeln, und alle Hausgeister hüpften durcheinander, und der kleine weiße Mann mit dem schwarzen Gesicht kletterte am Vorhang hinauf und baumelte von der Stange. Dann rief eine Stimme: «Er kommt! Er kommt!» und der Zauberer öffnete die Tür des hohen Kastens mit den goldenen Figuren, der im Mittelpunkt des Kreises stand, und er und die Dame gingen hinein, und hinter ihnen schloß sich die Tür.
Das Sausen wurde lauter, und die Hausgeister kreischten und schnatterten — und dann, ganz plötzlich, ein Donnerschlag und ein greller Blitz, und der Kasten zersplitterte, und die Stücke fielen zu Boden, Und siehe da! Der Hexenmeister und die Dame waren verschwunden, und niemand sah oder hörte jemals wieder etwas von ihnen.
So lautete Marthas Geschichte, die sie am nächsten Tag den Nachbarn erzählte. Wie sie aus dem furchtbaren Haus entkommen war, konnte sie sich nicht erinnern. Aber als einige Zeit später ein paar Dorfbewohner allen Mut zusammennahmen und den Ort aufsuchten, fanden sie die Hütte kahl und leer. Dame, Hexenmeister, Diener, Hausgeister, Möbel, Sack und Pack — alles war spurlos entschwunden, nur ein paar geheimnisvolle Linien und Figuren sah man noch auf dem Fußboden.
Das ging wirklich nicht mit rechten Dingen zu. Noch entsetzlicher aber war das Verschwinden Marthas, das sich drei Nächte später ereignete.
Am Tag darauf kam der amerikanische Doktor zurück. Er fand ein leeres Haus und eine Legende.

«Jacht ahoi!»
Langley spähte unruhig zur Reling der «Abracadabra», als das Schiff aus der Schwärze der Nacht auftauchte. Sowie der erste Passagier sich anschickte von Bord zu gehen, eilte er ihm entgegen und begrüßte ihn.
«Ist alles in Ordnung, Wimsey?»
«Völlig in Ordnung. Sie ist natürlich ein bißchen durcheinander, aber Sie brauchen keine Angst zu haben. Sie ist wie ein

Kind, doch es geht ihr von Tag zu Tag besser. Kopf hoch, lieber Freund – sie hat nichts mehr an sich, was Sie aufregen könnte.»

Langley trat zögernd näher, als eine verhüllte Frauengestalt behutsam auf Deck gebracht wurde.

«Sprechen Sie sie an», sagte Wimsey. «Vielleicht erkennt Sie sie wieder, vielleicht auch nicht. Ich kann es nicht sagen.»

Langley nahm allen Mut zusammen. «Guten Abend, Mistress Wetherall», sagte er und streckte ihr die Hand entgegen.

Die Frau schlug ihr Kopftuch zurück. Blaue Augen blickten scheu im Lampenlicht zu ihm auf – dann strahlte plötzlich ein Lächeln in dem Gesicht.

«Ja, wirklich, ich kenne Sie – natürlich kenne ich Sie. Sie sind Mr. Langley. Ich freue mich sehr, Sie zu sehen.»

Sie drückte ihm die Hand.

«Nun ja, Langley», sagte Lord Peter, während er mit dem Siphon hantierte, «ein abscheulicheres Verbrechen habe ich noch nie aufklären müssen. Meine religiösen Vorstellungen sind ein wenig verschwommen, aber ich hoffe, daß Wetherall in der anderen Welt etwas wirklich Scheußliches passiert. Spätestens dort!

Wissen Sie, es gab in der Geschichte, die Sie mir erzählten, ein oder zwei sonderbare Punkte. Sie lenkten meine Vermutungen von Anfang an in eine bestimmte Richtung.

Erstens war da diese ungewöhnliche Art von Kräfteverfall oder Geistesschwäche, die über eine junge Frau in den Zwanzigern hereinbrach – und das passenderweise gerade, nachdem Sie bei den Wetheralls aus- und eingegangen waren und vielleicht ein bißchen zuviel Gefühl gezeigt hatten, verstehen Sie mich? Und dann war da die Sache mit den regelmäßigen Besserungen im Befinden der Kranken, so etwa einmal im Jahr – das sprach nicht für eine gewöhnliche Geistesstörung. Es sah aus, als würde es von jemandem gesteuert.

Dazu kam, daß Mrs. Wetherall von Anfang an unter der ärztlichen Kontrolle ihres Mannes stand, daß weder Familienangehörige noch Freunde existierten, die den Burschen im Zaum hielten. Weiter gab es zu denken, daß er sie so entschlossen isolierte, an einem Ort, wo kein Arzt sie zu Gesicht bekam und wo sie, selbst wenn sie lichte Augenblickte hatte, keine Menschenseele verstand und von niemand verstanden wurde. Sonderbar war auch, daß dieser Ort gerade in jener Gegend lag, in der Sie, bei Ihren wissenschaftlichen Interessen, mit ziemlicher Sicherheit erwartet und mit dem Anblick dieser schrecklichen Veränderung traktiert werden konnten. Schließlich waren da Wetheralls wohlbekannte Forschungen und die Tatsache, daß er mit einer Londoner Apotheke in Verbindung stand.

All das trug dazu bei, daß ich eine Theorie entwickelte, aber ich mußte sie erst überprüfen, bevor ich sicher sein konnte, daß ich recht hatte. Wetherall fuhr nach Amerika, das bot mir eine Chance; aber selbstverständlich hatte er strenge Anordnungen hinterlassen, daß niemand während seiner Abwesenheit das Haus betreten oder verlassen dürfe. Ich mußte also irgendwie bei der alten Martha – die eine treue Seele ist, wahrhaftig! – eine Autorität gewinnen, die jene Wetheralls übertraf. Daher: ab mit Lord Peter Wimsey, und Auftritt des großen Magiers! Die Behandlung wurde ausprobiert und erwies sich als erfolgreich – darauf Entführung und Flucht in die Freiheit.

Ja, und nun hören Sie zu, Langley – aber geraten Sie nicht in Wut. Es ist ja jetzt alles vorbei. Alice Wetherall gehört zu den Unglücklichen, die an einer angeborenen Schwäche der Schilddrüse leiden. Sie kennen die Schilddrüse im Hals – das Ding, das die ganze Maschine anheizt und das liebe Hirn in Gang hält. Bei manchen Leuten funktioniert es nicht richtig, und sie bleiben körperlich und geistig zurück. Aber wenn man ihnen das Zeug eingibt, das die Schilddrüse produziert, werden sie völlig normal – munter und hübsch und intelligent und lebhaft wie die Grillen. Nur, nicht wahr, man muß es ihnen andauernd eingeben, sonst fallen sie in diesen Schwachsinnszustand zurück.

Wetherall fand das Mädchen, als er noch ein vielversprechender Student war und gerade auf diese Geschichte mit der Schilddrüse stieß. Damals hatte man noch sehr wenig mit dieser Behandlungsart experimentiert, aber er war so etwas wie ein Pionier auf diesem Gebiet. Er findet also das Kind, vollbringt eine wahre Wunderheilung, und in natürlichem Stolz auf seinen Erfolg nimmt er sich ihrer an, sorgt für ihre Er-

ziehung und heiratet sie schließlich. Sie verstehen, nicht wahr, im Grunde ist an diesen Menschen nichts Krankhaftes; wenn sie ihre tägliche kleine Dosis Schilddrüsenextrakt bekommen, sind sie in jeder Hinsicht normal.
Selbstverständlich wußte niemand etwas von dieser Schilddrüsengeschichte außer der jungen Frau und ihrem Mann. Alles ging gut, bis *Sie* daherkamen. Da wurde Wetherall eifersüchtig ...»
«Dazu hatte er keinen Grund.»
Wimsey zuckte die Achseln.
«Möglicherweise, alter Junge, zeigte die Dame eine gewisse Vorliebe – wir brauchen nicht darauf einzugehen. Jedenfalls wurde Wetherall eifersüchtig, und er sah sich im Besitz eines Mittels zur Rache. Er brachte seine Frau in die Pyrenäen, isolierte sie von jeder Hilfe und entzog ihr dann einfach nach und nach den Schilddrüsenextrakt. Zweifellos sagte er ihr, was er tat und warum er es tat. Es freute ihn, ihre verzweifelten Bitten zu hören – sie bei vollem Bewußtsein Tag um Tag, Stunde um Stunde in einen Zustand zurückgleiten zu lassen, der schlimmer war als tierisch ...»
«Mein Gott!»
«Ja. Furchtbar. Natürlich wußte sie nach einer gewissen Zeit – ein paar Monaten – nicht mehr, was mit ihr geschah. Er hatte dann immer noch die Genugtuung, sie zu beobachten, zu sehen, wie ihre Haut dicker und gröber, ihr Körper plump wurde, wie ihr die Haare ausfielen, die Augen jeden Ausdruck verloren und sie nur noch Tierlaute hervorbrachte; ihr Denken setzte aus, ihr Benehmen ...»
«Hören Sie auf damit, Wimsey!»
«Schön, Sie haben es ja alles selbst gesehen. Aber das war ihm nicht genug. So gab er ihr von Zeit zu Zeit wieder den Extrakt und brachte sie dahin zurück, daß sie ihre Erniedrigung bewußt wahrnahm ...»
«Wenn ich das Scheusal nur da hätte!»
«Ganz gut, daß Sie's nicht haben! Nun ja, eines Tages taucht – durch einen glücklichen Zufall – Mr. Langley, der verliebte Mr. Langley, tatsächlich auf. Was für ein Triumph, ihn sehen zu lassen ...»
Langley unterbrach ihn wieder mit einer Handbewegung.

«Schon gut. Aber es war raffiniert ausgedacht, nicht wahr? Und so einfach. Je mehr ich darüber nachdenke, desto mehr fasziniert es mich. Doch es war eben diese besonders raffinierte Grausamkeit, die ihn zu Fall brachte. Denn als Sie mir die Geschichte erzählten, drängten sich mir die Symptome einer Schilddrüsenschwäche geradezu auf; ich spürte also den Apotheker auf, dessen Namen Sie auf dem Päckchen gelesen hatten, und nach vielen Schwierigkeiten brachte ich ihn zu dem Eingeständnis, daß er Wetherall verschiedene Male Schilddrüsenextrakt geschickt habe.
Ich holte mir Rat bei einem Arzt und besorgte mir außerdem einen Vorrat von dem Drüsenextrakt, engagierte einen braven spanischen Zauberkünstler und ein paar dressierte Katzen und so weiter und legte los, schön mit Verkleidung und magischen Requisiten, die der einfallsreiche Mr. Devant ausgedacht hatte. Ich kann auch ein bißchen zaubern, und, unter uns gesagt, machten wir unsere Sache gar nicht so schlecht. Der dort herrschende Aberglaube half uns natürlich, und ebenso das Grammophon. Schubert ‹Unvollendete› ist erstklassig geeignet, eine dunkle, geheimnisvolle Atmosphäre zu schaffen; auch Leuchtfarbe und die Reste einer klassischen Bildung sind äußerst dienlich.»
«Hören Sie, Wimsey, wird sie wieder ganz in Ordnung kommen?»
«Gesund wie ein Fisch im Wasser. Und ich nehme an, jedes amerikanische Gericht wird sofort die Scheidung aussprechen wegen fortgesetzter Körperverletzung. Danach – das ist Ihre Sache!»
Lord Peters Freunde begrüßten sein Wiedererscheinen in London mit leichtem Erstaunen.
«Und was haben Sie mit sich angefangen?» fragte der ehrenwerte Freddy Arbuthnot.
«Ich habe die Frau eines anderen Mannes entführt», erwiderte Seine Lordschaft. «Aber», beeilte er sich hinzuzufügen, «nur in rein technischer Beziehung. Darüber hinaus war da wahrhaftig nichts zu holen.»

Der kleine Mann mit der Schmachtlocke schien so vertieft in das Buch, daß Wimsey es nicht über sich brachte, sein Eigentum zurückzufordern, sondern den anderen Sessel heranzog, sein Glas in Reichweite stellte und sich, so gut es ging, die Zeit mit dem Dunlop-Buch vertrieb, das, wie üblich, einen der Tische in der Halle zierte.

Der kleine Mann las, die Ellbogen auf die Armlehne seines Sessels gestützt, den roten Krauskopf begierig über den Text gebeugt. Er atmete schwer, und als er eine Seite umblätterte, legte er den dicken Band auf die Knie und benützte dazu beide Hände. Nicht gerade das, was man einen Bücherwurm nennt, fand Wimsey.

Als der Mann mit der Geschichte zu Ende gekommen war, blätterte er umständlich zurück und las eine Stelle mit großer Aufmerksamkeit noch einmal. Dann legte er das geöffnete Buch auf den Tisch und begegnete dabei Wimseys Blick.

«Entschuldigen Sie, Sir», sagte er mit ziemlich dünner Stimme und unverkennbarem Cockney-Akzent, «ist das Ihr Buch?»

«Das macht gar nichts», antwortete Wimsey liebenswürdig, «ich kenne es schon auswendig. Ich habe es nur mitgebracht, weil es so angenehm ist, ein paar Seiten darin zu lesen, wenn man an einem Ort wie diesem für die Nacht festsitzt. Man kann es immer wieder aufschlagen und findet stets etwas Unterhaltsames darin.»

«Dieser Wells», setzte der rothaarige Mann das Gespräch fort, «das ist doch ein sehr gescheiter Schriftsteller, nicht wahr? Großartig, wie er alles so wirklich und lebenswahr darstellt, und doch möchte man manche Sachen, die er erzählt, kaum für möglich halten. Nehmen Sie nur diese Geschichte da; würden Sie sagen, Sir, so eine Sache könnte tatsächlich jemand passieren, etwa Ihnen – oder mir?»

Wimsey reckte den Hals, um einen Blick auf das Buch zu werfen.

«‹Das Plattner-Experiment›», sagte er, «das ist die Geschichte von dem Schulmeister, der in die vierte Dimension fortgeweht wurde, und als er zurückkam, waren seine rechte und linke Körperhälfte vertauscht. Nun, ich glaube nicht, daß sich so etwas im wirklichen Leben zuträgt, aber natürlich ist es sehr verlockend, mit der Vorstellung einer vierten Dimension zu spielen.»

«Na . . .» Der Mann stockte und sah schüchtern zu Wimsey auf. «Das mit der vierten Dimension verstehe ich nicht so recht. Ich wußte nicht, daß es so einen Ort gibt. Aber für Leute, die wissenschaftlich gebildet sind, macht er das zweifellos klar und einleuchtend. Doch diese Rechts- und Linksgeschichte – nun, von der weiß ich, daß sie Tatsache ist. Aus Erfahrung, wenn Sie mir glauben wollen.»

Wimsey hielt ihm seine Zigarettendose hin. Der kleine Mann machte eine instinktive Bewegung mit der Linken, schien sich dann zu korrigieren und streckte die rechte Hand danach aus.

«Da, sehen Sie. Ich bin immer linkshändig, wenn ich nicht daran denke. Genau wie dieser Plattner. Ich kämpfe dagegen an, aber anscheinend zwecklos. Doch das würde mir nichts ausmachen – es ist eine Kleinigkeit, eine Menge Leute sind Linkshänder und denken sich nichts dabei. Nein. Es ist die schreckliche Angst, daß ich nicht weiß, was ich tue, wenn ich in dieser vierten Dimension bin – oder was das nun ist.»

Er seufzte tief.

«Es quält mich. Es quält mich entsetzlich.»

«Wie wär's, wenn Sie es erzählen würden», sagte Wimsey.

«Ich spreche nicht gern darüber, die Leute könnten glauben, bei mir ist eine Schraube locker. Aber es geht mir langsam ganz schön auf die Nerven. Jeden Morgen, wenn ich aufwache, frage ich mich, was ich in der Nacht getrieben habe und ob es auch der Tag im Monat ist, der es von Rechts wegen sein sollte. Ich habe keine Ruhe, bis ich die Morgenzeitung sehe, und sogar dann kann ich nicht sicher sein . . .

Gut, ich werde Ihnen erzählen, wenn Sie es nicht lästig oder aufdringlich finden. Das Ganze fing an . . .» Er brach ab und blickte sich scheu um. «Es ist niemand zu sehen. Wenn es Ihnen nichts ausmacht, Sir, einen Augenblick Ihre Hand hierher zu legen . . .»

Er knöpfte seine ziemlich kümmerliche zweireihige Weste auf und zeigte auf den Teil seines Körpers, der gewöhnlich als Sitz des Herzens gilt.

«Gewiß», sagte Wimsey und tat, worum er gebeten war.

«Fühlen Sie etwas?»

«Ich weiß nicht», antwortete Wimsey. «Was soll ich denn fühlen? Eine Schwellung oder so etwas? Wenn Sie Ihren Pulsschlag meinen, dann ist das Handgelenk dafür besser geeignet.»

«Oh, Sie können ihn hier sehr gut spüren», sagte der kleine Mann, «Sie brauchen es nur auf der anderen Seite des Brustkorbs zu probieren, Sir.»

Wimsey schob gehorsam seine Hand dorthin.

«Ich glaube, da spüre ich ein leichtes Schlagen.»

«Ja? Nun, Sie waren nicht darauf gefaßt, es *hier* zu finden, nicht wahr? Aber das ist es eben. Mein Herz ist auf die rechte Seite gerutscht – das wollte ich Sie selber fühlen lassen.»

«Ist das während einer Krankheit passiert?» fragte Wimsey teilnehmend.

«Gewissermaßen. Aber das ist nicht alles. Auch meine Leber ist auf die falsche Seite gewandert und die anderen Organe ebenso. Ich war bei einem Doktor, der hat mich untersucht und gesagt, bei mir sei alles umgekehrt. Mein Blinddarm zum Beispiel saß links – das heißt, bis man ihn mir herausnahm. Wenn wir jetzt zu Hause wären, könnte ich Ihnen die Narbe zeigen. Es war für den Chirurgen eine große Überraschung, als man ihm das von mir erzählte. Nachher sagte er, es sei ihm recht unangenehm gewesen, sozusagen linkshändig an die Operation gehen zu müssen.»

«Das Ganze ist ungewöhnlich, gewiß», sagte Wimsey, «aber ich glaube, solche Fälle kommen manchmal vor.»

«Nicht so wie bei mir. Es passierte bei einem Luftangriff.»

«Bei einem Luftangriff?» wiederholte Wimsey bestürzt.

«Ja – und wenn das alles gewesen wäre, was mir dabei geschah, würde ich's hinnehmen und noch dankbar sein. Achtzehn war ich damals und gerade eingezogen worden. Vorher hatte ich in der Packerei bei Crichton gearbeitet – Sie haben von der Firma sicher gehört –, Crichton, das Haus für gute Reklame, mit Geschäftsräumen in der Holborn Street. Meine Mutter wohnte in Brixton, und ich war vom Ausbildungslager auf Urlaub gekommen. Ich hatte mich mit ein paar alten Kumpeln getroffen und wollte den Abend mit einem Kinobesuch im ‹Stoll› beschließen. Es war nach dem Abendessen – ich hatte gerade noch Zeit, zur letzten Vorstellung zurechtzukommen; so nahm ich den kürzesten Weg von Leicester Square über Covent Garden Market. Ich ging also ziemlich rasch, da — bums! — fiel eine Bombe offenbar mir genau vor die Füße, und um mich wurde für eine Weile alles schwarz.»

«War das der Angriff, der das Oldham-Haus wegrasierte?»

«Ja, am 28. Januar. Nun, wie ich sagte, für mich war alles weg. Das nächste, was ich weiß, ist, daß ich irgendwo im hellen Tageslicht dahinspazierte, um mich Rasen und Bäume und Wasser auf der einen Seite, und daß ich nicht mehr Ahnung hatte als der Mann im Mond, wie ich dahingekommen war.»

«Guter Gott!» sagte Wimsey. «Und das war die vierte Dimension, meinen Sie?»

«Nein, das nicht. Es war der Hyde Park, wie ich schließlich merkte, als ich meine fünf Sinne wieder beisammen hatte. Ich ging am Ufer der Serpentine entlang, und auf einer Bank saßen ein paar Frauen, und Kinder spielten darum herum.»

«Hatte die Explosion Sie verletzt?»

«Nichts zu sehen oder zu spüren, außer großen blauen Flecken an der einen Hüfte und Schulter, als wenn ich gegen eine Wand oder so etwas geschleudert worden wäre. Ich fühlte mich ziemlich benommen. Der Luftangriff war völlig aus meinem Gedächtnis verschwunden, und ich konnte mir nicht vorstellen, wie ich hierhergekommen war und warum ich nicht bei Crichton arbeitete. Ich schaute auf meine Uhr, aber sie war stehen geblieben. Als ich in meine Tasche griff, fand ich etwas Geld, aber es war nicht so viel, wie ich eigentlich hätte haben müssen — bei weitem nicht. Doch ich verspürte Hunger, und so ging ich beim Marble-Arch-Tor zum Park hinaus und in ein Lyons-Restaurant. Ich bestellte zwei Spiegeleier auf Toast und eine Kanne Tee, und während ich wartete, nahm ich eine Zeitung zur Hand, die jemand auf dem Stuhl hatte liegenlassen. Und das gab mir den Rest. Meine letzte Erinnerung war, daß ich diesen Film hatte ansehen wollen, am 28., und auf der Zeitung stand das Datum vom 30. Januar! Irgendwo hatte ich einen ganzen Tag und zwei Nächte verloren!»

«Ein Schock», stellte Wimsey fest. Der kleine Mann nahm diese Feststellung auf und gab ihr seine eigene Deutung.

«Ein Schock? Das will ich meinen. Ich war zu Tode erschrok-

ken. Das Mädchen, das mir meine Eier brachte, muß gedacht haben, ich sei verdreht. Ich fragte sie, welchen Wochentag wir hätten, und sie sagte: ‹Freitag›. Es gab keinen Zweifel mehr.
Na ja, ich will mich nicht zu lang dabei aufhalten, das ist nämlich bei weitem noch nicht das Ende. Irgendwie brachte ich mein Essen hinunter, und dann ging ich zu einem Doktor. Er fragte mich, woran ich mich als letztes erinnern könnte, und ich erzählte ihm, daß ich ins Kino gewollt hätte; darauf fragte er weiter, ob ich bei dem Luftangriff draußen gewesen sei. Ja, und da fiel es mir wieder ein, ich erinnerte mich an die explodierende Bombe, aber an weiter nichts. Er meinte, ich hätte einen Nervenschock erlitten und ein bißchen das Gedächtnis verloren; das geschehe oft, und ich brauchte mich deshalb nicht zu beunruhigen. Schließlich sagte er, er wolle mich untersuchen, ob ich nicht doch eine Verletzung davongetragen hätte. Er fing also an, mit seinem Hörrohr zu hantieren, bis er plötzlich stutzte.
‹Nanu, Sie haben ja das Herz auf der falschen Seite, mein Junge!›
‹Was?› antwortete ich. ‹Das ist das erstemal, daß ich das höre.›
Nun, er untersuchte mich gründlich, und am Ende sagte er dann, was ich Ihnen schon berichtet habe – daß bei mir innen alles vertauscht sei; er fragte mich auch über meine Familie aus. Ich erzählte ihm, daß ich das einzige Kind sei und meinen Vater als zehnjähriger Junge verloren hätte – ein Lastwagen hat ihn überfahren –, daß ich mit meiner Mutter in Brixton lebte und so weiter. Und er sagte, ich sei ein ungewöhnlicher Fall, aber es bestehe kein Anlaß zur Besorgnis. Abgesehen davon, daß bei mir alles verkehrt im Leibe sitze, sei ich gesund wie ein Fisch im Wasser. Ich solle jetzt nach Hause gehen und mich ein paar Tage schonen.
Das tat ich denn auch und dachte, damit sei die Sache erledigt. Ich hatte allerdings meinen Urlaub überschritten, und es kostete ein bißchen Mühe, meinem Vorgesetzten die Sache zu erklären. Ein paar Monate später wurde mein Regiment an die Front abkommandiert, und ich fuhr auf Abschiedsurlaub. Einmal trank ich eine Tasse Kaffee im Spiegelsaal vom Strand Corner House – Sie kennen ihn sicher, man geht die Treppe hinunter . . .»

Wimsey nickte.
«Rundum an den Wänden die großen Spiegel. Zufällig schaute ich in den einen nahe bei meinem Platz und sah eine junge Dame, die mich anlächelte, als ob sie mich kannte. Das heißt – verstehen Sie mich recht –, ich sah ihr Spiegelbild. Ich begriff nicht, warum sie lächelte, denn ich hatte sie nie zuvor gesehen; so nahm ich keinerlei Notiz von ihr und dachte, sie habe mich mit jemand verwechselt. Außerdem glaubte ich, obwohl ich damals noch sehr jung war, diese Sorte Mädchen zu kennen, und meine Mutter hatte mich immer streng erzogen. Ich schaute also weg und trank weiter meinen Kaffee, doch plötzlich sagte eine Stimme ganz nah bei mir:
‹Hallo, Rotfuchs, willst du mir nicht guten Abend sagen?›
Ich sah auf, und da stand sie. Recht hübsch, wenn sie nicht so angemalt gewesen wäre. ‹Es tut mir leid›, antwortete ich ziemlich steif, ‹ich habe nicht das Vergnügen, Sie zu kennen, Miss.›
‹Oh, Rotfuchs›, sagte sie, ‹Mr. Duckworthy – und das nach Mittwoch nacht?› Sie hatte so eine etwas spöttische Art zu sprechen.
Daß sie mich Rotfuchs nannte, hätte mir nicht viel Kopfzerbrechen gemacht, denn so würde jedes Mädchen zu einem Jungen mit meiner Haarfarbe sagen; aber als ihr mein Name so glatt über die Lippen ging, da gab es mir einen Ruck, das kann ich Ihnen versichern. ‹Sie scheinen zu glauben, Miss, wir seien miteinander bekannt›, sagte ich.
‹Nun, das kann man wohl behaupten, meinst du nicht?› antwortete sie.
Na ja, ich brauche nicht allzu genau darauf einzugehen. Aus ihren Worten mußte ich jedenfalls schließen, daß sie glaubte, sie hätte mich eines Abends getroffen und mit sich nach Hause genommen. Und was mich am meisten erschreckte: sie sagte, es sei am Abend des schweren Luftangriffs gewesen.
‹Du *warst* es›, sagte sie und starrte mir etwas verwirrt ins Gesicht. ‹Natürlich warst du es. Ich erkannte dich gleich, als ich dich im Spiegel sah.›
Selbstverständlich konnte ich nicht sagen, das sei nicht wahr. Ich wußte ja von allem, was ich in der Nacht getan hatte, nicht mehr als ein neugeborenes Kind. Aber es regte mich entsetzlich auf, denn ich war damals noch ein richtiges Unschuldslamm

und nie mit Mädchen gegangen, und mir schien, wenn ich schon so etwas getan hätte, müßte ich es auch wissen. Ich hatte ein schlechtes Gewissen und gleichzeitig das Gefühl, für mein Geld nicht den vollen Gegenwert bekommen zu haben.
Ich brachte ein paar Ausflüchte vor, um das Mädchen loszuwerden. Mich beschäftigte die Frage, was ich wohl sonst noch getan hatte. Sie konnte es mir nur bis zum Morgen des 29. erzählen, und es beunruhigte mich, ob ich nicht noch andere faule Sachen gemacht hatte.»
«Sehr begreiflich», sagte Wimsey und drückte auf die Klingel. Als der Kellner erschien, bestellte er zwei Drinks und machte sich bereit, auch noch den Rest von Mr. Duckworthys Abenteuern anzuhören.
«Trotzdem dachte ich nicht allzu lang darüber nach», fuhr der kleine Mann fort, «wir kamen an die Front, ich sah die ersten Leichen und entging der ersten Granate und bekam die erste Portion Stellungskrieg ab; ich hatte wenig Zeit für das, was man Selbstbetrachtung nennt.
Die nächste seltsame Sache passierte mir im Lazarett in Ypern. Ich hatte im September bei Caudry während der Offensive von Cambrai einen Heimatschuß erwischt – bei einer Minenexplosion wurde ich halb verschüttet und lag wohl an die vierundzwanzig Stunden bewußtlos draußen. Als ich wieder zu mir kam, irrte ich irgendwo hinter den Linien herum, mit einem bösen Loch in der Schulter. Irgendwer hatte es verbunden, aber ich hatte keinerlei Erinnerung daran. Ich ging dahin, ohne zu wissen, wo ich war, bis ich schließlich auf einem Verbandsplatz landete. Die Sanitäter flickten mich zusammen und schickten mich dann in ein Etappenlazarett. Ich hatte ganz hübsch Fieber, und als nächstes weiß ich erst wieder, daß ich in einem Bett lag und eine Schwester auf mich aufpaßte. Der Mann im Nachbarbett schlief. Ich fing ein Gespräch mit dem im übernächsten Bett an, und der sagte mir, wo ich war. Plötzlich wachte der andere Mann auf und sagte:
‹Mein Gott›, sagte er, ‹du dreckiges, rothaariges Schwein, bist du's wirklich? Was hast du mit meinen Wertsachen gemacht?›
Ich kann Ihnen sagen, ich war sprachlos. Hatte den Mann nie im Leben gesehen. Aber er hackte weiter auf mir herum und machte einen solchen Radau, daß die Schwester anrannte, um

zu sehen, was los sei. Alle saßen in den Betten und hörten zu – so etwas haben Sie noch nie gesehen!
Als ich begriff, was der Kerl meinte, stellte sich, kurz gesagt, folgendes heraus: Er hatte mit einem, von dem er behauptete, ich sei es gewesen, in einem Granatloch gelegen und sich mit ihm erst eine Weile unterhalten; dann, als er schwach und hilflos war, hatte der andere ihm Geld, Uhr, Revolver und was weiß ich noch abgenommen und war damit auf und davon gegangen. Ein übler, schmutziger Streich, und ich konnte den Mann begreifen, daß er deshalb einen solchen Spektakel veranstaltete – wenn die Geschichte stimmte. Aber ich sagte und blieb dabei, daß ich das nicht gewesen sei – vielleicht ein anderer gleichen Namens. Aber er behauptete, er erkenne mich, er und dieser Mensch hätten einen ganzen Tag miteinander verbracht, er kenne jeden Zug in seinem Gesicht und könne sich nicht irren. Anscheinend hatte der andere aber erzählt, er gehöre zu den Blankshires, und ich konnte durch meine Papiere beweisen, daß ich zu den Buffs gehörte, und am Ende entschuldigte sich mein Nachbar und sagte, er müsse sich doch getäuscht haben. Ein paar Tage später starb er, und wir waren uns alle einig, daß er wohl ein wenig irre geredet habe. Die beiden Divisionen kämpften Seite an Seite, und es war durchaus möglich, daß sie durcheinandergerieten. Ich versuchte später herauszufinden, ob ich vielleicht zufällig einen Doppelgänger bei den Blankshires hätte, aber ich wurde in die Heimat verlegt, und bevor ich wieder tauglich war, kam der Waffenstillstand, und ich ging der Sache nicht weiter nach.
Als der Krieg vorbei war, kehrte ich an meinen alten Arbeitsplatz zurück, und die Dinge schienen sich zu normalisieren. Mit einundzwanzig verlobte ich mich mit einem netten, ordentlichen Mädchen, und ich dachte, alles sei schön und gut. Und dann eines Tages – aus der Traum! Meine Mutter war damals schon tot, ich wohnte in Untermiete. Nun ja, ich bekam einen Brief von meiner Zukünftigen, sie habe mich am Sonntag in Southend gesehen, und das genüge ihr. Alles sei aus zwischen uns.
Zu allem Unglück hatte ich ihr für dieses Wochenende abgesagt, weil ich mit einer Grippe zu Bett lag. Ich hatte ein unmöbliertes Zimmer, wissen Sie, ohne Bedienung, und keine

Menschenseele war zu mir gekommen, obwohl es mir ziemlich dreckig ging. Aber meine Verlobte, die behauptete, sie habe mich in Southend gesehen mit einer anderen, und sie wollte keine Rechtfertigung gelten lassen. Natürlich fragte ich, was *sie* denn ohne mich in Southend getan hätte, und das gab der Sache den Rest. Sie schickte mir ihren Ring zurück und damit war, wie man so sagt, die Episode abgeschlossen.
Was mich aber am meisten aufregte, war meine innere Unsicherheit, ob ich nicht am Ende in Southend gewesen war, ohne es zu wissen. Ich bildete mir zwar ein, ich sei krank und im Halbschlaf in meinem Zimmer gelegen, doch das ganze war für mich wie in einem Nebel. Und wenn ich an die Dinge dachte, die ich die anderen Male getan hatte – du liebe Zeit! Ich hatte keine deutliche Erinnerung, weder so noch so, nur an Fieberträume, etwa die unklare Vorstellung, ich sei irgendwo stundenlang umhergewandert und -geirrt. Ein Fiebertraum – aber vielleicht war ich auch als Schlafwandler unterwegs gewesen, nach dem, was ich von mir wußte. Ich hatte nicht den geringsten Anhaltspunkt, auf den ich mich stützen konnte. Es traf mich hart, daß ich meine Zukünftige auf diese Art verlor, aber ich wäre über die Sache weggekommen, wenn ich nicht immer Angst vor mir selbst gehabt hätte, oder daß ich am Ende den Verstand verlieren würde.
Sie denken womöglich, das seien alles Hirngespinste und man hätte mich bloß mit einem verwechselt, der den gleichen Namen hatte und mir zufällig ähnlich sah. Aber jetzt werde ich Ihnen etwas erzählen.
Von dieser Zeit an hatte ich furchtbare Träume. Vor allem träumte ich etwas, das mich schon immer verfolgte – etwas, das mich als kleiner Kerl erschreckt hatte. Meine Mutter, obwohl sie eine fromme, rechtschaffene Frau war, ging gern dann und wann ins Kino. Natürlich waren damals die Filme nicht wie heutzutage, ich glaube, wir würden die alten Streifen ziemlich primitiv finden, wenn wir sie jetzt ansehen müßten, aber damals hielten wir sehr viel davon. Als ich so ungefähr sieben oder acht war, nahm sie mich mit in einen Film – ich weiß den Titel noch, ‹Der Student von Prag› hieß er. Die Geschichte habe ich vergessen, aber es war etwas Historisches, von einem jungen Burschen an der Universität, der sich dem Teufel verkauf-

te; und eines Tages trat sein Spiegelbild selbständig aus dem Glas heraus und ging herum und verübte abscheuliche Verbrechen, und alles dachte, das sei er. Wenigstens glaube ich, daß es so ungefähr war – ich habe die Einzelheiten vergessen, es ist schon so lang her. Was ich aber nicht so schnell vergessen werde, ist der Schauder, den es mir über den Rücken jagte, als ich die entsetzliche Gestalt aus dem Spiegel herauskommen sah. Es war so grausig, ich schrie und weinte, und nach einer Weile mußte mich meine Mutter hinausbringen. Monate und Jahre danach träumte ich noch davon: ich schaute in einen großen, länglichen Spiegel – wie der Student in dem Film –, und nach kurzer Zeit sah ich mein Spiegelbild mich anlächeln. Ich ging mit ausgestreckter linker Hand auf den Spiegel zu und sah, wie ich mir entgegenkam, mit der ausgestreckten Rechten. Und gerade wenn das Bild mich erreicht hatte, plötzlich – das war der scheußliche Augenblick – drehte es mir den Rücken und ging wieder in den Spiegel zurück. Dabei grinste es mir über die Schulter zu. Und mit einmmal wußte ich, daß *es* die wirkliche Person war und *ich* nur das Spiegelbild; ich schlug hinter ihm in das Glas, alles um mich wurde grau und verschwommen, und ich wachte in Schweiß gebadet auf.»

«Äußerst unangenehm», sagte Wimsey. «Die Sage vom Doppelgänger ist eine der ältesten und verbreitetsten, und sie erschreckt mich immer wieder neu. Als *ich* noch ein Kind war, entsetzte mich immer eine Redensart meines Kindermädchens. Wenn wir von einem Spaziergang nach Hause kamen und gefragt wurden, ob wir jemand getroffen hätten, pflegte sie zu antworten: ‹Nein, niemand Hübscheren als uns.› Ständig zottelte ich mit der Furcht hinter ihr her, wir könnten an der nächsten Ecke plötzlich auf ein grausig ähnliches Paar stoßen. Natürlich wäre ich eher gestorben, als daß ich einer Menschenseele erzählt hätte, wie mich die Sache ängstigte. Kinder sind schon komische Wesen.»

Der kleine Mann nickte gedankenvoll. Dann fuhr er fort: «Etwa von dieser Zeit an kam der Alptraum zurück. Zuerst, wissen Sie, nur in Abständen, aber er wurde immer mächtiger. Zuletzt war er jede Nacht da. Kaum hatte ich die Augen geschlossen, da erschien schon der längliche Spiegel, und das Etwas kam mir grinsend entgegen, immer mit ausgestreckter

Hand, als wollte es mich packen und durch das Glas zu sich ziehen. Manchmal wachte ich von dem Schock gleich wieder auf, aber manchmal ging der Traum weiter, und ich mußte stundenlang durch eine sonderbare Welt taumeln, lauter Nebel und Halbdunkel, und die Mauern waren alle krumm und gegeneinander geneigt wie in dem Film vom Dr. Caligari. Irr – genau das war es. Wie viele Male blieb ich die ganze Nacht aufrecht sitzen aus Angst vor dem Einschlafen. Ich wußte ja nicht... sehen Sie, ich sperrte zwar die Schlafzimmertür zu und versteckte den Schlüssel, weil ich fürchtete... nun, ich wußte ja nicht, was ich am Ende noch tat in meinem Traum. Aber dann las ich in einem Buch, daß Schlafwandler sich daran erinnern können, wohin sie die Sachen in wachem Zustand verräumt haben. So war das Verstecken also zwecklos.«

«Warum nahmen Sie nicht jemand zu sich ins Zimmer?»

«Das tat ich ja auch.» Er stockte. «Ich heiratete. Meine Frau war ein liebes junges Ding. Der Traum verschwand. Drei Jahre lang hatte ich Frieden. Ich war vernarrt in das Mädchen, weiß der Himmel, wie vernarrt. Dann starb sie.»

Er stürzte den Rest seines Whiskys hinunter und blinzelte.

«Grippe. Dann Lungenentzündung. Es hat mich sozusagen umgeworfen. Hübsch war sie auch...

Danach war ich wieder allein. Ich litt darunter. Ich konnte doch nicht – wollte nicht... aber die Träume kamen zurück. Schlimmer. Ich träumte, ich täte alle möglichen Dinge – nun, das ist jetzt unwichtig.

Und eines Tages passierte es dann am hellen Tag...

Ich ging um die Mittagszeit durch die Holborn Street, ich arbeitee immer noch bei Crichton. Chef der Packerei war ich inzwischen und stand mich sehr gut dabei. Es war ein elend feuchter Tag, erinnere ich mich, düster und immer wieder Nieselregen. Ich wollte mir die Haare schneiden lassen. Es gibt da einen Frisörladen, auf der Südseite, etwa auf halbem Weg – so einen, wo man durch eine Passage gehen muß, und am Ende ist dann eine Tür mit einem Spiegel, auf dem der Name steht, in Goldbuchstaben.

Dorthin also ging ich. In der Passage brannte ein Licht, so konnte ich ganz gut sehen. Als ich mich dem Spiegel näherte, sah ich mein Bild mir entgegenkommen, und plötzlich über-

fiel mich das scheußliche Traumgefühl. Ich sagte mir, das sei doch reiner Unsinn, und streckte die Hand nach der Türklinke aus – meine linke, denn die Klinke war auf dieser Seite, und ich reagierte noch immer leicht als Linkshänder, wenn ich nicht aufpaßte.
Das Spiegelbild streckte natürlich die rechte Hand aus – das war selbstverständlich nichts Besonderes – und ich sah meine eigene Gestalt mit dem alten, zerdrückten Hut und dem Regenmantel – aber mein Gesicht – großer Gott! Es grinste mich an! Und dann, genau wie im Traum, drehte mir das Spiegelbild plötzlich den Rücken und ging von mir weg, sah mich über die Schultern an ...
Meine Hand lag auf der Türklinke, die Tür öffnete sich, ich stolperte und fiel über die Schwelle.
Danach weiß ich nichts mehr. Als ich erwachte, lag ich in meinem Bett, und ein Doktor war bei mir. Er erzählte mir, ich sei auf der Straße ohnmächtig geworden; man habe ein paar Briefe mit meiner Adresse bei mir gefunden und mich so nach Hause bringen können.
Ich sagte dem Doktor alles, was dazu zu sagen war, und er meinte, ich sei sehr nervös. Es wäre gut, wenn ich eine andere Arbeit hätte und mehr an die frische Luft käme.
Bei Crichton waren sie sehr anständig zu mir. Sie beauftragten mich mit der Überwachung ihrer Außenreklame; da fährt man von Stadt zu Stadt, wissen Sie, und inspiziert die Litfaßsäulen und schaut, welche Plakate beschädigt oder schlecht placiert sind, und berichtet darüber. Sie haben mir auch einen Morgan gestellt zum Herumfahren.
Mit den Träumen wurde es besser. Aber weg ist es nicht. Erst vor ein paar Nächten kam es wieder über mich. Einer der schlimmsten Träume, die ich je hatte. Ringkampf und Würgegriffe irgendwo in Nacht und Nebel. Ich hatte den Teufel – mein anderes Ich – aufgespürt und überwältigt. Ich spüre noch, wie meine Finger seine Kehle packten – und ich mich selbst tötete.
Das war in London. In London geht es mir immer schlechter. Und dann kam ich hierher ...
Sie verstehen jetzt, warum mich das Buch interessiert hat. Die vierte Dimension ... nicht daß ich je davon gehört hätte, aber

dieser Wells scheint sie genau zu kennen. Sie sind doch ein gebildeter Mann; möchte sagen, Sie waren auf dem College und so weiter. Was denken Sie über die Sache?»

«Ich würde sagen», antwortete Wimsey, «es ist wahrscheinlicher, daß Ihr Doktor recht hatte. Nerven und so.»

«Ja, aber das erklärt nicht ausreichend, warum ich so tief in die Sache hineingeraten bin, nicht wahr? Sie sprachen von Sagen. Nun, manche meinen, die Leute im Mittelalter hätten doch eine ganze Menge gewußt. Ich will nicht sagen, daß ich an böse Geister und all das glaube, aber vielleicht sind ein paar von diesen Alten geplagt worden wie ich. Es ist für jeden vernünftigen Menschen klar, daß sie nicht soviel davon sprechen würden, wenn sie es nicht erfahren hätten – wenn Sie verstehen, was ich meine. Eins möchte ich allerdings gern wissen: Kann ich da nicht irgendwie heraus? Ich sage Ihnen, es liegt mir wie eine Last auf der Seele. Ich weiß ja nie . . .»

«Ich würde mir an Ihrer Stelle nicht so viele Gedanken machen», sagte Wimsey. «Und ich würde mich an die Frischluftkur halten. Und heiraten. Dann haben Sie eine Kontrolle über das, was Sie tun. Und die Träume verschwinden wieder.»

«Ja, ja. Ich habe auch schon daran gedacht. Aber – haben Sie neulich nicht von dem Mann gelesen? Hat seine Frau im Schlaf erwürgt! Angenommen, ich – es wäre doch schrecklich, wenn das einem Mann passierte, nicht? Diese Träume . . .»

Er schüttelte den Kopf und starrte nachdenklich ins Feuer. Wimsey stand nach kurzem Schweigen auf und ging hinaus in die Bar. Die Wirtin und der Kellner und das Barmädchen standen beieinander, die Köpfe dicht über ein Zeitungsblatt gebeugt. Sie redeten lebhaft miteinander, verstummten jedoch plötzlich, als sie Wimseys Schritte hörten.

Zehn Minuten später kehrte Wimsey in die Halle zurück. Der kleine Mann war gegangen. Wimsey nahm seinen Automantel an sich, den er über einen Stuhl gelegt hatte, und ging dann die Treppe hinauf in sein Zimmer. Langsam und nachdenklich zog er sich aus, schlüpfte in seinen Schlafanzug und den Morgenmantel, dann nahm er ein Exemplar der «Evening News» aus der Automanteltasche und studierte aufmerksam eine Notiz auf der ersten Seite. Nach kurzem Überlegen schien er zu einem Entschluß zu kommen; er stand auf und öffnete vorsichtig seine Zimmertür. Der Gang lag menschenleer und dunkel da. Wimsey knipste seine Taschenlampe an und ging leise den Flur entlang, die Blicke auf den Boden geheftet. Vor einer der Türen blieb er stehen und betrachtete das Paar Schuhe, das zum Putzen herausgestellt worden war. Sachte versuchte er die Tür zu öffnen. Sie war zugesperrt. Er klopfte behutsam. Ein rothaariger Kopf erschien.

«Darf ich einen Augenblick hineinkommen?» flüsterte Wimsey.

Der kleine Mann trat zurück, und Wimsey folgte ihm ins Zimmer.

«Was gibt's?» fragte Mr. Duckworthy.

«Ich möchte mit Ihnen sprechen», sagte Wimsey. «Gehen Sie ruhig ins Bett zurück, es kann einige Zeit dauern.»

Der kleine Mann sah ihn erschrocken an, aber er tat, was Wimsey ihm gesagt hatte. Wimsey zog seinen Morgenmantel dichter um sich, klemmte das Monokel fester ins Auge und setzte sich auf dem Bettrand nieder. Ein paar Sekunden schaute er Duckworthy wortlos an. Dann begann er:

«Nun hören Sie mal. Sie haben mir heute abend eine etwas sonderbare Geschichte erzählt. Aus irgendwelchen Gründen glaube ich Ihnen. Vielleicht beweist das nur, was für ein einfältiger Narr ich bin, aber so bin ich nun einmal geboren, und jetzt ist es zu spät, für meine Änderung zu beten. Gutherzige, vertrauensvolle Natur, und so weiter. Haben Sie heute abend in die Zeitung geschaut?»

Er gab Duckworthy die «Evening News» und richtete sein Monokel starr auf sein Gegenüber.

Auf der ersten Seite war eine Fotografie abgebildet; darunter stand ein fettgedruckter eingerahmter Arikel:

«Scotland Yard bemüht sich, mit dem auf diesem Foto abgebildeten Mann Verbindung aufzunehmen. Es wurde gefunden in der Handtasche von Miss Jessie Haynes, deren Leiche am vergangenen Donnerstagmorgen auf den Gemeindewiesen von Barnes entdeckt wurde. Das Foto trägt auf der Rückseite die Widmung ‹Für J. H. in Liebe von R. D.› Wer das Foto kennt, wird gebeten, sich unverzüglich mit Scotland Yard in Verbindung zu setzen.»

Duckworthy starrte auf die Zeitung und wurde so weiß, daß Wimsey dachte, er werde ohnmächtig.

«Nun?» fragte Wimsey.
«Lieber Gott, Sir! Lieber Gott! Zuletzt ist es nun doch passiert.» Er wimmerte und stieß die Zeitung zitternd von sich. «Ich habe es immer gewußt, daß so etwas kommen würde. Aber so wahr ich lebe, ich habe keine Ahnung davon!»
«Das sind wirklich Sie, nehme ich an?»
«Auf dem Foto? Sicher. Obwohl ich nicht weiß, wie es zustande kam. Ich habe seit ewigen Zeiten keins mehr machen lassen, das schwöre ich – bloß einmal war ich auf einem Gruppenbild bei Crichton. Aber ich sage Ihnen auf Ehre und Gewissen, es gibt Zeiten, da weiß ich nicht, was ich tue.»
Wimsey prüfte das Porträt Zug um Zug.
«Ihre Nase – sie hat eine leichte Krümmung – entschuldigen Sie, wenn ich das erwähne – nach rechts, und genauso ist es auf dem Foto. Das linke Augenlid hängt ein wenig. Auch das stimmt. Die Stirn hier scheint auf der linken Seite einen ausgesprochenen Buckel zu haben – oder liegt das am Abzug?»
«Nein!» Duckworthy warf seine zerzauste Schmachtlocke zurück. «Er ist sehr auffällig – häßlich, habe ich immer gedacht; deshalb kämme ich das Haar darüber.»
Jetzt, mit der zurückgestrichenen roten Locke, war die Ähnlichkeit mit dem Foto noch bestürzender als zuvor.
«Auch mein Mund ist schief.»
«Stimmt. Links nach oben gebogen. Sehr anziehend finde ich, so ein einseitiges Lächeln – auf einem Gesicht von Ihrem Typ. Ich habe auch schon erlebt, daß es ausgesprochen böse wirkte.»
Duckworthy lächelte ein zaghaftes, schiefes Lächeln.
«Kennen Sie dieses Mädchen, Jessie Haynes?»
«Nicht wenn ich bei Sinnen bin, Sir. Nie von ihr gehört – außer, natürlich, daß ich über den Mord in der Zeitung las. Erwürgt – mein Gott!» Er legte beide Hände vor sich auf die Decke und starrte sie unglücklich an.
«Was kann ich tun? Wenn ich fortginge ...»
«Das können Sie nicht. Unten in der Bar hat man Sie erkannt. Wahrscheinlich wird in wenigen Minuten die Polizei hier sein. Nein» – Duckworthy machte Anstalten, aus dem Bett zu springen –, «tun Sie das nicht. Es ist zwecklos und würde Sie nur in Schwierigkeiten bringen. Bleiben Sie ruhig und beantworten Sie mir ein paar Fragen. Vor allem: Wissen Sie, wer ich bin?

Nein, wie sollten Sie auch! Mein Name ist Wimsey, Lord Peter Wimsey...»
«Der Detektiv?»
«Wenn Sie es so nennen wollen. Aber nun hören Sie. Wo haben Sie in Brixton gewohnt?»
Der kleine Mann gab die Adresse an.
«Ihre Mutter ist tot. Haben Sie sonst noch Verwandte?»
«Es gab eine Tante. Sie stammte, glaube ich, irgendwo aus Surrey. Tante Susan nannte ich sie. Ich habe sie seit meiner Kindheit nicht mehr gesehen.»
«Verheiratet?»
«Ja – Mrs. Susan Brown.»
«Gut. Waren Sie als Kind Linkshänder?»
«Ja, zuerst. Aber meine Mutter gewöhnte es mir ab.»
«Und die Neigung zeigte sich wieder nach dem Luftangriff. Weiter: waren Sie als Kind irgendwann einmal krank? So, daß Sie einen Arzt brauchten, meine ich?»
«Ich hatte die Masern, als ich ungefähr vier war.»
«Erinnern Sie sich, wie der Arzt hieß?»
«Man brachte mich ins Spital.»
«Ach ja, natürlich. Besinnen Sie sich auf den Namen des Frisörs in der Holborn Street?»
Diese Frage kam so unerwartet, daß sie Duckworthys Erinnerungsvermögen durcheinanderbrachte, aber nach einigem Nachdenken sagte er, der Name habe wohl Biggs oder Briggs gelautet.
Wimsey saß einen Augenblick in Gedanken versunken, dann sagte er:
«Ich glaube, das ist alles. Außer – o ja! Wie ist Ihr Vorname?»
«Robert.»
«Und Sie versichern mir, daß Sie, soweit Sie wissen, nichts mit dieser Sache zu tun haben?»
«Das», sagte der kleine Mann, «das schwöre ich. Soweit ich weiß, natürlich. O mein Gott! Wenn ich nur ein Alibi beibringen könnte! Das ist meine einzige Chance. Aber ich habe solche Angst, sehen Sie, daß ich es vielleicht doch getan habe. Glauben Sie – man würde mich dafür hängen?»
«Nicht, wenn Sie beweisen können, daß Sie nichts davon wußten», antwortete Wimsey. Daß sein neuer Bekannter selbst

unter diesen Umständen wahrscheinlich den Rest seines Lebens im Zuchthaus verbringen würde, verschwieg er.

«Wissen Sie», sagte Duckworthy, «wenn ich nun mein Leben lang herumgehen und Leute umbringen müßte, ohne davon zu wissen, dann wäre es immer noch besser, sie würden mich hängen, und damit Schluß. Es ist schrecklich, wenn man darüber nachdenkt.»

«Ja. Aber vielleicht haben Sie's auch nicht getan.»

«Das hoffe ich wirklich», sagte Duckworthy. «Aber – was ist das?»

«Die Polizei, denke ich», erwiderte Wimsey leichthin. Als es an die Tür klopfte, stand er auf und sagte kräftig: «Herein!»

Der Wirt, der als erster eintrat, schien etwas verblüfft über Wimseys Anwesenheit.

«Kommen Sie nur herein», sagte Wimsey einladend zu dem Sergeanten und dem Polizisten. «Was können wir für Sie tun?»

«Machen Sie keinen Lärm», sagte der Wirt, «wenn es irgend geht.»

Der Sergeant marschierte geradewegs auf das Bett zu und stellte sich vor den verschüchterten Duckworthy.

«Das ist der Mann», sagte er. «Nun, Mr. Duckworthy, Sie werden diesen späten Besuch entschuldigen, aber wie Sie wohl aus den Zeitungen wissen, suchen wir jemand, der Ihrer Personenbeschreibung entspricht, und haben keine Zeit zu verlieren. Wir möchten ...»

«Ich hab's nicht getan», schrie Duckworthy wild. «Ich weiß auch nichts darüber ...»

Der Polizist zog sein Notizbuch heraus und schrieb: «Bevor ihm eine Frage gestellt wurde, sagte er: ‹Ich habe es nicht getan.›»

«Anscheinend wissen Sie gut Bescheid», sagte der Sergeant.

«Natürlich», sagte Wimsey, «wir hatten eben einen zwanglosen kleinen Schwatz über die Sache.»

«So, hatten Sie? Und wer sind denn Sie ... Sir?»

«Es tut mir leid», antwortete Wimsey, «ich habe gerade keine Visitenkarte bei mir. Ich bin Lord Peter Wimsey.»

«Ach, wirklich», sagte der Sergeant. «Und darf ich fragen, Mylord, was Sie über diese Geschichte hier wissen?»

«Sie dürfen. Und ich werde auch antworten. Über den Mord weiß ich nichts, über Mr. Duckworthy, was er mir erzählt hat, mehr nicht. Ich glaube sicher, daß er auch Ihnen gegenüber sprechen wird, wenn Sie ihn in höflichem Ton fragen.»
Verärgert knurrte der Sergeant:
«Es ist meine Pflicht, ihn zu fragen, was er über die Sache weiß.»
«Ich bin ganz Ihrer Meinung», erwiderte Wimsey, «und als guter Bürger hat er die Pflicht, Ihnen zu antworten. Aber es ist finstere Nacht, eine scheußliche Zeit, finden Sie nicht? Warum nicht bis morgen warten? Mr. Duckworthy wird nicht weglaufen.»
«Davon bin ich nicht so überzeugt.»
«Aber ich. Ich verpflichte mich, ihn vorzuführen, wann immer Sie ihn sprechen wollen. Genügt das nicht? Er steht doch nicht unter Anklage, nehme ich an?»
«Noch nicht», erklärte der Sergeant.
«Großartig. Dann hätten wir ja alles ganz freundschaftlich geregelt. Wie wär's mit einem Gläschen?»
Der Sergeant lehnte die liebenswürdige Einladung mit einer gewissen Schroffheit ab.
«Nicht auf der Höhe?» erkundigte sich Wimsey teilnehmend. «Pech. Nieren? Oder Leber?»
Der Sergeant gab keine Antwort.
«Nun, es war uns ein besonderes Vergnügen, Sie zu begrüßen», fuhr Wimsey fort. «Sie werden uns morgen früh wieder aufsuchen, nicht wahr? Ich muß ziemlich zeitig in die Stadt zurück, aber ich werde auf dem Weg dahin bei der Polizei vorsprechen, Mr. Duckworthy können Sie hier in der Halle finden. Das ist auch für Sie bequemer als in Ihrem Büro. Müssen Sie gehen? Dann gute Nacht allerseits.»
Nachdem er die Polizei aus dem Haus geleitet hatte, kam Wimsey noch einmal zu Duckworthy zurück.
«Hören Sie», sagte er, «ich werde in der Stadt tun, was ich kann. Ich schicke Ihnen gleich am Morgen einen Anwalt. Erzählen Sie ihm, was Sie mir erzählt haben, und erzählen Sie der Polizei, was er Ihnen rät, nicht mehr. Denken Sie daran, man kann Sie nicht zwingen, etwas zu sagen oder zur Polizeiwache zu gehen, solange Sie nicht unter Anklage stehen. Und

wenn das passiert, gehen Sie ruhig mit und reden Sie nichts. Auf keinen Fall dürfen Sie weglaufen – wenn Sie das tun, sind Sie erledigt.»

Wimsey kam am folgenden Nachmittag in die Stadt und machte sich in der Holborn Street auf die Suche nach dem Friseurgeschäft. Er fand es ohne große Schwierigkeiten. Der Laden lag, wie Duckworthy es geschildert hatte, am Ende einer schmalen Passage, und in der Ladentür war eine Spiegelscheibe mit dem Namen Briggs in querlaufenden, verschnörkelten Goldbuchstaben. Wimsey blickte voll Unbehagen sein Spiegelbild an.

«Niederlage Nummer eins», sagte er, während er mechanisch seinen Schlips zurechtrückte. «Bin ich an der Nase herumgeführt worden? Oder ist es doch ein Fall von vierter Dimension? Aber es kann keinen Zweifel geben, die Tür hier ist eine Spiegelscheibe. Ich frage mich: War das immer so? Auf, Wimsey, auf! Noch einmal Rasieren ertrage ich nicht. Vielleicht geht es mit einem Haarschnitt.»

Er öffnete die Ladentür und behielt dabei sein Spiegelbild fest im Auge, damit es ihm keinen Streich spiele.

Aus seiner Unterhaltung mit dem Frisör, die sehr lebhaft verlief, verdient nur eine Stelle festgehalten zu werden.

«Es ist einige Zeit her, seit ich hier war», sagte Wimsey. «Hinter den Ohren bitte kurz. Sie haben renoviert, nicht wahr?»

«Ja, Sir. Sieht ganz flott aus, nicht?»

«Der Spiegel außen an der Ladentür, der ist auch neu, oder?»

«O nein, Sir. Der war immer dran, seit wir das Geschäft übernommen haben.»

«Wirklich! Dann ist es länger her, als ich dachte. War es schon vor drei Jahren so?»

«O ja, Sir. Mr. Briggs ist seit zehn Jahren hier.»

«Und der Spiegel auch?»

«Ja, Sir.»

«Dann läßt mich mein Gedächtnis im Stich. Alterserscheinungen. Nein danke, wenn ich grau werde, will ich es mit Anstand werden. Heute möchte ich kein Haarwasser, danke schön. Nein, nicht einmal Elektromassage. Ich habe genug Schocks abbekommen.

Und doch ließ ihn die Sache nicht los. Sie beschäftigte ihn so sehr, daß er, als er wieder auf die Straße kam, ein paar Schritte zurückging. Plötzlich fiel sein Blick auf die Glastür einer Teestube. Auch sie lag am Ende einer düsteren Passage und trug quer über die Fläche einen Namen in Goldschrift. Er lautete «Bridgets Teestube». Diese Tür jedoch war aus durchsichtigem Glas. Wimsey betrachtete sie kurze Zeit, dann trat er ein. Er ging nicht zu den Teetischen, sondern wandte sich an die Kassiererin, die an einem Glastisch bei der Tür saß.
Er kam gleich zur Sache und fragte, ob die junge Dame sich erinnere, wie vor ein paar Jahren hier in der Passage ein Mann ohnmächtig geworden sei.
Das Mädchen konnte ihm keine Auskunft geben; sie war erst seit drei Monaten da, aber sie meinte, eine der Kellnerinnen würde sich vielleicht daran erinnern. Sie wurde herbeigerufen, und nach einigem Nachdenken glaubte sie, sich auf etwas Derartiges besinnen zu können. Wimsey dankte ihr, sagte, er sei Journalist – was man anscheinend als Entschuldigung für absonderliche Fragen gelten ließ –, wurde eine halbe Krone los und ging.
Sein nächster Besuch galt dem Carmelite House. Wimsey hatte fast in jeder Zeitungsredaktion in Fleet Street Freunde, und so gelangte er ohne Schwierigkeiten in das Fotoarchiv. Das Original der R.-D.-Porträts wurde ihm vorgelegt.
«Ein eigenes Foto?» fragte er.
«Nein, von Scotland Yard ausgegeben. Warum? Stimmt etwas nicht damit?»
«Keineswegs. Ich wollte den Namen des Fotografen wissen, das ist alles.»
«Ach so. Da werden Sie wohl dort nachfragen müssen. Kann ich sonst nichts für Sie tun?»
«Nein, danke.»
Bei Scotland Yard ging es ganz reibungslos. Chefinspektor Parker war Wimseys bester Freund. Auf eine Rückfrage von ihm erhielten sie sofort den Namen des Fotografen, der auf dem Abzug vermerkt war. Wimsey fuhr gleich los, um die Firma aufzusuchen. An Ort und Stelle sicherte ihm sein Name unverzüglich eine Unterredung mit dem Geschäftseigentümer.
Wie Wimsey es erwartet hatte, war vor ihm schon Scotland

Yard dagewesen und hatte sich alle Auskünfte geholt, die die Firma geben konnte. Es waren sehr wenig. Das Foto war ein paar Jahre zuvor aufgenommen worden, über den Auftraggeber wußte man sonst nichts mehr. Das Geschäft war klein; es befaßte sich mit der raschen Herstellung billiger Porträts, ohne Anspruch auf künstlerische Gestaltung.

Wimsey bat darum, das Negativ ansehen zu dürfen; es wurde nach einigem Suchen gebracht.

Er betrachtete es genau, legte es dann auf den Tisch und zog die Nummer der «Evening News» aus der Tasche, in der die Aufnahme erschienen war.

«Sehen Sie sich das an», sagte er.

Der Eigentümer warf einen Blick auf die Zeitung, dann auf das Negativ.

«Nanu, ich bin platt», sagte er, «das ist wirklich seltsam.»

«Es ist beim Vergrößern passiert, denke ich», sagte Wimsey.

«Ja. Es muß falsch herum eingelegt worden sein. Seltsam. Wissen Sie, Sir, oft müssen wir unter großem Zeitdruck arbeiten, und ich vermute – aber das ist sehr schlampig. Ich werde der Sache nachgehen.»

«Machen Sie mir doch einen Abzug, der nicht seitenverkehrt ist», bat Wimsey.

«Ja, gewiß, Sir. Sofort.»

«Und schicken Sie einen an Scotland Yard.»

«Jawohl, Sir. Sonderbar, daß es gerade bei dieser Aufnahme passiert sein soll, nicht wahr? Ich wundere mich, daß der Kunde es nicht gemerkt hat. Aber wir nehmen im allgemeinen drei oder vier verschiedene Stellungen auf, vielleicht hat er sich deshalb nicht erinnert.»

«Sehen Sie nach, ob Sie noch etwas von den übrigen Aufnahmen da haben; ich möchte Sie ebenfalls sehen.»

«Das habe ich schon getan, Sir, aber wir besitzen keine mehr. Zweifellos wurde diese eine ausgewählt, und die anderen haben wir vernichtet. Wir heben nämlich nicht alle abgelehnten Negative auf. Es fehlt uns an Platz. Aber ich werde sofort drei Abzüge machen lassen.»

«Schön», antwortete Wimsey. «Und je schneller, desto besser. Beschleunigen Sie das Trocknen. Und machen Sie ja nichts an den Abzügen.»

«Nein, Sir. In ein bis zwei Stunden werden Sie sie haben. Aber es erstaunt mich doch, daß der Kunde nicht reklamierte.»
«Das ist nicht erstaunlich», erwiderte Wimsey. «Er fand diese Aufnahme wahrscheinlich am ähnlichsten. Und das war sie auch – für ihn. Verstehen Sie nicht? Sein eigenes Gesicht bekam er immer nur wie auf diesem Foto zu sehen; so, mit vertauschter rechter und linker Seite, blickte es ihn tagtäglich aus dem Spiegel an. Es ist das einzige Gesicht, das er wirklich als das seine wiedererkennen kann.»
«Ja, das stimmt, Sir. Ich bin Ihnen sehr verbunden, daß Sie den Irrtum herausgefunden haben.»
Wimsey erinnerte noch einmal daran, daß die Abzüge dringend gebraucht würden, und ging. Anschließend stattete er dem Somerset House einen kurzen Besuch ab, worauf er, zufrieden mit seinem Tagewerk, nach Hause zurückkehrte.

Die Nachforschungen in Brixton – in dem Haus, das Duckworthy als Adresse angegeben hatte, und in seiner Nachbarschaft – brachten Wimsey schließlich auf die Spur von Leuten, die Duckworthy und seine Mutter gekannt hatten. Eine alte Frau, die während der letzten vierzig Jahre in derselben Straße einen Gemüseladen betrieb, erinnerte sich genau an sie und ihre Verhältnisse. Sie wußte sogar das Datum, an dem die Familie eingezogen war.
«Zweiunddreißig Jahre sind es nächsten Monat», sagte sie. «An Michaelis kamen sie. Sie war eine nett aussehende junge Frau, und meine Tochter, die damals ihr Erstes erwartete, interessierte sich für den süßen kleinen Jungen.»
«Der Junge ist nicht hier geboren?»
«Aber nein, Sir. Irgendwo im Südteil der Stadt ist er auf die Welt gekommen, aber ich entsinne mich, daß sie nie recht sagte, wo – nur daß es irgendwo in der Nähe der neuen Eisenbahnlinie war. Sie war eine von den Stillen und hielt sich für sich. Keine, die klatscht, das tat sie nicht. Nicht einmal meiner Tochter, die doch gute Gründe für ihr Interesse hatte, erzählte sie viel darüber, wie sie durch ihre schwere Stunde kam. Chloroform hat sie bekommen, sagte sie – das weiß ich noch –, und sie erinnert sich an nichts, aber daß sie nicht gern daran denken mochte. Ihr Mann – er war ein netter Mann, nett wie

sie –, der sagte zu mir: ‹Erinnern Sie sie nicht daran, Mrs. Harbottle, tun Sie's nicht!› Ob sie Angst hatte oder bei der Sache einen Schaden davontrug, weiß ich nicht, aber sie bekam weiter keine Kinder. ‹Mein Gott›, sagte ich dann und wann zu ihr, ‹Sie werden sich daran gewöhnen, wenn Sie erst mal neune gehabt haben wie ich›. Sie lächelte, aber sie bekam keins mehr, trotzdem.»

«Und wie alt war das Baby, als Mrs. Duckworthy nach Brixton kam?»

«Drei Wochen alt war's, Sir – ein süßes Kerlchen, mit einer Menge Haare auf dem Kopf. Schwarz waren sie damals, aber später wurden sie brandrot, sahen aus wie die Karotten hier. Die Farbe war nicht so hübsch wie bei seiner Mama, aber doch recht ähnlich. Im Gesicht hatte der Junge wenig von ihr und auch nichts vom Vater. Sie sagte, er schlage jemand in ihrer Familie nach.»

«Lernten Sie einmal andere Angehörige kennen?»

«Nur ihre Schwester, Mrs. Susan Brown. Eine große, strenge Frau mit einem harten Gesicht war das – gar nicht wie ihre Schwester. Wohnte in Evesham, soviel ich mich erinnere, damals bezog ich nämlich meinen Spargel von dort. Ich kann heute noch kein Bund Spargel ansehen, ohne daß ich an Mrs Susan Brown denke. Steif und gerade war sie, mit einem kleinen Kopf, genau wie ein Stangenspargel.»

Wimsey bedankte sich bei Mrs. Harbottle und nahm den nächsten Zug nach Evesham. Er begann sich zu fragen, wohin ihn seine Jagd noch führen würde, entdeckte dann aber zu seiner Erleichterung, daß Mrs. Susan Brown in der Stadt wohlbekannt und eine allseits geachtete Persönlichkeit war.

Sie hielt sich noch immer sehr aufrecht, ihr glattes, dunkles Haar war in der Mitte gescheitelt und straff nach hinten gezogen – eine Frau mit breitem Untergestell und schmalen Schultern, in der Tat einem Spargel nicht unähnlich. Sie empfing Wimsey mit strenger Höflichkeit, wollte jedoch vom Tun und Treiben ihres Neffen nichts wissen. Die Andeutung, er befinde sich in einer gewissen Verlegenheit, ja Gefahr, überraschte sie anscheinend nicht.

«Er hat schlechtes Blut in sich», sagte sie. «Meine Schwester Hetty war viel gutherziger, als sie hätte sein sollen.»

«Ach!» erwiderte Wimsey. «Aber wir können nicht alle einen festen Charakter haben, obwohl das für diejenigen, die ihn besitzen, eine Quelle großer Befriedigung sein muß. Ich möchte Sie nicht belästigen, Madame, und ich weiß, daß ich ein wenig zum Schwatzen neige, da ich selbst eher zu den weniger Gefestigten gehöre – deshalb will ich gleich zur Hauptsache kommen. Ich ersehe aus dem Register im Somerset House, daß Ihr Neffe Robert Duckworthy in Southwark geboren ist als Sohn von Alfred und Hester Duckworthy. Großartig geordnet ist das alles dort. Aber natürlich – wir sind ja nur Menschen – versagt das System dann und wann ... nicht wahr?»

Sie legte die faltigen Hände übereinander, und Wimsey sah, wie ein Schatten über ihre scharfen dunklen Augen huschte.

«Wenn ich Ihnen nicht zuviel Mühe mache – auf welchen Namen wurde der andere angemeldet?»

Die Hände zitterten leicht, aber die Frau antwortete ruhig:

«Ich verstehe Sie nicht.»

«Es tut mir entsetzlich leid. Ich wußte mich nie sehr gut auszudrücken. Es wurden damals Zwillinge geboren, nicht wahr? Unter welchem Namen hat man den anderen registriert? Es tut mir leid, daß ich Ihnen lästig falle, aber die Sache ist wirklich wichtig.»

«Was läßt Sie vermuten, daß es Zwillinge waren?»

«Oh, das *vermute* ich nicht. Wegen einer Vermutung hätte ich Sie nicht belästigt. Ich weiß, daß es einen Zwillingsbruder gab. Was aus ihm wurde – mehr oder weniger weiß ich es immerhin ...»

«Er starb», sagte sie hastig.

«Ich bedauere unendlich, daß ich Ihnen widersprechen muß», antwortete Wimsey, «ein unschönes Benehmen. Aber das Kind ist nicht gestorben, es lebt heute noch. Nur den Namen möchte ich von Ihnen wissen.»

«Und warum sollte ich Ihnen etwas erzählen, junger Mann?»

«Weil – entschuldigen Sie, wenn ich etwas erwähnte, was einem verfeinerten Geschmack recht unangenehm sein muß –, weil ein Mord begangen wurde und Ihr Neffe Robert der Tat verdächtigt wird. Ich weiß zufällig mit Sicherheit, daß sein Bruder der Mörder ist. Deshalb möchte ich dieses Bruders habhaft werden, verstehen Sie. Es wäre mir eine große Erleichte-

rung – ich bin nämlich von Natur aus weich veranlagt –, wenn Sie mir helfen würden, ihn zu finden. Sonst muß ich zur Polizei gehen, und dann könnten Sie als Zeugin unter Strafandrohung vorgeladen werden; ich würde Sie ungern – wirklich ungern – bei einem Mordprozeß im Zeugenstand sehen. Sie würden so peinlich in die Öffentlichkeit gezerrt, nicht wahr? Wenn wir dagegen den Bruder schnell festsetzen können, bleiben Sie und Robert von der ganzen Sache verschont.»
«Gut», sagte sie schließlich, «ich will es Ihnen erzählen.»

Ein paar Tage später berichtete Wimsey Chefinspektor Parker. «Natürlich war die ganze Sache sonnenklar, wenn man von Freund Duckworthys seitenvertauschtem Innenleben wußte.»
«Zweifellos, zweifellos», erwiderte Parker. «Nichts konnte einfacher sein. Aber gleichwohl brennen Sie darauf, mir zu erzählen, wie Sie zu Ihren Folgerungen kamen, und ich will gern etwas Neues dazulernen. Haben alle Zwillinge die Organe auf der falschen Seite? Und sind alle Leute, deren Organe auf der falschen Seite sitzen, Zwillinge?»
«Ja. Nein. Oder vielmehr: Nein, ja. Bei zweieiigen Zwillingen sind beide ganz normal. Bei eineiigen Zwillingen jedoch – die aus der Spaltung einer einzigen Eizelle entstehen – *kann* es geschehen, daß der eine wirklich als Spiegelbild des anderen erscheint, das heißt, daß bei ihm rechts und links vertauscht ist. Das hängt davon ab, wie sich die Eizelle spaltet. Man kann es bei Kaulquappen mit einem Roßhaar sogar künstlich hervorrufen.»
«Ich will eine Notiz machen, damit ich es nachher sofort versuchen kann», sagte Parker ernsthaft.
«Irgendwo hatte ich gelesen, daß eine Person, deren Organe umgekehrt placiert sind, sich so gut wie immer als eineiiger Zwilling entpuppt. Sie sehen also, während der arme Robert Duckworthy am ‹Student von Prag› und der vierten Dimension herumspintisierte, rechnete ich mit dem Zwillingsbruder.
Augenscheinlich war folgendes geschehen: Es gab drei Schwestern mit Namen Dart: Susan, Hester und Emily. Susan heiratete einen Mann namens Brown, Hester einen namens Duckworthy; Emily war unverheiratet. Durch eine jener kleinen Ironien des Schicksals war die unverheiratete Emily offensichtlich

Inhalt